Michael Seitz

Stefan Schweizer

WalhallaX

Dystopischer Thriller

Achtung: Die folgenden Inhalte können auf manche Leserinnen und Leser verstörend wirken.

mainbook

ISBN 978-3-948987-83-1

Lektorat: Gerd Fischer
Covergestaltung und Bildrechte: Lukas Hüttner

Auf der Verlagshomepage finden Sie weitere spannende Bücher:
www.mainbook.de

Autor Michael Seitz

Michael Seitz, Jahrgang 1976, hat seine Kindheit und Jugend in München und im ländlichen Niederbayern verbracht und lebt seit 2005 in Wien. Er schreibt vorwiegend historische Romane und Gegenwartskrimis. Seitz genießt es, mit seiner Frau und seinen beiden Kindern durch Wien zu flanieren und in Buchgeschäften zu schmökern.

Veröffentlichungen (Auswahl): „Die verlorenen Kinder" (Droemer Knaur, 2017), „Der Falter" (Droemer Knaur, 2018), „Kinderspiel – Die Fesseln der Vergangenheit" (Droemer Knaur, 2019), „Sechs" (Droemer Knaur, 2019)

Autor Stefan Schweizer

Stefan Schweizer studierte, promovierte und lehrte an der Universität Stuttgart. Er lebt im Speckgürtel der Bundeshauptstadt, bewegt sich gerne in fremden Kulturen, in exotischen subkulturellen Milieus und ist Grenzgänger zwischen den Scenes.

Veröffentlichungen (Auswahl): „Seitenwende" (gemeinsam mit Gerd Fischer, mainbook 2023), „Mörderklima" (Klimawandel-Krimi, mainbook, 2020), „Die Akte Baader" (Gmeiner, 2018), „Roter Herbst 77 – RAF 2.0" (Südwestbuch, 2017), „Roter Frühling 72, RAF 1.0" (Südwestbuch, 2017), „BERLIN GANGSTAS" (Schwarzkopf & Schwarzkopf, 2016), „Goldener Schuss" (Gmeiner, 2015).

Vorwort

Und ich sah: Ein anderes Tier stieg aus der Erde herauf. Es hatte zwei Hörner wie ein Lamm, aber es redete wie ein Drache. (Offenbarung des Johannes, 13,11, Neues Testament)

Der vorliegende Roman – eine literarische Fiktion – soll Ausdruck menschlicher Ängste und Dystopie sein, ähnlich wie die Offenbarung des Johannes, der neben seinem Evangelium auch das Buch der Offenbarung in der Bibel verfasst hat. Johannes' Meisterwerk dient den Menschen bis heute weniger als Prophezeiung eines gewaltsamen Weltuntergangs, denn als wort- und bildgewaltige Mahnung. Johannes benutzte um 95 n. Chr. die Stilmittel des Fantasy-Autors. Wir haben uns entschieden, einen politischen Thriller zu verfassen. In diesem offenbaren wir den Leserinnen und Lesern ein mögliches Szenario, quasi, was passieren könnte, wenn „die neuen Rechten" ihre Visionen Wirklichkeit werden lassen. Selbstredend distanzieren wir uns von allem rechten Gedankengut, das von den Antagonisten in diesem Werk gedacht, geredet und in Taten umgesetzt wird. Doch es war nötig, sich beim Schreiben mit deren Gedanken und Gefühlen auseinanderzusetzen. Denn auch dieses Werk soll eine Enthüllung sein, genau wie des Evangelisten Johannes' Offenbarung. Denn auch die „neuen Rechten" treten oftmals als Schafe in Erscheinung und erwiesen sich als Drachen – oder wie man heute sprichwörtlich sagt: „Wölfe im Schafspelz." Den Blick dorthin zu lenken, war beim Schreiben dieses Buches unsere hehre Absicht. Wir sind davon überzeugt, dass die Menschheit, abgesehen von klimatischen Einflüssen, eine Überlebenschance hat, wenn wir über Länder und Grenzen hinweg die Antwort auf die Frage aller Fragen finden. Eine Waffe, um Spaltung, Kriege und Hass ein für alle Mal zu beenden.

Wenn man auf Johannes' literarisches Meisterwerk vertraut, dann heißt die Antwort schlicht: Liebe.

Drei Tage vor dem „Tag X"

Das Wort stand in blutroter Farbe über dem Eingang des Glasgebäudes im Münchener Osten. *Lügenpresse.*

Chefredakteur Tscharly Huber besah sich das Dilemma. Drohungen gegen ihn und seine Mitarbeiter waren in den letzten Jahren zu einem Teil seines täglichen Geschäftes geworden. Facilitymanager Robert gestikulierte mit nach vorne gebeugtem Kopf und schwingenden Armen, um seiner Empörung über die Schmiererei Ausdruck zu verleihen. Robert arbeitete seit über vierzig Jahren für die Münchener Neuesten Nachrichten und hatte aufgrund seiner geistigen Behinderung einen geschützten Arbeitsplatz inne. Gestern hatten sie auf dem Oktoberfest Roberts Dienstjubiläum gefeiert. Tscharly war beim Aufwachen verkatert gewesen. Obwohl er nur eine einzige Maß Bier zum Spitzenpreis von 28,50 Euro getrunken hatte! Der Maßpreis auf der Theresienwiese erreichte durch die Inflation immer utopischere Höhen. Dazu gab es Blasmusik im Ballermann-Stil, was auch nicht unbedingt jedermanns Geschmack war. Aber was sein musste, musste sein. Robert war hier bereits angestellt gewesen, bevor Tscharly überhaupt bei den Münchener Neuesten Nachrichten volontiert hatte. Robert war der gute Geist des Hauses und sollte in vier Wochen in seinen wohlverdienten Ruhestand verabschiedet werden. Eigentlich Zeit, endlich nach einem Ersatz Ausschau zu halten. Warum nur sträubte sich in Tscharly alles dagegen, ein Unikat wie *seinen* Robert zu ersetzen? In Gedanken nannte er ihn stets: *mein* Robert – mein alter Robert. Naturgemäß hatte Robert als Hausmeister die Schmiererei als Erster entdeckt.

Die Kugel, die das Gehirn des ältesten Angestellten des Verlags an diesem sonnigen Herbstmorgen Ende September durchdrang, hinterließ ein glattes Einschussloch auf dessen Stirn. Lautlos fällte der Schuss ihn wie eine Eiche vor Tscharlys Augen. Wie in Zeitlupe sank Robert zu Boden. Blutspritzer besudelten das weiße Pflaster vor den Glastüren der Redaktion. Die Glastüren konnten sich nicht entscheiden, ob sie öffnen oder schließen sollten. Tscharly drehte sich reflexartig um einhundertachtzig Grad und erspähte die Scharfschützen, die von der Ladefläche eines weißen Lieferwagens mit der Aufschrift „Bayerisches Biosauerkraut" sprangen. Tscharly traute seinen Augen nicht; die Angreifer trugen Masken sämtlicher deutscher Bundeskanzler und dazu Lederhosen wie eine Blaskapelle. Selbst Helmut Kohl und Helmut Schmidt waren mit blauweiß karierten Hemden ausgestattet. Die Kniestrümpfe reichten den Kanzlern bis unter die Kniekehlen. Verbissen ballerten die beiden mit Maschinenpistolen in Richtung der hin und her ruckenden Glastüren des Verlagsgebäudes, in dem Tscharly als leitender Chefredakteur die Hauptverantwortung trug. Tscharly sah für Sekunden nur Schwärze vor seinen Augen – und jede Menge pinker Sterne wie in einem klischeehaft gezeichneten Comic. Tscharly sprang zu Boden. Ein Bein in einem schwarzen Springerstiefel stampfte achtlos über die Brust des Toten neben ihm hinweg. Auch Kanzler Gerhard Schröder trug Haferlschuhe wie ein Geißen-Peter und zielte mit der Maschinenpistole direkt auf Tscharlys Gesicht. Tscharly trat dem Genossen reflexartig in die Hoden. Schröders schmerzerfülltes Gebrüll verhallte im Kugelhagel, der in Tscharly düstere Erinnerungen an seine Zeiten als Kriegsberichterstatter in Sarajewo heraufbeschwor. Wie ein Flashback, das mit der gegenwärtigen Szene verschmolz. Schröder taumelte wie ein angeschlagener Boxer hin und her, wodurch die Schussrichtung seines Laufes abgelenkt wurde. Anstelle von Tscharlys Schädel zerbarst die Glasfront der Münchener Neuesten Nachrichten.

„Die Reichskristallnacht ist eröffnet!", brüllte CDU-Kurzzeitkanzler Kurt Georg Kiesinger, das alte Ohrfeigengesicht.

Helmut Kohl stützte seinen Amtsnachfolger Gerhard Schröder und sie verschwanden im Verlagsgebäude. Kurt Georg Kiesinger drehte sich um die eigene Achse und feuerte ziellos über den Parkplatz wie eine versprengte Nachhut. Was für ein unrühmliches Ende des ersten Kanzlers der ersten großen Koalition, die jemals in der Bundesrepublik regiert hatte, fuhr es

Tscharly in einem Anflug ohnmächtigen Zynismus durchs Gehirn. Kiesingers Geschosse richteten unter den Fahrzeugen in Sekundenschnelle einen Schaden im sechsstelligen Bereich an, Glas zersplitterte, Blech wurde durchlöchert.

Konrad Adenauer hob den rechten Arm verräterisch zum Hitlergruß und stürmte ebenfalls auf das Tor zu. Tscharly warf sich auf den Polit-Zombie. Er brachte mit einem gezielten Handkante-gegen-Nasenscheidewand Schlag den ersten Kanzler der Bundesrepublik Deutschland zu Fall. Adenauer landete wie ein Mehlsack auf ihm und zeigte unbändige Kräfte.

Irgendwo brüllte auch Adenauers unbeliebter Nachfolger, Wirtschaftswunderkanzler Ludwig Erhard, mit lautem Organ „Wollt ihr den totalen Krieg?", als wäre er Hitlers Propagandaminister Joseph Goebbels, der die Deutschen am 18. Februar 1943 zum „Endsieg" peitschen wollte.

„Lügenpresse!", plärrte Genosse Willi Brandt, was die Szene surreal anmuten ließ; immerhin war der echte Genosse Brandt aktiv im Widerstand gegen Hitler tätig gewesen und hatte sein Leben im Untergrund gegen die Nationalisten riskiert.

„Heil Hitler!", brüllte der falsche Brandt.

Tscharly hatte nicht die Zeit, das Surreale der Szene zu begreifen. Er griff Kanzler Adenauer im Nacken und presste ihn mit offenem Mund voran gegen die Kante eines Stufenabsatzes vor der Redaktion. Einmal. Zweimal. Des Kanzlers Kiefer brach.

Tscharly sprang auf und stellte seinen rechten Fuß auf Adenauers Kopf. Er hörte und spürte endlich auch Adenauers Genick brechen. Adenauer erschlaffte, blutete aus dem Mund und aus den Nasenlöchern. Der Gründervater der Bundesrepublik Deutschland lag neben Tscharlys Robert – *meinem* Robert –, der mit geweiteten Augen in einen heiteren, wolkenlos blauen Himmel aufsah. Ein richtig schöner Tag für das Münchener Oktoberfest. Noch dazu der Freitag vor dem berühmten „italienischen Wochenende", an dem traditionell die zahlreichen Gäste aus Italien die Theresienwiese stürmten. Der Himmel der Bayern. Weiß und blau … Und das alles geschah zur selben

Zeit, während vor der Redaktion im Münchener Osten ein Gewehrkolben Tscharly mitten im Gesicht traf. Der Chefredakteur spürte seine Nase breiig, ehe er in die Knie ging und das Bewusstsein verlor. Das Ohrfeigengesicht Kiesinger hatte ihn quasi im Vorbeilaufen, wie nebenbei, ausgeschaltet. Aber warum nur hatte ihn der Alt-Nazi nicht mit einer Kugel erledigt?, fragte Tscharly sich Sekunden später, als er aus seiner Ohnmacht erwacht war. Er wischte sich das Blut mit dem Hemdsärmel vom Mund und raffte sich auf. Der Schmerz in seiner Nasenscheidewand pochte. Das Westernhemd mit den Fransen, das er aus seinem Urlaub in Nashville mitgebracht hatte, war komplett verschmiert. Wo blieben nur Sheriff und Kavallerie, wenn man sie mal brauchte? Tscharly griff in die Hosentasche, fand anstelle seines Smartphones nur einen Haufen Elektronikschrott vor; der Treppenabsatz hatte sich gegen das angeblich bruchsichere Plastik durchgesetzt. Tscharly spuckte Blut auf das Pflaster.

„Verfickte Scheiß-Nazis!", schrie er und entriss dem mausetoten Adenauer dessen Maschinenpistole. Er konnte mit dem Gerät umgehen, schließlich gehörten Schießtrainings für die Mitarbeiter zum Sicherheitskonzept der Redaktion.

Er stürmte in die Bürohalle. Und kam zu spät. Im Großraumbüro im ersten Stock hagelten Schüsse und hatten bereits die Körper von mindestens dreißig Angestellten, die allesamt pünktlich um sieben Uhr zum Dienst erschienen waren, zerfetzt. Was für ein Glück für alle, die sich verspäteten oder sich frei genommen hatten. Für Tscharly als Leitendem Redakteur ein Desaster. Politik, Wirtschaft, Kunst und Kultur, Sport. Das waren die Ressorts, dessen Kolleginnen und Kollegen an diesem Morgen eindeutig eine Fehlentscheidung bei der Auswahl ihres Arbeitgebers getroffen hatten. Ein Kaffeetablett lag auf dem Boden. Espressi, Cappuccini und jede Menge Milchkaffee mischte sich mit dem Blut der fünfzigjährigen Assistentin, die wie jeden Morgen den Kaffee für die Besprechung aller Ressorts in den großen Sitzungsraum hatte bringen wollen. Die Frau hieß Annemarie Brooks und hatte US-amerikanische

Wurzeln. Im Juli hatte sie ihren Brustkrebs endgültig besiegt. Tscharly zählte sie zu seinen engsten Vertrauten und hatte sich für sie gefreut. Und jetzt? Tscharly kroch über sie hinweg. Die Schüsse verstummten.

Ampelkanzler Olaf Scholz, dessen Anwesenheit Tscharly bisher entgangen war, stellte sich ihm mit einer Entschlossenheit, die man in dieser Form ganz und gar nicht von ihm kannte, in den Weg.

„Keinen Schritt weiter, Cowboy!“, sagte Scholz. Anstelle einer Waffe hielt er ein Funkgerät in seiner rechten Hand. „Kamerad und Ministerpräsident Franz Josef Strauß steht gerade mit einer Kohorte Bewaffneter in deiner Wohnung und kassiert deinen Sohn Konstantin ein. Gemeinsam mit den Genossen Mielke und Honecker, versteht sich!“

Ein Springermesser blitzte in der linken Hand des vermeintlichen Sozialdemokraten. Tscharly hob die MP.

„Tja, Tscharly, wir haben deine liebe Kira auf dem Weg hierher aufgegriffen. Die Gute hat eure Schmutzwäsche in die Wäscherei gebracht. Wir haben sie vor dem Geschäft abgepasst. Du hättest besser auf deine Frau aufpassen sollen. Es ist unsere Pflicht, die ganze Familie zusammenzuführen. Schließlich hat der kleine Konsti ein Recht, bei seiner Mama zu sein. – Tja, eine anständige deutsche Hausfrau hätte ihre Wäsche selbst gewaschen.“

Tscharly erstarrte und stierte auf zu seiner Frau. Keine zehn Meter entfernt. In Kiras geheimnisvollen grünen Augen offenbarte sich ihm nackte Panik. Tscharly legte die Waffe weg und griff unbewusst vor Nervosität nach den beiden Enden der Westernkrawatte an seinem Kragen. Bei den ganzen Drohungen, die es vor allem von rechten Verschwörern immer wieder gegen ihn und seine Familie gegeben hatte, war er wohl ein wenig sonderbar geworden in den letzten Jahren; dazu gehörte es, dass er begonnen hatte, sich wie ein Westernheld zu kleiden. Tscharly reckte sein Kinn entschlossen nach vorne. „Nehmen Sie mich als Ihre Geisel, Sie Arschloch, aber lassen Sie meine Frau und meinen Sohn in Ruhe.“

Scholz antwortete mit einer Lachsalve. „Wir bestimmen ab jetzt die Regeln, du linker Systemjournalist."

„Aber Kira und Konsti, sie sind doch …"

„Schnauze!", schrie auch der falsche Genosse Brandt und hielt Tscharly den Lauf seiner Maschinenpistole direkt an die Schläfe. Brandt roch nach billigem Rasierwasser; das wäre dem Original, der ein Womanizer gewesen war, wohl niemals passiert.

„Glaubst du, wir durchschauen dich nicht?", sprach Scholz. „Glaubst du, wir durchschauen deine raffinierte Bilanz nicht? Du bist fünfzehn Jahre älter als deine rothaarige Hexe mit ihrem knackigen Arsch und von dem süßen kleinen Konsti wollen wir gar nicht erst reden. Dein Opfer nützt aber einen feuchten Kehricht. Wir brauchen dich noch, Tscharly. Du bist der Schlüssel."

„Wofür?"

„Wir stellen hier die Fragen!"

„Ich habe mein Leben gelebt und ich höre auf, euch mit meiner Arbeit auf die Nerven zu gehen. Das ist es doch, was ihr wollt. Jede freie Meinung mundtot machen. So wie in Russland!"

„Wie tollkühn", erwiderte Scholz unter seiner Gummimaske. Und Genosse Schröder stimmte ihm zu: „Russland ist ein schönes Land, sage ich nur."

„Was wollt ihr von mir?"

„Du weißt genau, was wir wollen, Tscharly Huber", sprach Scholz – ausgerechnet Scholz spielte sich in dieser Kombination als Rädelsführer auf. Dem echten Scholz hätte Tscharly nicht einmal zugetraut, sich am Stachus als Verkehrspolizist an einer Ampel durchzusetzen.

„Ich wüsste nicht …"

„Du weißt, wo *sie* ist."

„Wer?"

Tscharly ergriff eine finstere Ahnung. Dazu die Kopfschmerzen, gegen die sich jeder Wiesenkater wie ein laues Lüftchen ausnahm.

Tscharly ahnte, worauf die wilde Kohorte aus war. „Ich schwöre, ich habe sie nicht mehr gesehen seit … Ist sie denn nicht … tot?“

„Du hast drei Tage, dann …“ Scholz hielt Kira die Klinge seines Springermessers an die Kehle. Kira blutete aus einer oberflächlichen Schnittwunde.

„Tscharly …“, wimmerte sie. „Konsti …“ Diese Arschlöcher hatten sie an ihrer verwundbarsten Stelle getroffen, beim liebsten, was sie auf der Welt besaß.

„Heil Hitler!“, plärrte der falsche Scholz und erhob den rechten Arm.

Das Geräusch von Rotoren verschluckte plötzlich jeden weiteren Laut. Das Gefühl, sich im Auge eines Orkans zu befinden, erfasste Tscharly. Dann erspähte er einen Helikopter, der vor der zerstörten Glasfront schwebte. Scherben flogen durch den Raum, was dem erhöhten Luftdruck durch die Rotoren geschuldet war. Die Kastanien und Blätter eines Baumes mischten sich unter die Glasgeschosse. Der Druck auf Tscharlys Trommelfell nahm schmerzhafte Ausmaße an, während die Armee der Kanzler in Trachtenoutfit gemeinsam mit Kira auf den Balkon der Redaktion rannte. Dort, wo in früheren Zeiten die Raucher ihrer Sucht gefrönt hatten, dockten die Kufen des Fluggerätes an. Die Kanzler hievten Kira an Bord der Maschine. Tscharly lief hinterher und warf sich neben einer Leiche zu Boden. Schüsse aus Maschinenpistolen hagelten auf den Balkon. Der durch die gewaltigen Rotoren verursachte Luftdruck zerstörte auch das, was von den Autos auf dem Parkplatz nach der Schießerei noch übriggeblieben war. Tscharly wurde von einer Böe beinahe über die Brüstung des Balkons geschleudert.

Herbstlaub flog wie Blattgold durch die Winde.

Das Surren der Rotoren blieb in Tscharlys Ohren zurück neben dem Hämmern seines Pulses. Er nahm die MP wieder an sich und lief im Zickzack durch die Redaktion. Die Treppe hinab. Nach draußen. *Sein* Robert lag noch immer an Ort und Stelle und schaute friedvoll in den Himmel. Tscharlys Blick fiel auf die Aufschrift: *Lügenpresse.*

Er zertrat eine Kastanie. Spürte sie unter dem Absatz seines Cowboystiefel zerknacken und wunderte sich mit einem Mal kein bisschen über die Polizeieinsatzfahrzeuge, die die Redaktion umstellten. Scharfschützen mit Helmen und vermummten Gesichtern rannten auf ihn zu.

Tscharly lief zurück in die Redaktion. Sie kreisten ihn ein.

„Halt! Stehen bleiben, Herr Huber!"

Tscharly stoppte abrupt.

„Herr Huber, uns liegt ein Haftbefehl gegen Sie vor", lautete die nächste Hiobsbotschaft des Tages.

Tscharly schüttelte den Kopf. Was habe ich getan?, wollte er fragen. Einem Alt-Kanzler das Genick gebrochen?

„Ich wüsste nicht, was ich verbrochen habe", entgegnete er. „Finden Sie lieber meine Frau, finden Sie meinen Sohn, die beiden sind entführt worden, dann können Sie mich meinetwegen einsperren!"

Der Anführer redete zu ihm durch ein Megafon, das seine Stimme metallisch verzerrte. Deutsch-Rap hatte sich auch schon mal besser angehört.

Tscharlys linker Mundwinkel zog sich kinnwärts; der Ansatz eines zynischen Grinsens, das seiner inneren Ohnmacht entsprang. „Wo ist hier die verstecke Kamera? So schnell seid ihr Scheißbullen doch sonst nicht zur Stelle, wenn man euch braucht."

„Ihr berühmter Schwarzer Humor wird Ihnen schon noch vergehen, Herr Huber", sprach der Beamte. „So wie ihre verleumderischen Kommentare über rechte Strömungen innerhalb der Exekutive ab heute der Vergangenheit angehören werden."

Sanitäter eilten an ihnen vorbei in die Redaktion. Farben, Gerüche und Geräusche des Todes traten durch den Schock gefiltert in Tscharlys Gedächtnis; seine Wahrnehmung diente allein dem Überleben. Sein Verstand hatte sich nur noch nicht entschieden, ob er sich lieber totstellen, davonlaufen oder kämpfen sollte.

„Herr Huber, geben Sie uns jetzt sofort die MP!", forderte der uniformierte Beamte ihn auf.

Bevor Tscharly Kanzler Konrad Adenauers Waffe aus der Hand gab, würde er sich eher selbst damit erschießen.

„Vorher sorgen Sie für die Sicherheit aller Mitarbeiter im ersten und im zweiten Stock meiner Zeitung", erwiderte er.

Der Beamte schritt auf ihn zu. Ließ sich vom Lauf seiner MP nicht beeindrucken. „Sie werden doch nicht ernsthaft auf einen bayerischen Beamten schießen, Herr Brunner. Ich warne Sie, Herr Huber, das, was Sie jetzt machen, ist Widerstand gegen die Staatsgewalt. Sie stehen unter Schock und Sie wollen doch bestimmt nicht einen bayerischen Beamten ernsthaft …"

Der Beamte blieb stehen und nahm sein Megafon runter. Auge in Auge sahen sie einander an.

Tscharly wusste selbst nicht, ob er dazu in der Lage sein würde, jemanden aus dieser Nähe zu erschießen.

„Wenn du das zu mir sagst, lächle", zitierte er den Westerncowboy-Schauspieler Gary Cooper – vielleicht wirkte derlei Irritation. Er fuhr fort: „Ich will wissen, wer hier was gegen mich in der Hand hat. So ein Haftbefehl kommt ja nicht einfach so aus Washington, Greenhorn." Der Versuch, sein Gegenüber mit einer völlig unsinnigen Antwort zu irritieren, schlug fehl. Der uniformierte Polizist beharrte stur auf seiner Position. „Folgen Sie uns auf die Polizeistation und Sie werden alles erfahren, Mister Tscharly Huber. Sie sollten wissen, dass alles, was Sie von jetzt an sagen und tun vor Gericht gegen Sie …"

Tscharly entsicherte die Waffe. „Sie und Ihre Bullentruppe haben es nicht einmal geschafft, das hier zu verhindern, *Sheriff*. Wie oft hat es in den letzten zehn Jahren Drohungen gegen sämtliche Redaktionen in diesem Land gegeben. Speziell gegen die Münchner Neuesten Nachrichten! Ihr exekutiven Scheißer habt nicht eine davon jemals ernst genommen. Ihr seid schuld …"

Der Beamte grinste wie ein Dutzend Saunabesucher bei einem Aufguss mit Pferdepisse. „Es heißt Rechtsstaat und nicht

Linksstaat, du Arschloch von einem linken Systemjournalisten. Früher hat man sowas wie das hier Reichskristallnacht genannt. Und wie es in den Wald hinein schallt, so schallt es eben auch zurück …"

Tscharly feuerte. An die Decke. Verputz löste sich. Steine. Der Beamte und ein Dutzend seiner Kollegen sprangen zur Seite. Tscharly drehte sich um neunzig Grad. Den Eingang zur Redaktion im Visier machte er einen Satz über die Leiche einer Praktikantin. Patricia Rauch vom Feuilleton, Literaturwissenschaftlerin, fanatisches Hermann-Hesse-Groupie. Patricia war im sechsten Monat schwanger. *Gewesen.* Die Neonazis hatten ihr das Kind buchstäblich aus ihrem Unterleib herausgeschossen. Schüsse folgten. Als Tscharly den Eingang erreichte, sah er die Leiche der jungen Frau noch immer vor seinem geistigen Auge.

Auf dem Parkplatz drängte sich Polizeiauto an Polizeiauto. Ein Aufgebot aus Dutzenden Leuten von Exekutive, Notfallsanitätern und Ärzten.

Tatsächlich bewachten zwei Beamte bereits Tscharlys neuen roten Alfa Romeo Giulia. Eine Flucht mit dem Alfa konnte er definitiv abschreiben. Tscharly rannte auf einen Rettungswagen zu und schrie: „Gehen Sie aus dem Weg!"

Eine Gruppe von Notfallsanitätern in ihren roten Leuchtjacken machte ihm verstört Platz.

„Geben Sie mir den Schlüssel für dieses Fahrzeug! Na los."

Der Fahrer eines der Rettungsfahrzeuge sah ihn entgeistert an. Erstarrt. Wie in Beton gegossen.

Tscharly schrie: „S – O – S!"

Fahrig streckte der Fahrer ihm den Schlüssel entgegen.

„Save our souls", übersetzte er kaum hörbar den internationalen Code, las Tscharly an den Lippen des Mannes ab.

Tscharly startete den Motor und ließ die Kupplung ruckartig kommen. Die Drehzahlen im ersten Gang und im roten Bereich steuerte er direkt auf die Gruppe der Polizeibeamten zu. Tscharly rammte seitlich einen Polizeibus, der die Ausfahrt verstellte, und zog und schaltete vom ersten in den dritten

Gang. Die Beamten sprangen zur Seite. Tscharly lenkte auf die die Fahrbahn. Er fuhr über die Friedrich-Eckart-Straße. Polizeisirenen kreischten. Fahrzeuge bildeten im Morgenverkehr eine Rettungsgasse; Tscharly steuerte den Rettungswagen pfeilgerade hindurch. Er schaltete Sirene und Blaulicht ein. Drückte das Gaspedal durch. Bremste. Rammte drei geparkte Pkw vor den Reihenhäusern. Blieb am Straßenrand stehen. Er sprang aus dem Wagen. Die Maschinenpistole umklammert, drehte er blitzschnell den Haustürschlüssel und setzte mit einem Sprung in den Flur über, den er eine Stunde zuvor gemeinsam mit Kira friedlich verlassen hatte. Der Aufbruch in einen neuen Arbeitstag, den sie gemeinsam hatten begehen wollen.

„Konstantin?“, rief er. „Konsti?“

Ein Wimmern ließ ihn zusammenzucken. Tscharly machte eine Drehung und stand vor einem Mädchen, zusammengekauert hinter der Wohnzimmertür, Zuflucht suchend und zitternd wie Espenlaub.

„Ariella“, entfuhr es ihm fast lautlos.

Das Au-pair-Mädchen aus Mailand murmelte etwas in seiner Muttersprache, das an ein Gebet erinnerte. Ein „Mama“ beendete ihre Worte wie ein Flehen an den lieben Gott. Italiener waren besonders gläubige Menschen. Dann liefen Tränen über die olivbraune Haut ihrer fast kindlichen Wangen. Das schwarze Haar war schweißnass und klebte auf der Kopfhaut. Wie lange kauerte sie wohl schon in dieser Position versteckt hinter der Tür …?

„Tscharly, i soldati lo hanno preso … Konstantin, er …“

„Schon gut.“ Er nahm sie in die Arme. „Wie haben die Soldaten denn ausgesehen?“

„Ich … ich weiß nicht. Schwarz. Vermummt.“

Sein Blick streifte das Familienfoto, das auf einem Wohnzimmerschrank stand. Neben einem wahren Hünen eines Kaktusses, der einen guten halben Meter groß war, befand sich der Bilderrahmen mit der Fotografie. Er blickte sich im Wohnzimmer um. Von seinem Sohn keine Spur.

„Ich bin zu spät gekommen“, sprach Tscharly.

„Sie waren hier, gleich nachdem du und Kira gegangen …“, schluchzte Ariella und hielt sich an ihm fest.

Er starrte zu der Kaktuspflanze, die ihm auf einmal wie ein Symbol erschien. Symbol und Fluch. Im entferntesten Sinn hat es mit dem Mann zu tun, der mir diesen israelischen Kaktus vererbt hat, war er verursacht, sich vor der jungen Frau zu rechtfertigen. Meinem alten Chef und Ex-Schwiegervater. Mit diesem Kaktus und Recherchen in der rechten Szene hat das Dilemma einst angefangen. Und seither … seine Gedanken stockten … holt es mich alle paar Jahre ein …

Er starrte zu seinem Sohn, der auf dem Foto vier gewesen war. Und zu Kira, die Konsti im Arm hielt und sich an ihn schmiegte. Was für eine glückliche Familie. Er hatte mit Kira eine neue Familie gegründet, um zu vergessen. Vor allem, um das eine Kind zu vergessen, seine Tochter Milla, die er bei einer Explosion verloren hatte. Was immer diese Leute, die Konstantin entführt hatten, Milla angetan hatten … Jetzt erst bemerkte er, dass Ariella noch immer ihr Nachthemd trug. Die Fingernägel hatte sie in einer anderen Farbe lackiert als die Zehennägel. Bunte Perlenketten an ihren Hand- und Fußgelenken verstärkten den Eindruck, es hier mit einem halben Kind zu tun zu haben … Die Haustür zerbarst mit einem lauten Knall und fiel aus ihren Angeln. Er starrte durch die Glasfront im Wohnzimmer mit Blick auf den Garten mit Schaukel, Rutsche und Sandkasten. Was für ein herrliches Idyll. Ein halbes Dutzend Scharfschützen räumte Hollywoodschaukel und Sitzgarnitur mit Esstisch zur Seite.

Sie kamen von vorne und von hinten …

„Komm!“ Er packte Ariella bei der Hand und rannte mit ihr die Treppen ins obere Stockwerk. Er zog sie vorbei an der Schlafzimmertür. Vorbei am Zimmer für das Au-pair, wo Kira liebevoll ein Herz mit der Aufschrift „caldo benvenuto“ angebracht hatte: Herzlich willkommen. Ariella stolperte hinter Tscharly in Konstantins Kinderzimmer, wo eine Banderole mit einem Tiger und einem Bären die knallgelben Wände flankierte. Neben der Tür hatte der Junge sein ferngesteuertes Feuerwehrauto und einen elektrischen Baukran geparkt. Legosteine, das Lieblingsspielzeug seines Sohnes, lagen überall verstreut. Sogar im Bett.

Tscharly stieß das Dachfenster auf.

„Sind wir Mafia …“, murmelte die Italienerin.

Er platzierte Konstantins Schreibtischsessel unter das Fenster. „Erklär ich dir … später ...“ Er half ihr auf den Sessel und anschließend per Räuberleiter auf das schräge Dach. Wie ein alternder Trapezkünstler mit einem Hüftschaden kletterte er hinter der jungen Frau her und wunderte sich selbst über die Energie, die plötzlich durch seinen Körper jagte. Ariella ergriff seine Hand. Er drückte das Fenster nach unten zu, um ihnen den Weg abzuschneiden. Anschließend balancierten sie neben dem Rauchfang in Richtung des benachbarten Reihenhauses, die Mauer an Mauer standen.

Sekunden später erreichten sie die Dachrinne, die zwischen den beiden Schrägdächern verlief. Er hangelte sich weiter an den Rand des anderen Daches. Ariellas Hand drohte in der seinen zu Brei zerquetscht zu werden. Er erreichte als Erster den Dachvorsprung und spähte in einen Garten mit Pool.

„Madonna …“, wimmerte Ariella. Sie brabbelte irgendwas in Italienisch in ihren unsichtbaren Bart. Italienisch, das ist keine Sprache, das klingt wie Musik, lautete sein letzter Gedanke, bevor sie gleichzeitig mit Anlauf einen Satz nach vorne machten. Schusssalven ertönten im Stakkato. Die Geschosse flogen über ihre Köpfe hinweg und schlugen teilweise in das schmutzige Wasser ein, in dem Laub und Gräser an der Oberfläche trieben. Höchste Zeit, den Pool endlich zu leeren, bevor der erste Frost kam. Wie nachlässig diese Nachbarn doch waren! Ariellas Hand entglitt ihm. Sie tauchte voran an die Oberfläche empor.

Er tauchte neben ihr ebenfalls auf und rannte hinter ihr her, um ihren Körper mit seinem zu decken. Den Mitspieler decken, so wie er das als junger Mann beim Basketball gelernt hatte.

Sie liefen, pitschepatschenass, über den Pflasterweg zwischen den Gärten entlang. Wachhunde kläfften hinter Hecken. Alarmanlagen heulten. Ein Igel rollte sich vor ihnen auf dem Weg zusammen. Lebensmüde Wespen schwebten mit ihren letzten Kräften dem sicheren Herbsttod entgegen.

„Da …"

Tscharly entdeckte als Erster den Lieferwagen mit der offenen Tür.

Ein Hüne in lederner Biker-Kluft sprang aus dem Fahrzeug und schoss mit einer Maschinenpistole, wodurch Tscharlys Hoffnungsschimmer augenblicklich erstarb wie eine Eintagsfliege bei Sonnenfinsternis. Der Hüne packte Ariella an den Haaren und schoss gleichzeitig mit der Waffe in der anderen Hand auf die entgegenkommenden Schützen.

Tscharly erkannte den Hünen an seiner monströsen Körperform …

„Siegfried …"

Dem Hünen fehlte die rechte Ohrmuschel. Stattdessen ragte eine Antenne aus dem Gehörgang. Kein Zweifel. Das war er …

„Siegfried!", schrie Tscharly. „Lass sie los! Mein Gott …"

Das nasse Nachthemd hing wie das Überbleibsel eines misslungenen Wet-T-Shirts-Contests an Ariellas Körper. Sie blutete aus der Nase und über der rechten Schulter, wodurch das Weiß des Kleidungsstücks empfindliche Flecken abbekommen hatte, soweit Tscharly das erkennen konnte.

Drei ihrer Verfolger starben im Kugelhagel.

Tscharly versuchte Siegfried Ariella zu entreißen. Er versetzte ihm einen Schlag mit der Handkante in die Achselhöhle. Siegfried zeigte keinerlei Anzeichen von Schmerz an seinen massigen Armen, die von ihrem Muskelausmaß eher Oberschenkeln ähnelten. Tscharly schlug zu und traf Weichstellen. Trotzdem kam dem Hünen kein Schmerzlaut über die Lippen. Erst als die Anzahl der Polizisten überhandnahm, ließ er Ariella endlich los. Tscharly wurde erneut schwarz vor Augen. Der Gedanke an seinen Sohn und seine Frau verlieh ihm die Kraft, sich zu wehren. Er versuchte, Siegfrieds Ellbogen über seinen Kopf zu streifen, was jedoch aufgrund der Kraft seines Bezwingers misslang. Allerdings verschaffte er sich immer wieder Luft zum Atmen und gewann dadurch ein klein wenig Zeit. Er musste nur hoffen, dass er lange genug durchhielt, bis jemand zufällig mit einer Pistole vorbeikam, um den Muskelprotz, der aufgrund einer genetischen Mutation von Geburt an keinerlei Schmerz kannte, zu töten ... Mehr, Herrgott, brauche ich gar nicht, als ein solches Wunder ...

Er konnte sich vorstellen, was der junge Mann von ihm wollte.

„Siegfried, deine Mutter ... Milla – sie ist tot“, krächzte er mit letzter Luft. „Niemand kann sie wieder lebendig machen ...“

Ein Lachen folgte als Antwort. Lag darin Widerspruch, Spott oder Zustimmung? Zynismus ...?

„Meine Tochter ... deine Mutter ... sie kann dir nichts mehr tun. Milla ist gestorben bei der Explosion damals ...“

Tscharly verbiss sich in den straffen Bizeps. Keine Schmerzreaktion, wie zu erwarten gewesen war. Tscharly schluckte Blut und Hautfetzen – Fleisch. Hustete und spürte die Kraft in seinen Knien nach und nach schwinden. Die Rotoren eines Hubschraubers, der über die Kleingärten herangeschwebt kam, rissen Äste, Zweige und Blätter von Bäumen und Hecken. Ein ganzes Trampolin wirbelte durch die Luft. Sand. Siegfried glotzte in den Himmel und ließ prompt von Tscharly ab. Tscharly landete auf dem Boden und krabbelte auf allen Vieren.

Es schien, als habe Siegfried einen Befehl bekommen; vielleicht über die Antenne über dem rechten Gehörgang. Eine chromblitzende Antenne.

Tscharly raffte sich auf. Rannte um den weißen Lieferwagen herum und setzte sich hinter das Lenkrad. Der künstliche Orkan hatte das Dach des Lieferwagens eingedrückt wie nach einem Steinschlag. Wie durch ein Wunder hatte die Frontscheibe nur einen gewaltigen Sprung von einem Ende bis zu ihrem anderen abbekommen. Der Schlüssel steckte. Tscharly startete den Motor und raste über den Fußgängerweg davon.

Nach fünfzig Metern legte er eine Vollbremsung hin.

Ariella blockierte die Fahrbahn.

„Was willst du?“, schrie er durch das offene Seitenfenster.

Ehe er sich versah, stand sie auf der Beifahrerseite und klopfte gegen die Tür.

Per Knopfdruck öffnete er das Seitenfenster.

„Wollen Sie mich hier tatsächlich einfach so stehen lassen?“, fauchte sie. „Sie haben meinen Eltern mit Ihrer Unterschrift versichert, dass Sie und Ihre Frau auf mich aufpassen werden, solange ich hier in München bin … Diese Kerle … Mafia … sie laufen überall hier herum …“

„Nimm den nächsten Zug zurück nach Mailand und richte deinen Eltern aus, es tut mir leid…“, wollte er ihr vorschlagen.

Ehe er zu einer Antwort ansetzen konnte, hatte sie bereits die Tür aufgerissen und warf sich in ihrem klatschnassen Nachthemd auf den Beifahrersitz neben ihn.

„Basta!“ Sie funkelte ihn mit ihren dunklen Augen wütend an.

Er gab Gas. Lenkte den Lieferwagen wie in einem Labyrinth links, rechts und steuerte in Richtung eines Ausgangs. Die plötzliche Stille, die eingesetzt hatte, fühlte sich noch beängstigender an als zuvor die Schusssalven.

Ein Smartphone klingelte. Musik von Rihanna.

„Was ist das jetzt?“, fluchte er.

Sie spreizte die Finger der anderen Hand.

„Soll das heißen, …“ Er erkannte ihr Gerät. „… dass du das die ganze Zeit …“

„Niemals ohne mein iPhone“, sagte sie.

„Generation Z“, murmelte er.

Mit einem schadenfrohen Grinsen auf den Lippen sprach sie: „Unbekannte Nummer.“

Sie stellte das Gerät auf laut. Er hörte eine ihm wohlbekannte Stimme: „Hallo, Tscharly, gratuliere zur missglückten Flucht.“

Er hätte vor Schreck beinahe eine Kiste mit Streusand gerammt.

„Wagner, du Scheißkerl!“, lauteten seine ersten Worte.

Der Anrufer blieb scheinbar gelassen. „Ein wenig mehr Dankbarkeit hätte ich mir schon gewünscht. Immerhin – wenn ich nicht gerade meine Leute im Helikopter zu dir geschickt hätte, dann hätte dein missratener Enkel dir ohne weiteres den Garaus gemacht. Glaub mir, ich kenne meinen Adoptivsohn gut genug.“

„Du selbst hast mir Siegfried auf den Hals gehetzt.“

„Nein, Tscharly, der Junge weiß schon selbst, was er tut, wenn er für unsere Nationale Sache arbeitet. Er ist ein Patriot durch und durch. Seine Mutter hat ihm die Vaterlandsliebe mit der künstlichen Babymilch eingebläut.“

„Ich frage mich: Was will ein gefeuerter Ex-Verfassungsschutz-Agent von mir?“

Sein Gegenüber ließ sich nicht provozieren.

„Ich will nichts weiter als Milla zurück.“

„Meine Tochter ist tot.“

„Nein, Tscharly, darauf falle ich nicht herein. Du gibst mir Milla zurück und im Gegenzug siehst du deinen Sohn und deine Frau lebendig wieder.“

„Was will die Polizei von mir?“

„Sie suchen dich wegen Mordes an deinem Au-pair. Du hast die kleine süße Ariella Bianchi vergewaltigt und dann erstochen. Das berichten die Medien über dich. Das ganze Land sucht zur Stunde nach dir.“

Ariellas Augen füllten sich mit Fragezeichen. Er bedeutete ihr zu schweigen.

„Wie soll das gehen? Ich weiß gar nicht, wo Ariella jetzt ist …“

Ariella protestierte in ihrer Muttersprache.

„Ach, scheiße“, entgegnete Wagner, „das heißt dann wohl, meine Leute haben in der Eile die kleine Itakerin übersehen. Ach, man kann sich aber auch auf niemanden verlassen heutzutage. Aber was nicht ist, kann ja noch werden. Und früher oder später wird die Kleine genauso mausetot sein, wie es sich für eine kleine Italo-Fotze gehört. Die Itaker haben uns hängen lassen im Krieg gegen den Bolschewismus."

Tscharly spürte Wut in sich aufsteigen. „Na, warte, Wagner, wenn ich dich kriege, dann hänge ich dich persönlich an den Beinen auf, Hals über Kopf – wie den Duce ..."

Wagner seufzte. „Besorg mir lieber Milla, Tscharly, und ich werde mir die Sache vielleicht noch anders überlegen."

„Was hast du verdammt nochmal an dem Begriff ‚tot' nicht verstanden, du Möchtegernführer?"

„Tot ist ein Mensch erst, wenn es auch eine Leiche gibt. Wer tot ist, bestimme ich ..."

„Die Explosion in Kärnten auf dem Berg ..."

„Du hast die Scheiß-Explosion überlebt, ich habe überlebt und Siegfried ... fast alle haben überlebt. Nur Milla soll die Löffel abgegeben haben? Nein, mein Lieber, die Verräterin hätte uns fast alle in die Luft gesprengt und hat sich dann still und heimlich aus dem Staub gemacht. Und Siegfried kennt ihr Geheimnis, da bin ich mir ziemlich sicher. Er weiß auch, wo sie zu finden ist. Aber er will es mir einfach nicht verraten. In seinem kindlichen Trotzverhalten. Siegfried hat mehr Muskeln als Verstand."

„Wo soll ich denn nach meiner toten Tochter suchen, deiner Meinung nach?"

„Ich an deiner Stelle würde ganz einfach Siegfried folgen."

„Aber ..."

„Nichts aber!"

Tscharly spürte einen Frosch in seinem Hals.

Ende des Telefonats. Wagner hatte augenblicklich aufgelegt, ohne weiteren Widerspruch zu dulden.

„Und jetzt viel Spaß mit der Polizei", hörte Tscharly seine eigene Stimme beim Anblick der Straßensperre, die in dreißig Metern Sichtweite vor ihnen auftauchte.

„Runter!", rief er Ariella zu.

„Aber ..."

Das jeweils halbe Dutzend Beamter links und rechts der Sperre feuerte scharf. Tscharly ging ebenfalls hinter dem Lenkrad in Deckung. Die Stoßdämpfer verbogen sich beim Zusammenprall mit der Sperre. Der Lieferwagen gewann den Materialtest gegen die Alustange, die nachgab und in völlig verformtem Zustand durch die Luft wirbelte. Tscharly hob den Kopf und erkannte endlich die Hauptstraße vor sich. Er blinkte rechts und tauchte mit Schwung in den fließenden Verkehr ein.

„Mamma, ti prego, portami fuori di qui. Questi tedeschi sono pazzi ..."

Tscharly traute seinen Ohren nicht. „Bist du verrückt? Habe ich dir nicht gesagt, du sollst sofort dein Handy ausschalten?"

Sie legte eine Hand auf das Mikrofon. „Nein, das hast du nicht, Tscharly", sprach sie ihn auf einmal mit Du an.

Er ignorierte die kleine Respektlosigkeit; das Sie hatte ihm ohnehin noch nie besonders behagt.

„Dann sage ich es dir eben jetzt", herrschte er sie an und spürte das Problem, noch bevor er es hörte. „Scheiße, sie haben den Hinterreifen erwischt. – Los, schalt sofort dein Handy aus und nimm die SIM-Karte und den Akku raus …" Das Geräusch der bloßen Felge auf dem Teer hörte sich wie eine Rüttelplatte mit Kolbenfresser an und erstickte jedes weitere Wort in seinem Mund.

Ariella redete weiter in ihr Gerät. Anscheinend mit ihrer Mama.

„Was hast du an Ausschalten nicht verstanden?"

„Das ist kein Handy. Du hast gesagt, ich soll das Handy ausschalten, aber das ist ein iPho …"

Er riss ihr das verdammte Gerät aus der Hand, versuchte gleichzeitig die Spur zu halten und verlor schließlich doch gegen die Scherkräfte. Fahrwerk und Reifenstellung fühlten sich an wie in einer Seifenkiste. Der Lieferwagen schlitterte schräg in die Gegenfahrbahn. Tscharly riss das Lenkrad herum, wodurch das Fahrzeug auch noch ins Schwanken geriet. Pkw und Lkw wichen aus. Hupen. Kollisionsgeräusche. Blech gegen

Blech. Glasscherben zersplitterten. Tscharly gelang die Vollbremsung. Auge in Auge mit einem Lastkraftwagen mobilisierte er seine letzten Energien und sprang aus dem Fahrzeug. Ariella kam neben ihm zum Liegen. Er hielt ihre Hand fest. Sie retteten sich zum Bürgersteig und suchten keine Sekunde zu spät Deckung hinter einer Gruppe von Altglas-Containern. Der Lastwagen rammte den Lieferwagen frontal und schlitterte über die Fahrbahn wie über Schmierseife.

Eine gewaltige Stichflamme ging einer Explosion voraus. Ohrenbetäubender Lärm. Sie liefen querfeldein über eine Wiese, ohne auch nur einmal über die Schulter zu schauen. Rannten unter einer S-Bahnbrücke hindurch.

Ariella blieb stehen und schnaufte wie ein Ross bei der Waldarbeit.

„Ich brauch was zum Anziehen. Ich bin nackt unter meinem Nachthemd. Ich kann nicht mehr. Außerdem habe ich kalte Füße."

Sie bibberte.

Er drehte sich um, konnte es immer noch nicht glauben, wie knapp sie soeben dem Tod entsprungen waren. Seine Realität glich der aus einem Action-Film.

„Wir haben es gleich geschafft", versuchte er sich selbst und ihr Mut zuzusprechen. Sie erreichten das Gleis mit der S-Bahn nach fünf Minuten mäßigem Laufen. Für gewöhnlich brauchte er für diese Strecke eine Viertelstunde, wenn er mit Kira und Konsti in die Stadt zu einem Einkaufsbummel fuhr. Konsti liebte diese Ausflüge, weil sie seinetwegen bei McDonalds einkehrten und er sich danach noch Spielzeug kaufen durfte.

Die Lautsprecherstimme kündigte die Abfahrt des nächsten Zuges an. Die Wartenden trugen an diesem Morgen jede Menge Trachtengewänder. Soweit er schaute, erblickte er Gamsbärte, Hüte, Lederhosen und Dirndlgewänder mit Schürzen in allen möglichen Farben. Und überall die weiß-blauen Rautenmuster. Menschen unterhielten sich in sämtlichen Sprachen der Welt, nur kein einziges Wort Bayerisch. Der Dialekt schien in Vergessenheit geraten zu sein.

Eine junge Frau mit einem Reisekoffer zog Tscharlys Aufmerksamkeit auf sich. Die Figur der Asiaten und Ariellas Erscheinung besaßen Ähnlichkeit. Vielleicht … Bevor er den Gedanken zu Ende führen konnte, riss er der Besitzerin das Gepäckstück aus der Hand.

„Entschuldigen Sie … Es tut mir leid, aber es geht leider nicht anders …“

In breitem Bayerisch schrie die vermeintliche asiatische Touristin: „Hoit, du Depp! Steh bleibm!“

Tscharly befand sich bereits im Zug. Ariella an der einen Hand, den Koffer in der anderen. Die offenbar bayerische Asiatin hämmerte wie wild gegen das Seitenfenster und schimpfte.

Die S-Bahn fuhr los.

Der Koffer ließ sich mit einem Klack öffnen. „Hier, such dir was Schönes aus“, sagte er zu Ariella.

Passanten zückten ihre Smartphones, um die Szene zu filmen. Ein Andenken an den Urlaub auf der Münchner Oktoberfest-Wiesn. Zwei Stationen später stiegen sie aus. Ariella war in eine Jeans, Bluse und Turnschuhe geschlüpft. Sie wieselten durch die Menschenmenge. Überall Trachten, Trachten und nochmals Trachten. Jede Menge Italienisch wurde gesprochen. Heute war zwar erst Freitag, aber sogar die Durchsagen der Schaffner erfolgten bereits auf Italienisch.

Ariella klagte: „Die Schuhe drücken an meinen großen Zehen. Wo bringst du mich hin, Tscharly?“

„In Sicherheit“, antwortete er. „Bevor sie … bevor sie dich …“

„Wer sind *sie*?“

Sie blieb stehen.

Er zerrte an ihrem Arm. Sie entzog ihm ihre Hand.

„Hör gefälligst auf, mich wie ein kleines Kind zu behandeln, Tscharly Huber! Ich habe ein Recht darauf zu erfahren, warum mein Leben in Gefahr ist. Du hast mich schließlich in diese Situation gebracht“, sprach sie in beinahe akzentfreiem Deutsch. „Und wer ist dieser Wagner? Und was wollte dieser Siegfried von uns? Und was ist mit deiner Tochter, dieser …

dieser Milla? Ich rühre mich keinen Zentimeter vom Fleck, bevor ich nicht erfahren habe, in was ich da hineingeraten bin. Hast du Ärger mit der Mafia … oder …“

„Ich habe keine Zeit, dir die Geschichte zu erzählen. Wir sind auf der Flucht, wenn du das noch immer nicht kapiert haben solltest.“

„Vor wem laufen wir davon?“

„Ich nehme an, Wagner selbst hat in Polizeikreisen die Nachricht verbreitet, ich hätte dich umgebracht.“

„Wer ist dieser Wagner?“, wiederholte sie.

Wie sollte er diese Frage einem halben Kind erklären?

„Wagner ist ein ehemaliger Verfassungsschutzagent. Er wurde später sogar zum Chef des Bundesverfassungsschutzes und hofierte die Rechten immer mehr. Die BRD konnte ihren rechtsnationalen Chef des Geheimdienstes aber nicht länger in den eigenen Reihen dulden. Der politische Skandal war so schon groß genug. Und deswegen haben sie ihn gefeuert. Hast du das verstanden?“

Ihre Miene drückte das Gegenteil aus. „Und warum tut er dir das alles an?“

Er breitete die Arme aus. „Weil ich als Journalist mehrere Neonazi-Affären beim deutschen Verfassungsschutz aufgedeckt habe.“

„Und was ist mit deiner Tochter?“

„Milla ist bei meinen Recherchen ums Leben gekommen. Man nimmt an, dass sie zuvor die Explosion auf dem Berg in Österreich selbst verursacht hat. Und Siegfried war ihr Ziehsohn. Er ist der Sänger der Rechtsrockband Kommando 88. Und wahrscheinlich schafft Wagner es nicht, ihn zu kontrollieren, nehme ich an. Deswegen soll ich diesen Job für ihn erledigen.“

„Aber warum hat Wagner so viel Macht über dich?“, fragte sie wie eine Psychoanalytikerin.

„Gute Frage.“ Er übertönte mit seiner Stimme die Wiesentouristen, die an ihnen vorbei den Bahnhof querten. „Wagner ist heute der Chef eines rechten Think Tanks. Ich nehme an, daher die Helikopter und die Bewaffneten, die heute Morgen ein Blutbad in meiner Redaktion angerichtet und Kira und meinen Sohn in ihre Gewalt gebracht haben."

„War Milla ...?"

„Nein." Er sah die Frage bereits in ihren glutvollen Augen. „Milla stammt aus meiner ersten Ehe. Sie wäre heute fast so alt wie Kira. Reicht das als Erklärung?"

„Was ist ein rechter Think Tank?"

„Das ..."

Er spähte nach den Anzeigentafeln. Einmal noch umsteigen, dann mit dem Regionalzug weiterfahren, das ...

„Wohin fahren wir?"

„Ich bringe dich an einen Ort, den du unbedingt sehen wolltest."

Ihre Stirn zeigte krause Falten. „Und wo soll das sein? Die Frauenkirche? Den Englischen Garten? Den alten Peter ..."

Er schritt ihr voraus. Sie folgte ihm. Die zu engen Schuhe schienen keine weitere Rolle zu spielen.

Er hatte keine Zeit mehr, Fahrkarten zu lösen. Sie stiegen in eine weitere S-Bahn. Dicht gedrängt im Berufsverkehr hielten sie sich fest, obwohl es auch so ein Ding der Unmöglichkeit gewesen wäre, zwischen all den Körpern umzufallen. Der Berufsverkehr und der Andrang zum Oktoberfest hatten München fest in der Hand. Japaner in Lederhosen und mit Fotoapparaten beobachteten das vermeintliche Vater-Tochter-Gespann wie eine von vielen Sehenswürdigkeiten.

Sie stiegen ein weiteres Mal um und befanden sich endlich im Regionalzug.

Tscharly bereute, die Maschinenpistole im Lieferwagen zurückgelassen zu haben. Andererseits – wie weit kam ein Mann mit einer derartigen Waffe in der Stadt, die sich als die sicherste in ganz Deutschland rühmte?

Wälder und Alpenlandschaften, Seen und immer wieder Bundesstraßen und Autobahnen zogen am Fenster vorbei. Sie hatten inzwischen sogar Platz genommen. An Ariellas staunenden Augen und ihrer teilweise apathischen Miene erkannte er ihren Schockzustand. Sie schien die Lebensgefahr wie ein Kind seine Ur-Ängste zu verdrängen. Aus welchem Grund auch immer schien sie in ihn ein Ur-Vertrauen zu hegen, als könnte er tatsächlich für ihre Sicherheit garantieren. Sie waren an diesem Morgen unbeabsichtigt eine Verbindung eingegangen. Eine Schicksalsgemeinschaft.

Sie erreichten die Ortschaft Neuschwanstein fünfzig Minuten später.

Das berühmte gleichnamige Schloss thronte auf seinem Felsen über dem Tal im bayerischen Alpenland.

„Schneewittchen und die sieben Zwerge", staunte Ariella.

„Was?", fragte er irritiert.

„Das sieht aus wie in Disneyland", erklärte sie ihm altklug, „weißt du denn nicht, dass Walt Disney das berühmte Schloss von König Ludwig dem Zweiten für seinen Familienpark kopiert hat? Bist du niemals in Paris oder Orlando gewesen?"

Er schüttelte den Kopf und erwiderte gereizt: „In Paris habe ich mir ganz sicher nicht Disney-World angeschaut."

Tscharly schnippte ein Taxi heran. Sie fuhren bis zum Fuße des Schlossbergs. Überall Souvenirläden und noch mehr Touristen in Trachten. Fotoapparate, Kameras, Smartphones. Tscharly wünschte, er hätte nur die Möglichkeit gehabt, seinem Gast das Märchenschloss bei einer anderen Gelegenheit näher zu bringen.

„Weißt du eigentlich, dass der König in dem Schloss nur elf Nächte lang geschlafen haben soll?", fiel ihm ausgerechnet jetzt ein.

„Nein."

„Das Schloss ist im Innern nie fertig geworden. Es gibt etliche Räume, die für die Öffentlichkeit nicht zugänglich sind, weil dort nichts ist außer Baustelle. Das Schloss zieht täglich mehr als sechstausend Besucher an."

„Woher weißt du das?"

„Habe ich irgendwo in einem Reiseführer gelesen", fuhr er fort, während sie im Laufschritt die Touristen den Schlossberg hinauf überholten und schließlich das Tor erreichten. Die

Mauern aus weißem Kalkstein reflektierten die Vormittagssonne.

Tscharly drängte sich in der Reihe nach vorne. Ariella folgte ihm. Protest von Menschen, die wahrscheinlich schon zwei Stunden und länger anstanden, folgte ihnen auf dem Fuß.

„Halt! Ihre Eintrittskarten!“, herrschte ein Portier ihn an, der eine Uniform aus dem 19. Jahrhundert und eine Art Robin-Hood-Mütze trug.

„Der Hausherr erwartet uns“, sprach Tscharly.

„Der … Ludwig?“

„Wagner“, lautete Charlys Antwort.

Er stieß den Mann beiseite. „Los!“ Ariella folgte ihm. Sie rannten Hand in Hand in den Innenhof, wo weitere tausend Menschen standen. Auf modernen Nummerntafeln erschienen Ziffern, anhand derer die Gäste wussten, wann ihnen die Ehre der königlichen Schlossführung zuteilwurde.

„Polizei! Bleiben Sie stehen!“

Die Rechtsschützer rannten auf sie zu – jedoch *noch* ohne die Waffen zu zücken. Wahrscheinleich, um die Situation in der Menge nicht eskalieren zu lassen.

Tscharly blieb keine andere Wahl, als alles auf eine Karte zu setzen.

Für Konsti! Für Kira!

„Ich weiß, wo meine Familie ist!“, schrie er und entriss einer Beamtin aus ihrem Halfter die Dienstpistole. Er rannte mit Ariella an der Hand die Treppe zum Eingang empor. Ein erster Schuss ertönte. Mit dem Hormoncocktail eines Bungee-Jumpers im Blut gelang es ihm, gegen sämtliche Arme, Hände und Fotoapparate anzukämpfen. Weitere Schüsse hallten durch die Luft. Blitzschnell schlängelten sie sich an den Touristen vorbei und erreichten das Foyer des Schlosses ohne jeden Blick für dessen Schönheit. Das Tor schlug hinter ihnen zu. Die Pracht der Goldenen Lüster und kunstvollen Verzierungen, Vertäfelungen und jeder Menge Nippes ging an ihnen vorbei.

Fotografieren und Filmen war hier strengstens verboten, zeigte ein Schild. Eine Gruppe von dreißig Personen zückte ungeniert ihre Smartphones und schoss Fotos oder drehte Filme von Tscharly und Ariella. Schreie und Aufforderungen, sofort stehen zu bleiben, Hilferufe … Tscharly nutzte die erhobene Pistole, um an der Menschenmenge vorbei eine Wendeltreppe zu erklimmen. Innerhalb von weniger als einer Minute erreichten sie den weltberühmten Nibelungensaal, den König Ludwig entworfen hatte, um dem Werk des Komponisten Richard Wagner ein ewiges Denkmal zu setzen.

Überall Schwäne so weit das Auge reichte, edle Ritter mit Lanzen und Szenen aus den Opern des genialen Komponisten. Am Ende eines Durchgangs entdeckte Tscharly die Tür, die unauffällig in die Wand eingearbeitet war. Sie war von blauer Stofftapete überzogen und ließ sich nicht öffnen. Er nahm Anlauf und riskierte eine kaputte Schulter. Ein Krachen. Und er stand inmitten eines Raumes, der von allen Seiten mit Baugerüsten ausstaffiert war.

„Wo sind wir hier?“, fragte Ariella.

Er rieb sich die pochende Schulter. „Willkommen auf der königlichen Baustelle Seiner Majestät König Ludwig des Zweiten von Bayern.“

Staub wirbelte bei jedem Schritt unter ihren Füßen. Neuschwanstein, wie gewöhnliche Touristen es niemals zu sehen bekamen. Er hätte auf den Anblick gut und gerne verzichten können.

„Wohin …?“, wimmerte sie. „Woher weißt du …?“

Er erinnerte sich einfach an diese Tür, wollte er antworten, weil er als Jugendlicher mit der ganzen Klasse hierhergeführt worden war. Dass ein Großteil der geplanten Räume niemals fertig gestellt worden war, gehörte zum historischen Allgemeinwissen über den Kini. Aber dafür war jetzt nicht die Zeit. Einfach der Nase nach, beschloss er. Die Wendeltreppe besaß kein Geländer. Rote Ziegelsteine überall und noch mehr Sand und Staub, der auf sie mit jeder Stufe herabregnete. Spinnennetze breiteten sich majestätisch in Nischen und Ecken aus. Fledermäuse hingen kopfüber von der Mauer. Tscharly und

Ariella stapften über Knochenstücke und Geröll – ein Rattenfriedhof, der entsetzlich stank.

Er hörte Ariella immer wieder Husten und Niesen. Die Luft anhalten nützt hier nichts, dachte er. Tscharlys Augen tränten.

Bereit jederzeit seine Waffe zu gebrauchen, trat er Schritt für Schritt durch das Stockdunkel. Durch winzige Öffnungen im Gemäuer und in den Felsen drang hie und da ein Funke Sonnenlicht. Ein Sonnenstrahl offenbarte auf einer dunklen Eichentür das Konterfei des Komponisten Richard Wagner.

„Es stimmt also“, flüsterte er.

„Was?“

„Seine Majestät wollte im Felsen ein Walhalla-Zimmer errichten.“

„Woher …?“

„Recherchen“, antwortete er. „Ludwig selbst war ein schwuler, introvertierter Künstler. Er hatte mit Nationalsozialismus nichts zu tun. Aber der Komponist Richard Wagner war ein Antisemit. Was für ein Zufall, findest du nicht auch? Das muss wohl am Nachnamen liegen … Wagner … Jedenfalls – in den letzten Jahren soll der *Verfassungsschutz*-Wagner – mit Vornamen Roland – diesen Raum für sich und seine Verbündeten neu entdeckt haben. Das weiß ich aus einem geheimen Papier. Durch einen unterirdischen Gang nutzen Wagner und seine rechten Ratten das unfertige Walhalla-Zimmer, um sich dort im Geheimen auf dem Schloss zu treffen. Wenn ich meine Informanten preisgebe, dann kann das böse enden“, fügte er hinzu und zweifelte daran, dass eine Siebzehnjährige diese Umstände überhaupt derartig detailliert interessierten. Wahrscheinlich diente seine Erklärung ihm in erster Linie selbst, um seinen Fokus weg von seiner Angst um seine Familie zu lenken.

„Und du glaubst, Konsti und deine Frau sind ausgerechnet da drin?“

Tscharly presste die Lippen aufeinander; er sprengte das Hängeschloss mit einem Schuss aus der Polizeipistole auf. Die Tür ließ sich ohne Mühe öffnen. Er trat ein. Drei Metallsäulen stützten das Gewölbe, die eher die Überbleibsel einer Baustelle waren, als zur Architektur eines Göttertempels gehörten.

Ehe er einen Fluch ausstoßen konnte, blickte er zu einem Bildschirm, der auf dem knirschenden Sand aus Kalkstein stand und Roland Wagner zeigte.

„Heil Hitler, Tscharly", grüßte Wagner. Er zeigte ein kariöses Grinsen.

„Wo …?", krächzte Tscharly mit heiserer Stimme und sah sich nach seiner Familie um.

„Jedenfalls nicht hier, wie du siehst", antwortete Wagner und stierte ihn durch eine John-Lennon-Brille an. Man konnte nur sein Gesicht sehen. Das inzwischen graue Haar hatte er sich auf Schulterlänge wachsen lassen. Auf den ersten Blick wirkte er wie ein Alt-Hippie, weniger wie der Chef eines rechten Think Tanks. „Dein guter Riecher hat dich doch noch nicht ganz verlassen. Ich habe geahnt, dass du es als Erstes hier versuchen wirst. Und du hast ja nicht ganz unrecht. Ein paar Jahre haben wir uns hier in diesem Raum still und heimlich getroffen, die Kameraden und ich. Aber während du über uns recherchiert hast, haben wir im Gegenzug auch dich und deine Lügenpresse niemals aus den Augen verloren."

Ihn nach so langer Zeit zum ersten Mal wiederzusehen. Mit ihm zu sprechen … Tscharlys Brust fühlte sich zum Zerreißen gespannt an.

Tscharly erspähte Kameras von allen Seiten. Er hob die Pistole und stellte sich schützend vor Ariella.

„Du solltest achtsamer mit dir umgehen, Tscharly. Dich nicht immer unnötig in Gefahr bringen. Denn das soll ganz schlecht sein für dein Kronenchakra, habe ich mir sagen lassen. Aber ruhig Blut, Tscharly. Ihr beiden Hübschen seid allein hier. Keine Heckenschützen."

„Ich will sofort meinen Sohn sehen. Und meine Frau. Auf der Stelle, du Schwein."

Wagner hob die Schultern und gab Befehl, worauf der Fernseher zu einer anderen Kamera wechselte.

„Papa …"

„Tscharly …“

Kira und Konsti standen im Halbdunkel eines Raumes, an dessen Wänden Tscharly keinerlei Bilder oder Charakteristika ausmachen konnte.

Konsti sah ihn mit den blaugrünen Augen an, die er von Kira geerbt hatte. Das blonde Haarbüschel an seinem Hinterkopf stand wie immer ab, was an einem Wirbel lag, ein väterliches Erbe. In seiner rechten Hand hielt Konsti das rote Lichtschwert, das er zu seinem Geburtstag im Juni bekommen hatte. Star Wars war das Universum, in das sich der siebenjährige Junge mit seinen Freunden gerne hineinträumte.

„Papa, wann kommst du? Ich habe solche Angst.“

Kira hielt ihren Sohn wie eine Löwenmutter schützend in ihren Armen.

Tscharly schluckte. „Bald.“

„Holst du mich und Mama hier raus?“

„Versprochen, mein Junge.“

„Ich passe auf die Mama auf, Papa. Darth Vader und seine Freunde von der dunklen Seite können uns gar nichts tun, weil ich der beste Freund von Luke Skywalker bin. Hast du das gewusst, Papa?“

Tscharly nickte; seine Stimme versiegte.

Kira streichelte ihren Sohn. „Tscharly, uns geht es gut hier“, sagte sie. Wahrscheinlich, um ihn zu beruhigen, vermutete er.

„Ich liebe dich, Kira. Ich liebe dich, Konsti. Ich …“

„Mach dir keine Sorgen um uns, Papa. Wir werden schon eine Möglichkeit finden, um …“

Prompt wurde auf eine andere Kamera zurückgeschaltet. Wagner grinste und sprach: „Siehst du, Tscharly, wir sind wirklich keine Unmenschen. Deiner Frau und deinem Sohn geht es bei uns bestens. Wir achten auf sie, wie auf unsere Augäpfel. Und sobald du uns deine Tochter, die Verräterin Milla, auf einem Silbertablett serviert hast, werdet ihr einander wieder begegnen. Dann ist die ganze Star Wars-Familie rund um Yoda, Han Solo und den kleinen Luke Skywalker wieder vereint. Unendliche Weiten sage ich nur.“ Das zynische Lachen des rechtsradikalen Alt-Hippies trieb Tscharly Tränen der Wut in die Augen.

„Fuck you!", drohte Ariella Bianchi Wagner mit dem ausgestreckten Mittelfinger und war damit endgültig Teil des Konflikts geworden.

Ein Piepen, das an einen Klingelton erinnerte, ertönte.

Auf dem Bildschirm erschienen rote Ziffern.

„Was ist das?", fragte Tscharly.

„Das ist der Zeitschalter, mein Lieber", sprach Wagner seelenruhig und pustete sich scheinbar gelangweilt eine Strähne seines grauen Haares aus der Stirn. Auf dem Bildschirm schien jede Pore in seinem Gesicht riesig. „Von jetzt an bleiben euch genau 180 Sekunden, um diesen Ort zu verlassen."

„Und dann?"

„Dann gehen hier auf Schloss Neuschwanstein alle Lichter aus. Der Fels, in dessen Innerem du stehst, fliegt samt dem alten Kasten in die Luft. Mit all den Besuchern aus der ganzen Welt. Das Letzte, was die ganzen Schlitzaugen in ihrem Leben gesehen haben, ist ein kitschiges Monument, das ..."

Tscharly fiel Wagner ins Wort: „Das ist ein Bluff."

160 Sekunden las Tscharly.

„Sehe ich so aus? Meine Leute und ich, wir meinen es todernst. Du solltest uns gut genug kennen."

„Aber ..." Tscharly schaute über seine Schultern. Niemand.

„Vergiss es, Tscharly, es ist zu spät, um die sechstausend Besucher zu warnen und das Schloss zu evakuieren. Deren Schicksal ist so gut wie besiegelt. Gibt ohnehin zu viele Asiaten auf der Welt. Findest du nicht?"

„Aber wie sollen wir ..."

Wagner las seine Gedanken.

„Über das Tischleindeckdich könnt ihr die Gefahrenzone verlassen", beantwortete er Tscharlys unausgesprochene Frage. „Aber es wird Zeit ..."

Tscharly fröstelte.

„... ich sehe in deinem Gesicht, Tscharly, dass du weißt, was ich meine. König Ludwig plante auch hier in diesem Walhalla-

Zimmer ein Tischleindeckdich, so wie auf Schloss Linderhof. Wenn du deinen Blick nach links richtest, siehst du dort die Vorrichtung, die wie ein Aufzug aus dem 19. Jahrhundert aussieht. Einen Elektromotor gab es leider noch nicht. Du wirst also die Kurbel benutzen müssen."

Tatsächlich erkannte Tscharly unter Staub und Spinnweben eine majestätische Tafel und eine Kurbel.

100 Sekunden …

Dann würde der Sprengstoff detonieren.

Wagner lachte; vielleicht litt er unter Zahnarztphobie, was den Anblick noch unerträglicher machte. In seinem Innern roch Tscharly den zugehörigen Mundgeruch. Blitzschnell zog er Ariella an der Hand zu sich heran. Ein unsanfter Kavalier, der die Braut bezwang. Sie sprangen mit Anlauf auf die königliche Tafel. Tscharly brauchte seine gesamte Kraft, um die Kurbel zu betätigen. Das Konstrukt hätte dringend einen Tropfen Öl vertragen können. Hundertfünfzig Jahre waren eine lange Zeit, doch die Technik erwies sich als funktionstüchtig. Sie glitten in zunehmender Geschwindigkeit wie in einem Lift in die Tiefe.

Ariella bekreuzigte sich.

Sie erreichten ein Plateau, an dem das Tischleindeckdich ruckartig in einem Raum am Fuße des Felsens zum Stehen kam.

„Jesus!", brüllte Tscharly, der seinen Magen im Hals spürte.

Eine weitere Tür ließ sich durch einen hölzernen Riegel, der mindestens einen Zentner wog, beiseiteschieben. Sie liefen nach draußen und befanden sich in einem Wald mit Ausblick auf das malerische Schloss, das im Stil der Neo-Romantik an eine mittelalterliche Ritterburg erinnerte. Dann ertönte die erste von einem Dutzend Detonationen. Tscharly spürte seine Trommelfelle schmerzen. Ariella presste sich die Hände gegen die Ohrmuscheln. Was sich vor ihren Augen ereignete, hätte eine Szene aus einem Action-Film à la Hollywood sein können. High-Noon.

Das weltberühmte Schloss Neuschwanstein stürzte gegen zwölf Uhr mittags mitteleuropäischer Zeit in die Tiefe.

Teil 1

1. Montag, sieben Tage vor dem „Tag X“

O’zapft is!
Tscharly Huber schaute von seinem Schreibtisch zu einem Fernseher in der Ecke seines Büros auf, wo der alljährliche Trubel von der Münchener Theresienwiese live übertragen wurde. Der aktuelle Preis einer Maß Bier in diesem Jahr wurde eingeblendet: 29,90 Euro; die Preise stiegen wirklich schnell in diesen Zeiten. Als Scholz in Berlin noch Kanzler gewesen war, hatte die Wiesenmaß bereits ein Vermögen gekostet. Aber jetzt … das schlug dem Fass buchstäblich den Boden aus. Zumal die Inflation stündlich an den Preisen drehte. Die Wiesnmaß und die Aktienkurse waren in diesem Herbst die besten Anhaltspunkte. Der Bürgermeister brauchte genau sechs Schläge, um das erste Fass des traditionellen Wiesenbiers anzuzapfen. Ein absoluter Negativrekord, kommentierte ein Journalist im ersten Überschwang: „Wenn das mal nicht ein schlechtes Omen für das Münchener Oktoberfest ist, meine Damen und Herren …“

Tscharly drehte den Ton ab und ließ sich in seinem Ledersessel zurücksinken; er legte die Beine auf den Schreibtisch. Das tat gut. Er ertrug die übliche Münchener Rathausprominenz und die Schickeria nur als modernen Stummfilm. Die Schere zwischen Arm und Reich, dachte er, ist in den letzten Jahren drastisch auseinander gegangen. Darin bestätigten ihn die Designer-Dirndl-Gewänder der Damen, die in Städten wie Paris und New York entworfen worden waren. Einige Damen der Schickeria trugen ein Vermögen an Stoff und Schmuck am Körper, das locker ausgereicht hätte, um eine Familie über ein Jahr lang …

Ein WhatsApp-Signal riss Tscharly aus seinem tranceähnlichen Zustand. Er las eine Nachricht von Kira. „Das Au-pair ist da."

Er antwortete prompt: „Na, hoffentlich versteht Konsti sich auch mit ihr."

„Hat sich gleich zum Schlafen hingelegt. Ziemlich müde, unser Gast."

„Kein Wunder", tippte er, „kommt mit dem Nachtzug aus Mailand, da würde ich mich auch wie gerädert fühlen."

Smileys folgten als Reaktion und ein: „Ich mache mir Sorgen um dich, Tscharly."

„Musst du aber nicht", schrieb er zurück.

„Solltest dich mal von einem Arzt checken lassen. BITTE."

Ach, er seufzte. Genervt antwortete er: „Hab ich ja schon. Und es ist alles okay."

„Dann hole dir wenigstens eine Zweitmeinung ein. Mir zuliebe, Tscharly."

„Wenn ich mit der aktuellen Story fertig bin, dann habe ich Zeit, mich einmal gründlich durchchecken zu lassen."

„Das sagst du jedes Mal. Und dann bist du wieder an irgendeiner neuen Story dran und hast wieder keine Zeit, zum Arzt zu gehen."

„Aber dieses Mal tue ich es wirklich. VERSPROCHEN." Er legte das Smartphone achtlos auf den überfüllten Schreibtisch.

Er ignorierte den pulsierenden Schmerz in seiner Leistengegend, der ihm schon wieder zu schaffen machte, und reagierte auf ein Klopfen an der Bürotür mit einem „Herein".

Er ignorierte auch den nächsten WhatsApp-Signalton geflissentlich und lächelte stattdessen die Mitarbeiterin, die sein Büro betrat, warmherzig an.

„Hallo, Annemarie, wie schön, dich wieder hierzuhaben."

Annemarie Brooks brachte ihm einen Stapel Papiere aus der Finanzabteilung der Münchener Neuesten Nachrichten.

„Guten Morgen, Tscharly, da sind auch die Abrechnungen über das letzte Quartal dabei, soll ich von Frau Doktor Kalkert ausrichten."

„Und die guten Nachrichten?"

Annemarie verstand seinen Scherz und lächelte. „Die guten Nachrichten, Tscharly – die lauten: Der Tisch für Roberts Abschiedsfest ist gebucht. Wir feiern im Herzkasperl-Zelt. Schriftliche Einladung folgt."

„Kommst du heuer auch mit?"

Er nahm die Füße vom Tisch und betrachtete ihr Gesicht, das in den letzten Wochen Farbe und Fülle bekommen hatte. Ihn beinahe an die Zeit vor ihrer Krankheit erinnerte.

„Ich weiß noch nicht."

„Aber du bist doch jetzt wieder gesund. Immerhin hat die Immuntherapie den Brustkrebs endgültig besiegt." Annemarie arbeitete erst seit vier Wochen wieder in der Redaktion. Und Tscharly hätte seine Freude darüber kaum in Worte fassen können. Annemarie duzte ihn als leitenden Chefredakteur als einzige unter den Angestellten der Münchener Neuesten Nachrichten – und er duzte sie. Außer vor Angestellten, da wechselten sie ins förmliche Sie.

„Die halbe Bio-Ente kostet heuer übrigens 101,60 Euro", sagte sie. „Das ist selbst für Wiesn-Verhältnisse teuer geworden."

Er richtete sich auf und berührte die Schulter seiner Assistentin vertraut freundschaftlich. Im letzten Herbst hatten ihr die Ärzte beide Brüste amputiert. Alleinstehend, geschieden, die Tochter erwachsen und in den USA studierend, lebte sie allein in München. Tscharly hatte jede Gelegenheit genutzt, Annemarie im Klinikum rechts der Isar zu besuchen. Das war gar nicht so einfach gewesen; aufgrund von Keimen, die in Krankenhäusern entstanden und die gegen alles Mögliche immun waren, hatte er als Besucher eine Art Weltraumanzug tragen müssen. Antibiotika zeigten schon lange keine heilsame Wirkung mehr.

„Und wie geht es dir wirklich?", hakte er nach.

Annemarie wich seinem Blick aus. „Frau Doktor Kalkert will die Security einsparen, habe ich gehört."

„Ich war noch nie ein Fan davon“, brummte er, „dass Verlagsredaktionen sich mit Sicherheitsfirmen vor Angreifern schützen müssen. Aber meinetwegen.“

„Hast du gar keine Angst?“

„Wovor denn?“

„Du hast dir mir deinen Artikeln allerhand Feinde gemacht, Tscharly.“

„Ich habe im Laufe der letzten Jahre so viele Drohungen gegen mich, meine Familie und die Redaktion bekommen, dass ich hundertfach tot sein müsste. Neonazis und Antifa mögen mich nicht besonders. Und ich stehe noch immer hier, wie du siehst. Gesund und munter.“ Er reckte die Brust wie ein stolzer Krieger. „Ich meine … immerhin geht die ganze Redaktion einmal die Woche zum Krav-Maga-Training. Und das auf Betriebskosten. Es wimmelt hier nur so von Kampfmaschinen. Was soll da noch schiefgehen?“ Er zwinkerte ihr zu.

„Warst du beim Urologen, Tscharly?“

„Jetzt fängst du auch noch damit an. Ihr Frauen seid wirklich hartnäckig.“ Er schnaubte und lenkte ab: „Übrigens, unser Aupair-Mädchen ist heute gekommen. Ariella, süße siebzehn Jahre, aus Mailand.“

„Armer, Tscharly“, entgegnete sie.

„Wieso?“

„Ich kenne doch deine Abneigung gegen Menschenmassen. Könnte mir gut vorstellen, dass euer Gast ein natürliches Interesse daran haben könnte, auf das legendäre Italienische Wochenende zu gehen. Und ich fürchte, als guter Gastgeber wirst du sie wohl oder übel begleiten müssen.“

„Wird wohl so sein.“ Gottlob, dachte er, der Ablenkungsversuch hat funktioniert.

Annemarie blickte ihm in die Augen und belehrte ihn eines Besseren. „Du weißt ja, wo du mich findest, Tscharly, wenn du jemanden zum Sprechen brauchst. Und mit Kranksein kenne ich mich aus, wie du weißt. Ich bin jederzeit für dich da.“

Damit ließ Annemarie Brooks ihn allein im Büro zurück.

Tscharly setzte sich. Die Schmerzen hatten nachgelassen. Er warf einen Blick zum Fernseher, wo Menschen in Lederhosen und Dirndl-Gewändern verkleidet die Theresienwiese bevölkerten. Tscharly griff nach dem Smartphone, um die letzte Nachricht seiner Frau zu lesen und schüttelte unwillig den Kopf. Nein, zuerst muss ich noch die neue Story zu Ende bringen.

2. Donnerstag, Juni desselben Jahres, Tag der „Sommersonnenwende"

Das Festivalgelände auf dem weiten Feld wurde von einem zweieinhalb Meter hohen Zaun mit Stacheldrahtspitzen umgeben. Das viereckige Areal lag mitten in Thüringen, in der Pampa. Hier ließ sich der längste Tag des Jahres würdig zelebrieren, weit und breit kein Schatten. Die nächsten menschlichen Behausungen lagen acht Kilometer entfernt. Stände mit Bier, Essen und Merchandise waren tags zuvor aufgebaut worden. Innerhalb und außerhalb des Grundstücks patrouillierten Männer mit Glatzen und Bomberjacken. T-Shirts mit Stilgranaten, SS-Runen und rechten Slogans wurden wie Uniformen aufgetragen. Am rechten Arm trugen diese Typen schwarze Armbinden mit dem SS-Logo des Schwert-und-Schild-Festivals. Weder Polizei noch Antifa würden an dieser glatzköpfigen Kampftruppe vorbeikommen.

„Höher!", herrschte Roland Wagner seinen Lakaien an.

Mit einem Feldstecher lagen sie in sicherer Entfernung zwischen Dornen und Gestrüpp.

Müllfred – so nannte er seinen Lakaien – zuckte zusammen und positionierte das Fernglas über Wagners Augen. Müllfred blieb dabei für ihn unsichtbar, wie er es ihm beigebracht hatte.

Auf der Festival-Wiese war einiges los, obwohl die ersten Bands erst in drei Stunden die Bühne stürmen würden. Die Rechtsradikalen aus sämtlichen Ländern Europas labten sich einstweilen an Bier und Schnaps. Zur Erinnerung an dieses Fest deckten sie sich mit Souvenirs ein, T-Shirts, auf denen stand: „White Revolution is the only solution" oder „HKNKRZ", und das eine oder andere Paar neuer Springerstiefel.

Wagner kannte sich aus; schließlich hatte er in früheren Jahren selbst derartige Rockkonzerte, die stets als Tarnung für etwas Größeres galten, organisiert.

„Ah, da hinten kommt endlich Brown aus England inklusive Leibwache", murmelte Wagner und Müllfred war sich nicht sicher, ob er eine Spur Ironie in der Stimme des Chefs heraushörte. „Brown ist ein hundertprozentiger Überzeugungstäter, Müllfred, das macht ihn nicht nur sympathisch, sondern absolut unersetzlich für die nationale Sache. Er ist weder käuflich noch erpressbar. Wobei er durch das Managen diverser Bands und den Verkauf unzähliger Fan-Artikel unglaublich reich geworden ist. Außerdem verdient der Tausendsassa ganz gut im Londoner Rotlichtmilieu, was heutzutage was heißen will, bei den ganzen indischen Huren und den Negerinnen, die ihm Konkurrenz machen. Aber jeder muss halt von irgendwas leben, bis zu dem Zeitpunkt, an dem der Tag X kommt." Wie oft hatte Wagner in den letzten Jahrzehnten seines Lebens diesen Satz gedacht? Wagner presste die Lippen aufeinander. Müllfred musste schließlich nicht alle seine Gedanken kennen. Dieser tumbe Fleischklops, den er als Halbwüchsigen auf einem Müllplatz aufgegabelt hatte.

Ah, neben ihm ist seine schwedische Freundin, fuhr Wagner in Gedanken fort. Das ist die einzig rassische Vermischung, die wir zulassen. Nordvölker und Nordvölker, aber nichts anderes."

Brown und sein Gefolge wurden im Gegensatz zu den anderen – Klischee-Nazis – *nicht* am militärisch gesicherten Eingang kontrolliert, sondern fanden, von dem dienernden Security-Personal der Arischen Bruderschaft hofiert, sofort Einlass.

„Nach links, du Trottel", befahl Wagner und Müllfred leistete den Anweisungen seines Chefs Folge.

„Sofort, Boss!", stimmte er zu.

„Nicht so weit, ein wenig mehr rechts zurück."

Müllfred atmete tief durch und strengte sich noch mehr als bisher an.

„Gut! Und jetzt langsam dem serbischen Tross da hinten folgen."

Bei Odin, Thor und allen anderen germanischen Gottheiten, wie sehr wünschte ich, ich hätte noch meine beiden Arme. Aber ein Mann ohne Arm ist arm dran, spielte er die alte Stilblüte aus Gymnasialzeiten in Gedanken zu einem Millionsten mal durch. Er zog einen Mundwinkel nach unten und Müllfred fragte sich einmal mehr, was in seinem Chef vorging. Der treue Diener erspähte eine Gruppe, die noch einige Meter vom Zaun des Festivalgeländes bis zum Eingang zurückzulegen hatte.

„Das ist Tomić mit seinem Gefolge", referierte Wagner wie vor einem gelehrigen Schüler weiter. „Die meisten unserer braven Mitbürger haben ja keine Ahnung, wie viele Kameraden es gerade in den Ostvölkern gibt. Russland, Serbien, Ungarn, Polen, Kroatien, Rumänien. Ohne den Osten könnten wir die europaweite Revolution nicht auf ein solch breites Fundament stellen. Wichtig ist aber, dass sie weiter in unserer Abhängigkeit bleiben und uns folgen."

Müllfred nickte pflichtbewusst und drehte das Fernglas der Gruppe von fünfzehn Personen zu, damit sein Chef das Gewünschte erkennen konnte.

„Ausgezeichnet, gleich gibt es was zu sehen", frohlockte Wagner. Sein langes, weißes Haar flog ihm um die Schultern und blieb an Speichelfäden an seinem Kinn hängen. Müllfred wischte ihm die Spucke weg und legte den Feldstecher exakt an. In solchen Situationen, wenn sie nebeneinander im Gras lagen, schien es ihm, als wäre er mit seinem Chef zu ein und derselben Person verschmolzen. Als existierte nur noch das gemeinsame Ich. Was war dagegen schon ein Liebespaar?

„Diese verdammten System-Journalisten kriegen gleich ein paar auf ihr freches Lügenmaul", riss Wagner ihn aus seinen Gedanken.

Ein fünfköpfiges Kamerateam des öffentlich-rechtlichen Fernsehens bewegte sich auf eine Abordnung internationaler Nationalsozialisten zu, die eine serbische Fahne vor sich hertrugen.

„Tomić versteht bei diesem Pack überhaupt keinen Spaß. Ich kann mich noch daran erinnern, wie ich vor Jahren nach einer durchzechten Nacht mit Tomić und dem Chef des serbischen Geheimdiensts beim Verlassen einer Kneipe von so einer deutschen Systemjournaille fotografiert worden …"

Wagner verstummte. Das da vorne war besser als Hollywood. Tomić starrte die Journalisten an. Seine Lippen formten das Wort „Volksschädlinge", las Wagner amüsiert von seinen Lippen.

Die Journalisten, drei Männer und zwei Frauen, wichen keinen Millimeter nach rechts oder links.

„Wer nicht sehen oder hören will, der muss eben fühlen, Müllfred." Wagner lachte schelmisch.

Tomić stieß einen Urschrei von sich wie ein nordischer Krieger, hob für alle sichtbar drei Finger in die Luft, woraufhin drei seiner Männer in Richtung der Journalisten stürmten. Die hoben hektisch ihre um den Hals gehängten Presseausweise in die Höhe. In diesem Moment war es zu einer Flucht längst zu spät. Tomić und seine Leibgarde hatten die Medienleute eingeholt und verteilten gezielt Schläge und Tritte. Kamera und Stativ gingen zu Bruch. Die Presseleute wälzten sich im Gras vor Schmerzen. Danach rieb sich Tomić die Hände, stellte sich vor einen am Boden liegenden Journalisten und urinierte auf ihn. Anschließend gab er seinen Männern das Zeichen, weiter zum Eingang zu gehen, als wäre nichts gewesen.

Die Presseleute hinkten, sich gegenseitig stützend, davon. Vielleicht ließ sich ja aus ihrem Termin in der Notfallchirurgie eine große Story machen, die vom deutschen Gesundheitswesen handelte.

„Weißt du, Müllfred, als ich noch Chef des Vereins war, dessen vornehmste Aufgabe es ist, das deutsche Volk vor der Verwirklichung seiner wahren Bestimmung abzuhalten, hatten meine Mitarbeiter alle die Hosen gestrichen voll vor dieser genial konstruierten internationalen Organisation Combat 18", dozierte Wagner. „Dabei wussten diese Trottel vom Verfassungsschutz ja nicht einmal ein Zehntel von dem, was wirklich dahintersteckt. Ich habe höchstpersönlich alle diesbezüglichen Informationen in den Giftschrank gesperrt. Und nach dem Ausscheiden aus dem Amt persönlich vernichtet, versteht sich. Diese Amts-Idioten dachten Combat 18 sei eine hauptsächlich in Europa vernetzte Gemeinschaft gewaltbereiter und militärisch geschulter Rechtsextremisten, die zu nichts weiter in der Lage waren, als ein paar kleine Waffenarsenale anzulegen. Uhhh! Mein lieber Müllfred“, geriet der Chef ins Schwärmen, „ich habe die Unwissenden gerne in dem Glauben gelassen. Kein einziger meiner Mitarbeiter-Vollpfosten ist jemals auf die Idee gekommen, es könnte tatsächlich mehr dahinterstecken. Denen reichte es ja schon, Einzelpersonen observieren zu müssen. Zwei litten danach an Burnout, da sie die Auseinandersetzung mit diesen kranken, gewaltbereiten und rassistischen Typen angeblich nicht mehr aushielten. Dass ich nicht lache! Parasiten sind das, Simulanten, die auf Kosten des gesunden, nicht arbeitsscheuen Volks sich ein bequemes Leben machen wollen. So geht es zu unter deutschen Beamten. Der Führer hätte die alle an die Wand gestellt. Nicht jammern, kämpfen! So lautet die Devise.“

Müllfred deutete ein Lachen an. Er hatte die Schule nie besucht. Und von Geschichte wusste er nur, was Wagner ihm über das Deutsche Reich erzählt hatte.

„Wenn du mich nicht hättest, würdest du dir gründlich in die Hose scheißen“, erklärte Wagner ihm im sanftmütigen Klang eines Waldorfpädagogen. „Was glaubst du, was die mit einem begriffsstutzigen Müllhaufen wie dir anstellen würden, mein Lieber? Aber du bist hier nicht das Thema, also bilde dir ja nicht zu viel ein.“ Müllfred nickte und Wagner fuhr fort: „Vielmehr ist kein Mensch im Amt je auf die Idee gekommen zu untersuchen, welche Verbindungen die Combat 18-Mitglieder mit Personen außerhalb des rechtsextremistischen Spektrums pflegten. Immer nur dieses Klein-Klein: Tomić besucht Brown in London. Wow, interessant. Brown besucht Odin Renner auf seiner hessischen Burg. Spannend, nicht wahr? Aber dass Tomić bestens in das serbische Militär und in die Geheimdiente seines Landes vernetzt ist, das hat niemand dieser Beamtenvollpfosten unter mir jemals auf dem Schirm gehabt. Und das ist ja nur ein Beispiel von vielen. Jeder der nationalen Führer dieser großartigen Organisation besitzt hervorragend-hochrangige Kontakte zu Polizei, Justiz und Militär in seinem eigenen Land. So wie Odin Renner zu mir, zum Beispiel. Und nun gibt es noch die Aufgabe, die jeweils nationalen Kontakte unter deutscher Führung zu internationalisieren ... Taschentuch, meine Nase!“

Müllfred beseitigte das Kitzeln in der Nase seines Chefs, noch bevor es sich als Niesen entladen konnte.

„Diese weltweite Bruderschaft von Nationalsozialisten, die nicht nur Worte drechseln, sondern Taten sprechen lassen wird, ist organisatorisch und sozial eng miteinander verbunden. Allein in Europa haben wir knapp 20 Divisionen in verschiedenen Ländern. Stell dir das mal vor, du Dummkopf! Wobei es wie immer, zum Glück wie gesagt, eine Art deutscher Vorherrschaft geben wird. Sofern auch alles glatt läuft. Bei den historischen Gegebenheiten dürfte das aber keineswegs verwundern, nicht wahr, Müllfred? Das muss sogar ein Idiot wie du verstehen. Während meiner Amtszeit habe ich mich immer sehr darum bemüht, das Thema Combat 18 unter den Tisch zu kehren. Aber im jährlichen Bundesverfassungsschutzbericht das Ganze totzuschweigen ging nicht, das wäre zu auffällig gewesen, aber mein persönlicher Referent hat die Formulierungen über Combat 18 jedes Jahr mindestens zwanzigmal umschreiben müssen, bis ich zufrieden war. Das klang dann immer so, als ob es sich um ein paar durchgeknallte Skinheads handelt, die gerne schwere Maschinen fahren, ganze Schweine grillten und im Garten ein paar vollautomatische Waffen gebunkert hätten. Genial, nicht wahr?“

„Genial, Chef. Alles klar, Chef.“

„Aber noch viel genialer war mein Schachzug, Combat 18 mit V-Leuten aufzufüllen. Die wurden teilweise sogar von mir persönlich rekrutiert, was nun wirklich nicht zum Aufgabenbereich eines Amtsleiters gehört, aber meinem vorigen Tätigkeitsbereich als V-Mann-Führer entsprach. Natürlich kannst du mir sagen, welchen Zweck die V-Mann-Übung hatte, denn dein dummes Aussehen täuscht manchmal.“

Müllfred hatte keinen blassen Schimmer; wieder einmal hatte er vergessen, seine Tablette gegen das ADHS am Morgen einzunehmen. Müllfred ärgerte sich über sich selbst und schlug sich ins Gesicht. Wagner kannte derlei Anwandlungen bei ihm und grinste. Zum Glück erspähte Wagner auch ohne das Fernglas die Abordnung aus den Niederlanden. Müllfred beruhigte sich.

„Wenn ich Arme hätte, würde ich sie nun konsequent einsetzen, um dir ein paar runterzuhauen, du Vollpfosten von einem Kretin", sprach Wagner. „Du hörst mir nie zu, nickst immer, sagst ja, ja, verstehst aber rein gar nichts. Die V-Männer erhielten natürlich den Auftrag, ausschließlich Falschinformationen an mein Haus, also das Bundesamt für Verfassungsschutz, zu liefern. Dadurch erhielten wir einen Wissensstand von Null, der uns aber überaus beschäftigt hielt, und Combat 18 kassierte nicht unerhebliche deutsche Steuergelder ein, die sie zum weiteren Aufbau des nationalen Widerstands verwendeten. Außerdem konnte ich so jederzeit völlig zu Recht die Schutzbehauptung verbreiten, Combat 18 sei vollkommen unter der Kontrolle meines Amts, da die Nazi-Organisation von Spitzeln durchsetzt ist. Zudem habe ich hinter vorgehaltener Hand und auf hoher politischer Ebene durchblicken lassen, die V-Männer würden uns Einblicke in die internationale Vernetzung von Combat 18 geben, was ich durch einige Falschmeldungen ausmalte. Dass ich mich hin und wieder höchstkonspirativ mit den Führern von Combat 18 getroffen habe, um den europäischen Putsch der souveränen Vaterländer vorzubereiten, versteht sich von selbst. Kapiert?"

„Kapiert, Chef. Ja, natürlich. Natürlich, Chef." Müllfred knickste vor dem Mann, der ihn vor dem sicheren Hungertod bewahrt hatte.

„Ach, halt die Fresse, und um dein Wort aufzugreifen: Natürlich benötigte ich hin und wieder eine Verhaftung, ebenso die europäischen Kollegen. Das waren aber allesamt Mitglieder von Combat 18, die irgendwie auf die schiefe Bahn geraten waren und deshalb ohnehin aussortiert werden mussten."

Es folgte ein kräftiger Furz. Müllfred hütete sich vor einer Bemerkung über den Gestank, der eine deftige Sauerkrautnote aufwies. Dies schien Wagner zum Anlass zu nehmen, nachzulegen. In seinem Magen rumorte es gewaltig, was dem ehemaligen obersten Verfassungshüter ein zerknirschtes „Scheiße“ entlockte.

„Wir haben noch ein gewaltiges Problem, um das wir uns kümmern müssen, Müllfred“, sagte er. „Aber die Szenerie hier ist für einen alten Hasen wie mich einfach zu spannend. Ich hätte doch zu gerne gewusst, ob Odin und Siegfried bereits vor Ort sind. Auch wenn ich mich ohnehin in“ – er drückte mit der Stirn das Fernglas weg und schaute auf die ihm von Müllfred unter die Nase gehaltene Uhr – „knapp zwei Stunden mit ihnen treffe.“

Dem folgte ein mächtiges Grummeln im Magen.

„Und außerdem wüsste ich zu gerne, wie es Hocke unbemerkt auf das Festival-Gelände zum Stelldichein der Großen schaffen möchte.“

Müllfred hatte den Eindruck, ein Ruck ging durch seinen Chef.

„Ich vermute ja, der gute Hocke wird in einem LKW mit Bier oder Essen hereingeschmuggelt“, orakelte Wagner, als die lauten Rotoren-Geräusche eines russischen Hubschraubers durch die Lüfte hallten. In vorauseilendem Gehorsam schwenkte Müllfred das Fernglas zu dem am blauen Himmel auftauchenden Kamow Ka-52 Alligator, der aufgrund der jahrelangen Schlachten mit der Ukraine zu einem todbringenden Monstergerät weiterentwickelt worden war. Das Beste an Technik, was Russland, Saudi-Arabien, der Iran und China zu bieten hatten. Der Angstgegner der Amerikaner.

„Von wegen Odin und Siegfried sind schon da“, murmelte Wagner ein wenig kleinlaut. „Diese Scheißer haben wirklich einen Hang zur Selbstinszenierung.“

Müllfred folgte seinem Chef, der schnurstracks auf eine Hecke am Rand des Felds zusteuerte.

„Ich muss mal“, schrie Wagner, „kacken!“

Der nächste Furz klang bedenklich feucht, während irgendwo in der Ferne der Hubschrauber landete.

Atemlos erreichte auch Müllfred die Stelle und half dem Chef dabei, sich seiner Hose zu entledigen.

„Bleibt nur zu hoffen, dass die vor Ort befindlichen Ex-Kollegen vom Bundesverfassungsschutz ihren ehemaligen Amtsleiter nicht beim Scheißen in der freien Natur filmen. Das wäre wirklich zu peinlich."

Da Wagner ihm den Rücken zugedreht hatte, erlaubte Müllfred sich ein Grinsen, das aus tiefstem Herzen kam.

„Müllfred, ich bin fertig", rief Wagner und der Angesprochene waltete seines Amtes.

„Was für ein schönes Sonnenwendfest!", rief Wagner euphorisch. „Ich bin mir sicher, Heinrich Himmler hätte seine Freude an uns gehabt. Was für ein herrlicher Tag, um unserer germanischen Muttergottheit Frigg zu huldigen!"

Müllfred beschloss, sich eine vorlaute Bemerkung zu erlauben. „Warum müssen wir eigentlich diese ganzen Leute zuerst beobachten, wenn wir uns nachher eh noch mit ihnen treffen?"

„… sprach der Junge, der von seinen Eltern auf einer Müllkippe ausgesetzt wurde. Das ist das kleine Einmaleins der Geheimdienstarbeit", erwiderte Wagner. „Erst beobachten, dann in Kontakt treten. Aber so viel Grips wirst du wohl niemals haben, um das zu begreifen."

3. Dienstag, sechs Tage vor dem „Tag X“

Um 16 Uhr traf Tscharly sich mit Kira am Schießstand in der großen Halle im Münchener Osten.

„Deine Schießkünste hätten inzwischen auch einem Buffalo Bill Cody alle Ehre gemacht“, kommentierte Kira seine Schüsse anerkennend. Zehnmal direkt ins Schwarze. Ihre grünen Iriden flackerten hell im Schein der LED-Hallenstrahler. Ihr kupferrotes Haar erinnerte Tscharly in letzter Zeit an Struwwelpeter. Seit sie zumeist im Homeoffice für die Redaktion schrieb, vernachlässigte sie ihre Frisur, was Tscharly nicht im Geringsten störte. Für ihn würde sie immer die schönste Frau der Welt bleiben, so wie Julia Roberts, aber viel schöner, weil sie sein persönlicher Superstar war. Kitaplätze waren für die Kinder nur noch zweimal pro Woche zugänglich seit der Virenverordnung VO 25; das hatten sie schon gewusst, als Kira mit Konstantin schwanger gewesen war, aber sie hatte sich so sehr ein Kind gewünscht. Die beste Lösung war daher das Homeoffice.

Tscharly griff Kiras Kompliment auf, indem er antwortete: „Und du bist meine Annie Oakley, so gut wie du schießen kannst. Wir sollten mal in einem Wildwestfilm mitspielen, du und ich.“

„Solange du von mir nicht verlangst, dass ich jetzt auch noch die Westernhemden mit Fransen trage, habe ich damit kein Problem.“ Sie lächelte wie immer bezaubernd und er fragte sich einmal mehr, womit er diese wunderbare Frau an seiner Seite verdient hatte. Er hoffte, eines Tages vor ihr zu sterben. Ein Leben ohne sie wollte er sich nicht vorstellen. Die Chancen standen gut.

Er tat Kiras Anspielung auf seinen Kleidungsstil ab und setzte den Stetson auf, den sie ihm geschenkt hatte, als sie mit Konstantin ihr erstes gemeinsames Weihnachten gefeiert hatten. Er hatte sich diesen Hut gewünscht und im Laufe der Jahre war dieser zu seinem Markenzeichen in Journalistenkreisen geworden. Tscharly Huber, der Cowboy von den Münchener

Neuesten Nachrichten. Seine Cowboy-Outfits und die Harley gehörten zu ihm wie seine rechte und linke Hand. Fehlte nur noch das Pferd.

„Es war mir eine Ehre, gegen Sie anzutreten, Annie“, sprach er.

Er half ihr, Gehörschutz und Pistolen einzupacken. Sie gingen nach draußen zum Parkplatz.

„Hat gutgetan“, sagte Kira, „endlich einmal wieder zu zweit was zu unternehmen.“

Tscharly nickte und nahm einen Zahnstocher aus dem Mund. „Dann bin ich mal gespannt, wie unser Au-pair mit Konsti zurechtgekommen ist. Schreibst du mir sofort, wenn du zu Hause bist?“

„Natürlich. Aber ich gehe vom besten aus. Ariella hätte sich gemeldet, wenn sie ein Problem mit unserem Konsti gehabt hätte.“

Er umarmte sie ein letztes Mal. Dann setzte sie sich in ihren Zweisitzer. Lautlos fuhr das Fahrzeug mit dem Elektromotor los. Tscharly nahm auf seiner Maschine Platz. Wenigstens die Motorräder durften noch mit Verbrennungsmotoren fahren; jedoch zahlte er dafür eine ordentliche Summe an CO_2-Vergnügunssteuer, um die er sich ohne Weiteres ein zweites Motorrad hätte leisten können. Warum nur hatten ausgerechnet Männer in seinem Alter die größten Probleme damit, Elektrofahrzeuge zu akzeptieren?

Wo waren nur die Zeiten hin, in denen Autofahren noch Spaß hatte machen dürfen? Und dazu gehörte selbstverständlich auch der knorrige Sound eines PS-starken Verbrenners.

Aber selbst die Motoren für amerikanische Motorräder stammten inzwischen aus Russland, Saudi-Arabien und China. Die USA produzierten ihre Verbrennungsmotoren ausschließlich für den Import.

Und seit auch die Formel 1 auf E-Betrieb umgestellt worden war, hatte Tscharly aus Protest kein Rennen mehr angesehen.

An diesem Tag genoss er das Vibrieren und die viertelstündige Fahrt in die Redaktion, die Beschleunigung und das Gefühl grenzenloser Freiheit, das zu einer Harley Davidson – wenn auch mit russischem Motor – gehörte.

Robert Münchinger putzte gerade die automatischen Schiebetüren, die ins Foyer der Redaktion führten, als Tscharly den Parkplatz vor dem Verlagsgebäude erreichte. Tscharly schlüpfte aus dem Helm und stapfte in seinen Boots auf den Angestellten zu.

„Herr Huu … Huu … Huu … Huber", begrüßte ihn der Siebenundsechzigjähre.

„Robert", Tscharly freute sich jedes Mal, Robert zu sehen, „zehn Tage vor der Pension noch so viel Arbeit."

Robert besaß wegen seiner kognitiven Minderbegabung einen geschützten Arbeitsplatz. Die Art des Arbeitsverhältnisses war der Grund, warum er bereits mit siebenundsechzig in den Ruhestand gehen durfte. Wie lange war es eigentlich her, seit Männer in diesem Alter ihre Pension oder Rente hatten genießen dürfen? Tscharly konnte sich gar nicht mehr erinnern, wann …

Robert stotterte wie seit eh und je. „Der Re … Re … Regen letzte Wo … Wo … Woche ha… ha… hat alles … schmu … schmu … schmutzig gema … ahaa … hacht."

Tscharly beschloss, einmal mehr dem Angestellten seine Hochachtung auszusprechen. „Sie haben hier schon gearbeitet, bevor der alte Verleger mich hier angestellt hat, Robert. Und ich frage mich, wie das alles hier ohne Sie weitergehen soll. Eigentlich hätte ich gute Lust, mit Ihnen in Rente zu gehen."

Robert entlockten Tscharlys offene Worte ein Lächeln mit feuchtem Glanz in den Augen. Und dann gelang ihm ausnahmsweise ein Satz ganz ohne Stottern: „Wenn ich könnte, würde ich bleiben, Chef."

Tscharly klopfte ihm auf die Schulter. „Ich weiß. Aber nach deinen drei Herzinfarkten möchte ich nicht riskieren, dass es dich ein viertes Mal erwischt und du … ich meine, dass Sie dann endgültig dabei … Sie wissen schon. Ich könnte es mir nicht verzeihen, wenn ich Ihr Arbeitsverhältnis künstlich verlängert hätte und Sie deshalb mit den Beinen voran hier herausgetragen werden. Aber Sie sind uns jederzeit ein gern gesehener Gast in der Redaktion, Robert. Wann immer es Sie hierher zieht, kommen Sie einfach. Und vielleicht findet sich ja eine körperlich weniger belastende Tätigkeit im Ruhestand für Sie, eine ehrenamtliche. Ich habe gehört, dass jetzt ehrenamtlich Mitarbeiter für die Obdachloseneinrichtungen gesucht werden. Besonders Handwerker sind gefragt, Robert."

Irrte er sich oder trat da tatsächlich ein hoffnungsvolles Leuchten in Roberts freundliches Gesicht?

„Wirklich?"

„Ja", bestätigte Tscharly, „wenn Sie wollen, kann ich mich für Sie umhören."

„Danke, Herr Huber."

„Nichts lieber als das, Robert."

Tscharly trat durch das Foyer und öffnete die Tür zum Großraumbüro, in dem um diese Zeit circa 30 der 300 Angestellten der Zeitung saßen. Mehrere Mitarbeiter wechselten sich im Laufe der Woche an einem Arbeitsplatz ab. Das Gros der Arbeitszeit verbrachten längst alle im Homeoffice. Auch hier griff die VO 25, die sich nicht nur auf den Virenschutz, sondern auch auf die Einsparung von Energie bezog.

Wann hatten die politisch Verantwortlichen eigentlich aufgehört, sozialen Kontakten am Arbeitsplatz eine Bedeutung beizumessen?, fragte sich Tscharly.

Früher hatte man sich in der Arbeit kennen und lieben gelernt. Derlei sentimentale Einwände von Tscharlys Seite bei einer Sitzung mit der Finanzchefin hatten dem Aufsichtsrat nur ein lautes Lachen entlockt. Er solle sich mal lieber die Evidenzen anschauen, hieß es. Man unterstellte ihm Wissenschaftsfeindlichkeit. Tscharly verabscheute diese monatlichen Sitzungen, bei denen sich Aufsichtsrat und Aktionäre der Zeitung ihre Boni genehmigten, während er als leitender Chefredakteur die Anschaffung eines Tablets für die Volontärin dreimal schriftlich beantragen und begründen musste.

Ein Wunder eigentlich, dass ich noch nicht gefeuert worden bin. Wahrscheinlich verdankte er diesen Umstand weniger seinen Verdiensten in der Vergangenheit als seiner Popularität als schreibender Münchener Cowboy-Journalist. Eines der letzten Originale der Stadt. Ein Aushängeschild des Verlages, dessen Name für Qualität und unabhängigen Journalismus warb.

Auf dem Weg zu seinem Büro begegnete ihm die neue Volontärin. Eigentlich hatte er sich vorgenommen, früh Schluss zu machen. Das Au-pair kennenzulernen, konnte er kaum erwarten. Jedoch mochte er den Umgang mit jungen Menschen und konnte es nicht lassen, der jungen Frau eine Frage zu stellen.

„Na, Frau Hoffmann, dürfen wir schon gespannt sein auf Ihren Artikel über die Sleepex-Szene in München?“

Melanie Hoffmann hob selbstbewusst das Kinn. „Ich habe noch nie so ein spannendendes Thema bearbeitet. Der Podcast wird bestimmt viele junge Leute interessieren.“

„Mmh, wenn man bedenkt, dass man diese Leute früher, in den Zwanziger Jahren des letzten Jahrhunderts, Bettgeher genannt hat, dann klingt Sleepex wenigstens mal wieder geschlechtsneutral. Trotzdem zeigt es, dass immer mehr Alleinerziehende und vor allem junge Leute sich die Miete für eine Wohnung in den Städten nicht mehr leisten können und stattdessen stundenweise die Miete für ein Bett bezahlen in irgendwelchen Wohnungen von wildfremden Leuten.“

„Wir sind gerade dabei, die sexuellen Aspekte auszuleuchten, Herr Huber. Wenn das rauskommt, was da zum Teil abgeht, dann wäre die Metoo-Bewegung dagegen die reinste Banalität gewesen.“

Er ließ sich ihre Worte durch den Kopf gehen. „Das klingt bedrückend. Ich kann es kaum erwarten, die Reportage und den Podcast zu bekommen, Frau Hoffmann. Ich bin mir nur nicht sicher, ob unsere Geldgeber diese Reportage auch haben wollen“, fügte er hinzu und wünschte ihr einen schönen Tag.

Er betrat sein Büro und ließ sich in den Schreibtischsessel sinken. Nahm die Fernbedienung. Das kürzlich privatisierte Bayerische Fernsehen brachte auch heute die obligatorischen

Live-Bilder vom Oktoberfest. Tscharly drehte den Ton ab und widmete sich der Story in seinem Laptop.

Er biss die Zähne zusammen, trank einen Schluck abgestandenes Leitungswasser aus einem Glas und betrachtete den Arbeitstitel der aktuellen Story: „Grüne Ideologen und Automobilkonzerne verhindern seit Jahren das Wasserstoff-Auto." Der Bericht handelte davon, wie zugunsten der Elektroautos der wesentlich ökologischere Wasserstoff-Antrieb vernachlässigt wurde. Ein Informant, der für einen Münchener Automobilkonzern arbeitete, hatte ihm die Pläne eines Wasserstoff-Sportwagens zugespielt, der mit 190 PS-starkem Antrieb die sauberste aller Lösungen bot. Die Pläne stammten aus dem Jahr 2006 und der Prototyp hatte perfekt funktioniert. Grüne und Linke verteufelten jedoch generell den Individualverkehr. Und die Industrie wiederum verdiente an E-Autos einfach wesentlich mehr, als das beim Wasserstoff jemals der Fall sein würde. Schon beim Abbau von Kobalt für die Batterien der E-Autos scheffelten einige wenige sehr viel mehr Geld, das sie sich nicht entgehen lassen würden, als mit jeder anderen Technik. Von den ganzen Zuliefererfirmen für die Einzelteile gar nicht erst zu sprechen. Ein Wasserstoff-Motor kam mit achtzig Prozent weniger Bauteilen aus. Die Lobby des E-Antriebs war auch deswegen dermaßen aktiv, weil es Menschen in Brot und Arbeit hielt. Und Arbeitsplätze waren ein knappes Gut geworden, daher hielten auch die konservativen Parteien am E-Auto fest. Und seitdem das Projekt des bedingungslosen Grundeinkommens gescheitert war, weil es nur zusätzlich die Inflation angeheizt hatte, bemühten sich sowohl Politik als auch Wirtschaft, Arbeitsplätze wo immer möglich zu schaffen. Das bedingungslose Grundeinkommen hatte sich als nette Idee erwiesen, jedoch waren noch im selben Jahr seiner Einführung die Preise für Miete, Strom und Lebensmittel so weit angestiegen, dass das Grundeinkommen diesen Namen nicht mehr verdiente. Angebot und Nachfrage hatten die Summe, die auf einmal jeder vom Staat bekam, somit durch eine auf diese Weise künstlich befeuerte Inflation aufgefressen. Tscharly hatte in den Münchener Neuesten Nachrichten genau diese Entwicklung prophezeit. Dafür hatte die Antifa sein Auto angezündet und seine Familie war dieses Mal von linker Seite bedroht worden. Nichtsdestotrotz erhielten die Menschen in diesem Land weiterhin ihr bedingungsloses Grundeinkommen.

Es war irgendwann selbst für einen Neo-Nazi-Jäger, als der Tscharly Huber in der Öffentlichkeit galt, schwierig geworden, seine Expertise preiszugeben, ohne dafür ins rechte Eck gestellt zu werden.

Wann haben wir eigentlich als Gesellschaft dermaßen die Balance verloren?, fragte er sich gerade, da läutete das Festnetztelefon. Tscharly drückte die Freisprechtaste und horchte.

„Tscharly", meldete sich Annemarie Brooks, „da ist ein gewisser Herr Seitenscheitel am Apparat. Er behauptet, dich zu kennen."

„Seitenscheitel?" Er war mit einem Mal hellwach. „Klingt das nicht nach einem …" Ein Spaßanruf war ein frommer Wunsch.

„Nein, der Herr sagt, du kennst ihn, es handelt sich um einen gewissen Herrn Seitenscheitel-Rechts, mit einem Doppelnamen, und das ist kein verspäteter Aprilscherz, soll ich dir sagen."

„Woher hat der Typ meine Nummer?"

„Soll ich ihn fragen?"

„Nein, stell ihn einfach durch. Ich bring es einfach hinter mich. Vielleicht mal wieder irgendein Informant, der aus der rechten Szene aussteigen will und daher plaudert", kombinierte er und ignorierte einen kurzen stechenden Schmerz in seiner Prostatagegend.

„Bereit, wenn du es bist, Tscharly", zitierte Annemarie Brooks Hannibal Lecter. Das Schweigen der Lämmer konnte nicht schlimmer sein als der Anruf, der folgen würde.

Ein lautloser Übergang, dann meldete sich eine Stimme, die Tscharly besser kannte, als ihm lieb war: „Hallo, Tscharly, mein alter Freund. Heil Hitler!"

Tscharly erstarrte. Allein diese nasale Aussprache genügte, um Erinnerungen in ihm heraufzubeschwören, die seinen Puls von den obligatorischen 60 Schlägen pro Minute auf das Doppelte ansteigen ließen.

„Oder soll ich dich Häftling Nummer 1 nennen, so wie damals?"

Bilder von gekachelten Räumen, Blut auf weißen Fliesen und Soldaten in braunen Mänteln, die auf ihn einprügelten wie auf einen rumänischen Straßenköter, blitzten vor seinem inneren Auge auf. Ein Flashback.

Er bemühte sich, mit fester Stimme zu sprechen.

„Was willst du, Wagner?"

„Dir mal wieder ein Angebot machen. Ich hoffe doch, du wirst dich nicht gleich wieder einnässen wie damals auf dem Ulrichsberg in deinem Verlies. Du hast Glück gehabt, Häftling Nummer 1, dass du nicht durch den Rost gefallen bist, wie es sich für einen scheißlinken Systemjournalisten, der einmal mit einer Jüdin verheiratet war, eigentlich gehört."

„Lassen wir die Höflichkeiten. Was kann ich für dich tun, Wagner?"

„Du weißt, was ich will. Und ich wiederhole mich ungern. Ich räume dir eine Frist ein. Wenn du bis Freitag nicht damit herausrückst, dann könnte es für deine kleine Familie etwas ungemütlich werden."

„Finger weg von Kira und Konsti. Sie haben *damit* nichts zu tun?"

„Wie edel, Tscharly. Aber was ist das Leben eines Mannes wert, wenn der Krebs an seiner Prostata schon Metastasen gebildet hat? Glaubst du, ich bin nicht über dich im Bilde, Volksverräter Nummer 1?"

„Ich weiß nicht, wo meine Tochter Milla ist. Wahrscheinlich ist sie tot. Warum lässt du mich nicht endlich in Ruhe, jetzt wo du ja anscheinend weißt, wie es um mich steht?"

Wagner seufzte. „Ein ewig' Rätsel will ich bleiben mir und andren. Ist das nicht ein Zitat des bayerischen Märchenkönigs Ludwig dem Zweiten? Der Kini soll ja in meinen Namensvetter, den Komponisten Wagner, regelrecht verliebt gewesen sein, habe ich irgendwo gelesen. Hat ihm sogar ein eigenes Opernhaus in Bayreuth gebaut."

„Ich höre lieber Rock und Countrymusik, wie du bestimmt auch schon rausgekriegt hast. Für Klassik habe ich noch nie ein Faible gehabt."

„Und wie steht's mit volkstümlicher Musik?"

„Was soll die blöde Frage?"

„Stell dir vor, wenn bei volkstümlicher Schunkelei in einem Bierzelt plötzlich eine Bombe hochgehen würde, wie wäre das?"

„Du bluffst."

„Nicht so vorlaut, Tscharly. Vorsicht ist doch die Mutter der Porzellankiste. Und am Ende hat man das Nachsehen."

Ehe sich Tscharly die Chance einer Erwiderung bot, endete das Telefonat abrupt wie ein Samenerguss bei einem Fünfzehnjährigen.

»Wagner?!" Tscharly schrie: „Wagner, du braune Sau …"

4. Donnerstag, Juni desselben Jahres, Tag der „Sommersonnenwende“, abends

Lautes Lachen. Die Glatzen fielen einander schulterklopfend in die Arme und ließen derbe Wiedersehenssprüche vom Stapel. „Was ist ein Türke in der Mülltonne, Kameraden? – Ein Immobilienmakler? – Und ein Türke in einer Mülltonne unter einer Ampel – Türkendisco! – Schwarzer Humor, schwarzer Tumor …“ Das Festzelt fasste 5000 Personen, locker 1000 mehr mochten darin um jeden Quadratmillimeter Platz kämpfen, schätzte Siegfried. Die Schlangen vor dem Eingang schienen ihm wie nach einer atomaren Katastrophe, die sämtlichen Haarwuchs auf dem Planeten mit einem Mal ausgerottet hatte. Schweiß auf nackter Kopfhaut und tätowierte Speckrollen, so weit das Auge reichte. Und dabei waren diese Typen allesamt Schwächlinge, die in Tränen ausbrachen, sobald man ihnen die Nase brach oder mit der Handkante unter ihre Rippen fasste, um ihnen das Zwerchfell zu demolieren. Er konnte aus Erfahrung ein Lied davon singen. Zu oft hatte er mit ihnen gerauft, wenn sie über sein Albino-Syndrom lästerten, die fast durchscheinenden Augen, die Blässe seiner Haut und sein für das Alter viel zu weiße Haar.

Siegfried tat, als lache er über dermaßen olle Kamellen und erinnerte diese in seinen Augen Halbstarken an den Grund ihrer Zusammenkunft. Mit todernster Miene reckte er die rechte Faust und sprach: „Deutschland zuerst!“ Er bohrte seinen Knöchel tief in die Tischplatte, sodass das Eichenholz einen Sprung bekam – spürte wie immer keinerlei Schmerzen – und fuhr fort: „Die Revolution wird und muss in Deutschland beginnen. Das ist der Anfang von ihrem Ende“, verdrehte er Winston Churchills Zitat „Das ist das Ende von ihrem Anfang“, obwohl der frühere britische Premierminister alles andere als ein Nationalsozialist gewesen war.

Sein Kamerad Odin Renner beugte sich Siegfried zu und raunte leise hinter vorgehaltener Hand: „Schirme deine Lippenbewegungen bei wichtigen Informationen besser ab.“

Der null-armige Wagner, Siegfrieds Adoptiv-Vater, fügte abgeschirmt hinzu: „Der Feind hört nicht nur im Zweifel mit, sondern kann vielleicht auch Lippenlesen."

Neben Wagner stand sein ständiger Begleiter, jener Typ, der aussah, als könne er eins und eins nicht zusammenzählen, jedoch war er buchstäblich Wagners rechte und linke Hand.

Siegfried misstraute Wagner; das hatte die Erfahrung ihn gelehrt. Aber als Wegbereiter der nationalen Sache war seine Teilnahme unverzichtbar.

Sie betraten den Vorraum des Zeltes. Siegfrieds Ohren dröhnten von dem Rockkonzert im Innern. Aber die bombastische Beschallung gehörte nun mal zum üblichen Set-Up; das war ihr Schutz vor ungebetenen Ohren, zumal sie auch alle elektronischen Geräte ganz bewusst in sicherer Entfernung zurückgelassen hatten.

Um die gigantische Musikbox neben dem Eingang stand eine Anzahl von fünfzehn Männern, die die Musik scheinbar kalt ließ. Um sie herum war ein Kreis von Sicherheitsmännern aufgereiht, die Waffen trugen, erkennbar an den Ausbeulungen ihrer Jacken im Schulterbereich.

Das Zelt platzte räumlich und akustisch aus allen Nähten. Rauch, Bierdunst, Schweiß und Urin vermischten sich zu einer üblen Geruchsmelange, die auch der sprachbegabteste Literat nicht hätte in Worte fassen können.

Die Vorgruppe „Für PS-Spaß und Gratis-Gas" heizte dem Publikum glühend ein: „... ich bin der geilste Raser, hasse alle grünen Nicht-Vergaser ..."

Auf Siegfried machte diese ganze Szenerie wenig Eindruck. Er war in diesem Milieu aufgewachsen. Und so zuckte er auch um keinen Millimeter zurück, als der stiernackige de Grote, Belgier mit schwulem Akzent, auf ihn zutrat und erwiderte: „Nein! Wir beginnen die nationaleuropäische Revolution zeitgleich in Belgien, den Niederlanden und Schweden." Sein Kopf war an den Seiten kahlrasiert. Ein zu kurz geratener Zopf bildete den Clou seiner Frisur, das gewisse Etwas. Siegfried fand derlei modische Geschmacksverirrung tuntenhaft und es fiel ihm schwer, den Belgier ausreden zu lassen.

„Dadurch sind wir der kleine Motor, der den großen erst in Gang bringt", sagte de Grote. „Ihr werdet sehen. Geschichte wiederholt sich nicht. Und Germany-*first* hatten wir schon, das ist ein geschichtlicher Anachronismus, auf den wir gut verzichten können."

Der Niederländer De Ligt und der Schwede Olsson honorierten de Grotes Ansage mit einem zustimmenden Nicken, die beiden Eierköpfe!

Keiner der Entscheidungsträger hielt ein obligatorisches Bier in der Hand. Die Diskussion drehte sich eine Weile im Kreis. Sein Freund Odin Renner ergriff Siegfrieds Position. Renner managte auch Siegfrieds Musikkarriere; diesem Mann konnte er einigermaßen vertrauen, durch ihn war er von Wagner finanziell unabhängig geworden. Ab und zu verirrten sich ein paar wild zu den harten Beats tanzende Glatzen in die Nähe der Sicherheitsleute, wurden von diesen aber unmissverständlich wieder in die tobende Menge zurückgeschubst, beobachtete Siegfried; die Szenen amüsierten ihn. Immer wieder beugte sich einer der Männer aus seiner Gruppe nach vorne, woraufhin die anderen Köpfe es ihm gleichtaten. Oftmals hielten die Personen sogar tatsächlich die Hände vor den Mund, damit ein Unbefugter nicht einmal ansatzweise die Bewegungen ihrer Lippen erkennen konnte.

Wenn Wagner sprach, hielt sein Lakai Müllfred schützend seine linke Hand vor den Mund des Alten.

„Das Zeug mit dem kleinen Motor, der den großen in Gang bringt, ist altes linksradikales Gewäsch einer längst vergessenen Zeit", behauptete Wagner, so zackig er konnte.

Reden konnte dieser rechte Alt-Hippie noch immer wie ein Joseph Göbbels, das musste man ihm lassen. Er wusste, wie er die Aufmerksamkeit einer Gruppe gewann. „Die präzisen und umfassenden Analysen meines Think Tanks haben ergeben, in keinem anderen europäischen Land, das wir der nordisch-europäischen Revolution zurechnen, sind die Verhältnisse für eine Revolution so weit gediehen wie in unserem Deutschland. Seit Monaten arbeiten unsere Männer auf einen Sturz des uns verhassten Regimes der Marionettenregierung hin. Sie koordinieren gemeinsam mit russischen Spezialisten Angriffe auf die kritische Infrastruktur und ich darf euch versichern, werte Kameraden, sehr bald wird die Deutschland-GmbH von einem langanhaltenden Blackout heimgesucht werden. Und der wird das Startsignal für unseren Putsch sein, sofern er bis dahin noch nicht schon längst von selbst begonnen hat. Allein der Stromausfall wird wie ein Revolutionskatalysator wirken, ihr werdet sehen! Deshalb sollten wir an dieser Stelle lächerliche nationale Befindlichkeiten über Bord werfen und zusehen, dass die europäische Revolution als solche gelingt. Wir alle wollen unsere nationale Souveränität wiedererlangen, die Amis aus Europa vertreiben und das anonymisierte Finanzkapital, das uns bis auf den letzten Blutstropfen aussaugt, zum Teufel jagen. Tod dem anonymisierten Hoch- und Finanzkapital! Tod den Rothschilds!"

Müllfred senkte seine Hand, um den Speichel seines Chefs an seiner Bundeswehrhose abzuwischen.

Eine Weile später fuhr Wagner erneut hinter vorgehaltener Hand fort: „Nirgendwo sind die Verhältnisse derzeit so schlimm, äh … ich meine …", er räusperte sich gekonnt, „… also aus unserer Perspektive so perfekt wie im ehemaligen Deutschen Reich. Wenn die nationale Revolution eine Chance auf Erfolg hat, dann hier. Armut und Inflation sind unsere besten Freunde, Kameraden!"

Siegfried warf einen Blick auf die breite Masse im Zelt. Biere, deftiges deutsches Fressen und der Rausch an Devotionalien erzeugten eine rechte Volksfeststimmung. Diese Kameraden trugen alle das Herz am rechten Fleck, wahrhaftig. Auch die Sprüche auf den T-Shirts, die verfassungsfeindlichen Embleme und Großmannsfantasien, die den ganzen Tag lang ausgetauscht worden waren, trugen ihr übriges zu der überbordenden Stimmung bei. Wie wäre es, einmal im Leben vor einem solchen Publikum am Brandenburger Tor aufzutreten?

Der Sänger der Gruppe röhrte: „… wenn wir mit unserem Verbrenner-Daimler rasen, wollen wir nicht nur Elektro-Autos, sondern auch Mongos vergasen …“

Die Masse grölte den Refrain in voller Lautstärke mit. Die harten Riffs der E-Gitarre, der donnernde Bass und das die Band immer weiter nach vorne treibende Schlagzeug erinnerten an einen Dynamo, in dem Tausende Volt an Spannung erzeugt wurden. Grüne Energie! Das Gesicht des Lead-Sängers war von spinngewebeförmigen Tattoos überzogen. Die Kameraden tanzten Pogo und ihre nackten Oberkörper rieben sich in dem wilden Durcheinander homoerotisch aneinander.

„Aufgrund der Insellage scheiden wir als Initialpunkt der Revolution leider aus“, gab der Engländer Brown unumwunden, „insofern werde ich für die beste hier vorgetragene Option votieren.“

„Deutschland hat den Vorteil der Mittellage in Europa, also der guten Erreichbarkeit“, schaltete sich der Serbe Tomić ein und musste von den Umstehenden darauf hingewiesen werden, seine nächsten Aussagen besser durch das Vorhalten der Hand zu kaschieren. „Wenn es bald so weit ist und die Stunde geschlagen hat, werde ich all meine Kontakte aktivieren und verspreche hoch und heilig, die geballte Militärmacht Serbiens in die Waagschale zu werfen. Und damit meine ich eine besser trainierte und ausgestattete Armee als diesen Bundeswehrhaufen, für den sich unser Führer heute noch im Grab umdreht.“

Siegfried grinste; das Sicherheitspersonal hatte Probleme, die wogende Masse von ihrem verschwörerischen Zirkel fernzuhalten.

„Das nächste Mal nehmen wir eine andere Vorgruppe“, schrie er Odin zu. „Diese Wichser sind einfach zu gut, die sorgen hier bereits für eine Bombenstimmung, die schwer zu toppen sein wird bei meinem Auftritt!“

Odin klopfte ihm auf die Schulter und meinte: „Mit deinen Kunststücken wirst du das Fass zum Überlaufen bringen, ganz gleich, wer die Vorgruppe gewesen ist. Glaub mir das, Kamerad!“

Wagner ignorierte nach außen hin den abrupten Themenwechsel. Aber Siegfried sah es durch die John-Lennon-Brille am Blick des Alten, dass er darin eine Provokation sah.

Wagner sprach: „Dies ist eine einmalige Gelegenheit, Entscheidungen zu fällen, die sich so schnell nicht wieder ergeben wird. So jung kommen wir nicht mehr zusammen! Ich schlage eine Abstimmung vor. Zunächst möchte aber auch ich betonen, es ist wohl das Beste, wenn wir die Revolution in Deutschland beginnen. Denn hier sind nicht nur die sozialen Verhältnisse am Kochen, sondern wir haben eine schlagkräftige Truppe, die mit eurer Unterstützung zum unbesiegbaren Heer werden wird und mit meiner Person jemanden, der sofort das politische Vakuum staatstragend zu füllen in der Lage ist, um auch international die nötige Anerkennung zu finden. Kurzum, vor euch steht der zukünftige Führer des Heiligen Deutschlands, das nur aus seinem Dornröschenschlaf durch einen kräftigen Hieb des germanischen Kampfgeists wachgeküsst werden will."

„Das werde ich aber meinen Anhängern nur schwer vermitteln können", wandte de Grote ein und baute sich bedrohlich vor Hocke, der wie immer fünf Minuten zu spät gekommen war, auf.

Hocke, zwei Köpfe kleiner als der belgische Hüne, bedachte de Grote mit einem fanatischen Blick.

„Nicht, wenn wir hier und jetzt abstimmen", erwiderte Hocke. „Männer, es ist an der Zeit, unseren Worten endlich Taten folgen zu lassen. Wie lange reden wir schon von einem Völkererwachen in Europa, um endlich das US-imperialistische und zionistische Joch, das seit Jahrhunderten auf unseren Völkern lastet, abwerfen zu können? Jede Sekunde länger kann den endgültigen Tod unserer heiligen Rasse bedeuten. Nun ist die Stunde des Handelns gekommen. Diese sollten wir nicht durch Palavern und Streiten vergeuden, sondern nutzen, indem wir uns Hand in Hand daran machen, das alte, dunkle Europa zu zerstören und durch ein gemeinsames europäisches Haus des

Lichts zu ersetzen, in dem alle Nationen gleichberechtigt und souverän sind."

Für einige Sekunden ließ Hocke seine einstudierten Worte wirken und schien mit ihrer Wirkung vollauf zufrieden zu sein. Er fügte hinzu: „Deshalb beantrage ich hiermit eine Abstimmung, wer von den hier versammelten Führern Europas für die Variante ‚*Deutschland zuerst*' eintritt."

Odin, Siegfried und Müllfred, stellvertretend für Wagner, streckten sofort die Hand in die Höhe. Ebenso Brown. Drei Sekunden später stimmte auch Tomić zu, während sich Olsson, de Ligt und de Grote noch schwertaten, einen Arm zu heben. Angesichts der bereits herrschenden Übermacht von acht Leuten stimmten schließlich auch sie zu, obgleich Siegfried ihnen ihr Zähneknirschen buchstäblich ansah.

„Wunderbar", schrie Höcke, klatschte in die Hände und nickte Wagner zu.

Der graue Alt-Hippie nickte mit einem Gesichtsausdruck, als hätte er gerade seine Hände zurückbekommen und sich Befriedigung verschafft.

Siegfried atmete auf. Vielmehr als ihre Besprechung interessierte ihn das Festzelttreiben. Die blonden Germaninnen tanzten zwischen den Jungs in spärlichen mit Bier durchtränkten Oberteilen. Siegfried liebte Brustwarzen. Die restlichen T-Shirt-Terroristen und Musikfans waren in Fahrt und keiner würde sie so schnell stoppen.

„Zum Glück sind diese Idioten nicht einmal ansatzweise die Basis unserer Revolution, auch wenn sie das natürlich denken", feixte Odin neben der verchromten Antenne, dort wo Siegfrieds Ohrmuschel fehlte. „Die wären nicht einmal in der Lage ohne Google Maps die Reichshauptstadt zu finden, geschweige denn zu sagen, was nationaler Sozialismus überhaupt bedeutet."

„Ja, aber sie sind die nützlichen Idioten", rief Siegfried.

Odin stimmte ihm zu: „Die das Ganze auf eine gesicherte finanzielle Basis stellen. Nicht jeder muss ein Weltanschauungs-Experte sein. Stell dir einmal vor, mit welchem Eifer die hier anwesenden Deppen bei den nötigen Säuberungen dabei sein werden. Die werfen die Stricke schneller über die Bäume und lassen die Genicke knacksen, als andere Salzstangen entzweibrechen. Der Eifer, den sie dabei an den Tag legen werden, wird so manchen blinden Fleck in Sachen Theorie kompensieren."

Siegfried hatte keine Lust, sich länger mit Theorie zu befassen. Er konnte es kaum erwarten, endlich loszulegen. „Ich muss mich auf meinen Auftritt vorbereiten", sagte er. „Meine Show wird der totale Krieg."

Odin machte sich wie immer Sorgen um ihn. „Du darfst dich aber unter keinen Umständen verletzen. Deine Show ist vor dem Hintergrund der vor sich gehenden weltpolitischen Ereignisse nicht einmal ein Vogelschiss. Verletzt im Krankenhaus bist du zu nichts nütze und verpasst die dir zugedachte Rolle in unserem Putsch als eine unserer Gallionsfiguren."

„Meine Herren", brachte sich Wagner, von Müllfred eifrig assistiert, wieder ins Spiel.

Was wollte der Alte jetzt noch?

Siegfried verdrehte die Augen.

Wagner schien es Freude zu bereiten, ihn und die anderen mit seinen Reden zu quälen.

„Dann steht der nationalsozialistisch-europäischen Revolution nichts mehr im Wege", sprach der Null-Armige. „Wie gesagt, arbeiten unsere Kameraden in allen Ländern der Welt bereits auf verschiedenen Ebenen seit Monaten an der Destabilisierung Deutschlands. Sie sabotieren Ladestationen, fangen Lastkraftwagen mit dringend benötigter Ware auf dem Weg zum Supermarkt ab, stiften in verschiedensten Behörden Unruhe und sorgen mit ihren Hackerangriffen für allgemeine Panik. Und das ist nur ein kleiner Ausschnitt aus den bereits in Gang gesetzten Tätigkeiten. Kurzum, es ist bereits der durch nichts zu beschönigende Eindruck der Unregierbarkeit entstanden, der der Totengräber des BRD-Systems sein wird. Doch jetzt zum weiteren Fahrplan. Unter dem Decknamen ‚*Fakenews*' haben wir eine Operation gegen einen der schamlosesten Repräsentanten der Lügenpresse geplant, die ihn für immer zum Schweigen bringen wird. Der Systemknecht Tscharly Huber hat uns bereits seit Jahrzehnten immer wieder in die Suppe gespuckt. Durch den abschreckenden Charakter und die damit verbundenen vielen Toten werden sich die restlichen, staatlich alimentierten Schmierfinken der Nation zweimal überlegen, was sie in Zukunft schreiben oder nicht schreiben werden und welcher Seite sie sich anschließen wollen: den Lebenden oder den Toten, der Vergangenheit oder einer glorreichen Zukunft. Beinahe zeitgleich wird die Aktion ‚Ludwig' das Schloss Neuschwanstein in die Luft sprengen; auch hierfür sind die Vorbereitungen bereits so gut wie abgeschlossen. Dann ist noch die Aktion ‚*Tod dem internationalen Finanzkapital*' in Frankfurt geplant, aber hierzu kann ich noch keine weiteren Details nennen. Soweit zunächst einmal zu unserem Ablenkungsmanöver, denn unser eigentliches Ziel ist natürlich Berlin, wo wir für immer die Macht übernehmen werden und sie nimmer wieder hergeben. Unsere Heldentaten werden die ohnehin nach Orientierung lechzenden Massen noch viel tiefgehender verunsichern und ernsthafte Panik, Angst und Desorientierung hervorrufen. Die altehrwürdige Reichshauptstadt muss unter allen Umständen von den unsäglichen, *woken* Volksverrätern befreit werden, dann ist Deutschland unser und damit auch Europa."

Die Musik verstummte plötzlich und nur ein lautes Raunen des Publikums war zu hören, bevor der Leadsänger, dessen Oberkörper förmlich mit Swastikas[1] übersät war, erneut das Mikrofon ergriff.

„Sieg!", brüllte er.

„Heil!", antwortete die Masse wie aus einem Mund.

„Sieg!"

„Heil!"

„Sieg!"

„Heil!"

---

[1] Swastika: Kreuz mit vier etwa gleich langen, einheitlich abgewinkelten Armen.

„Wenn das mal kein gutes Omen ist", fuhr Wagner fort, während Brown, de Ligt, de Grote, Tomić und Odin ihre Arme ebenso artig zum Führergruß erhoben und der rechte Alt-Hippie den Eindruck erweckte, diese Freudenbetätigungen würden ausschließlich ihm erbracht werden. „Zwei eng miteinander orchestrierte Aktionen werden die Hauptstadt zu Fall und in unsere Hände bringen. Während ein kleines, hochexplosives Kommando auf der Museumsinsel im Herzen der Stadt mit geringen Mitteln ein furchtbares Blutbad anrichten und damit beinahe alle verfügbaren Sicherheitskräfte dorthin lenken wird, werde ich dafür Sorge tragen, dass wir zeitgleich die uns wohlgesinnten Kameraden in den Sicherheits- und Exekutiv-Organen den Putsch vorantreiben, sodass Berlin und der Rest der Republik uns schutzlos ausgeliefert sind. Direkt danach werden wir in einem sorgfältig inszenierten Szenario den Reichstag stürmen und dadurch die Macht endgültig an uns reißen. Das werden Bilder sein, die sich ikonisch in das Gedächtnis der Massen einbrennen und uns unseren Platz in den Geschichtsbüchern der künftigen Sieger sichern werden."

Wagner machte eine Pause und blickte in die Runde. Selbst die sonst eher kritischen Kameraden aus den Benelux- und skandinavischen Staaten nickten einhellig und schienen zufrieden.

„Unnötig zu erwähnen", ergriff Wagner ein letztes Mal das Wort, „dass wir für diese Aktion alle militärische Unterstützung aus Serbien und die uns in Aussicht gestellten, unserem Ansinnen wohlgesonnenen Spezialtruppen aus Großbritannien, den Niederlanden, Schweden und Belgien dringend benötigen."

Erst jetzt schien den Anwesenden aufzufallen, sie hatten kein Getränk, um diesen heiligen Schwur zum Sturz der über alles verhassten BRD-GmbH zu besiegeln.

Einer der Sicherheitskräfte fasste sich mehrfach hektisch ans Ohr, da er über seinen Stöpsel eine wichtige Nachricht erhielt. Er verließ seinen Platz im schützenden Kreis und ging direkt zu Odin, dem er etwas ins Ohr flüsterte. Für den Bruchteil einer Sekunde verfinsterte sich dessen Miene, erkannte Siegfried.

„Meine Herren“, verkündete Odin daraufhin, „mir wurde soeben mitgeteilt, es ist uns gelungen, einen Spitzel des Bundesverfassungsschutzes gefangen zu nehmen. Die anderen Verfassungsschützer haben davon nichts mitgekriegt. Der Gefangene wurde akribisch untersucht und festgesetzt. Er befindet sich vollständig in unserer Hand.“

Das diabolische Grinsen, das sich auf seinem Gesicht abzeichnete, schien ansteckend zu sein.

„Wer von den Anwesenden spricht sich in diesem Fall für die Todesstrafe aus?“

Alle Anwesenden hoben die Hand; Müllfred sogar ohne Wagners Signal abzuwarten.

„Dann werden Siegfried und ich die Ehre haben, diesen Sondermüll der Endlösung zuzuführen.“

Die Anwesenden grunzten.

„Und vorher muss ich noch die Show meines Lebens liefern“, meckerte Siegfried, beinahe wie ein kleines Kind. Wann würden sie endlich einmal alle den großen Künstler in ihm sehen? Nicht immer nur den Mann, der von Kindesbeinen an zum grandiosen Killer erzogen worden war.

Aber das alles war nur die Vorgeschichte.

5. Mittwoch, fünf Tage vor dem „Tag X“

„… ich habe niemals behauptet, Herr Huber“, bestritt die Finanzchefin der Münchener Neuesten Nachrichten, „dass wir von heute auf morgen unsere privaten Securities abschaffen werden. Aber wir bezahlen die Firma, um den Verlag zu beschützen und nicht, um Ihrer Frau und Ihrem Sohn freies Geleit zu verschaffen.“

Die Diskussion mit Doktorin Claudia Kalkert hatte Tscharly ordentlich zermürbt. „Dann ist es Ihnen wohl egal, wenn ein bekannter Neo-Nazi-Führer hier anruft und meine Frau und meinen kleinen Sohn bedroht?“

„Sie haben doch selbst gesagt, dass dieser Wagner wohl blufft“, schmetterte die promovierte Betriebswirtin sein Argument zum dritten Mal innerhalb von zehn Minuten ab. „Da würde ich mir mehr Sorgen um die Gäste auf dem Oktoberfest machen, wenn dieser Wagner dort eine Bombe hochgehen lassen will.“

„Ach, das ist doch nur eine leere Drohung. So ein Attentat gab es 1980. Wagner kopiert keine alten Geschichten. Das ist nicht sein Stil. Dazu ist er viel zu sehr Narzisst. Wagner schreibt seine eigene Geschichte, so wie ich ihn kenne“, erklärte Tscharly. „Die Drohungen gegen meine Familie sind aber durchaus ernst zu nehmen, so wie ich diesen Typen kenne.“

Claudia Kalkert, Anfang 30, machte sich nicht einmal die Mühe, ihn über ihren Schreibtisch hinweg mit ihren hellen Augen, deren Iriden an arktisches Eis erinnerten, anzusehen. Vor zwei Jahren hatte der Aufsichtsrat des Verlages der Hamburgerin, die in Harvard studiert und zuvor zwei Krankenhäuser in Berlin geleitet hatte, die Finanzen des Verlages übertragen. Die Krankenhäuser hatten die größten Gewinne seit ihrem Bestehen verzeichnet, ein Fressen für die Aktionäre. Kurz nach Kalkerts Abgang hatten beide Häuser Konkurs anmelden müssen; über die Gründe für diesen Verlauf konnte Tscharly nur spekulieren. Kalkerts Vater wiederum war ein Studienkollege des Münchener Bürgermeisters und hatte im Aufsichtsrat der Deutschen Bank in Frankfurt eine CFO-Position innegehabt. Vorbilder gab es also genügend in Familie und Umkreis. Claudia Kalkerts Ehefrau saß im Aufsichtsrat der Bayerischen Landesbank. Kein Wunder also, dass die auf den ersten Blick unscheinbare, stets in dunkle Blazer gekleidete Frau Tscharly auf ihrem Gebiet um Nasenlängen voraus war. Zu Hause kümmerte sich Kira um die Finanzen, da sie einfach das geschicktere Händchen dafür besaß.

Tscharly stand vor Kalkerts Schreibtisch wie ein unwilliger Schüler vor der Direktorin. Und auf einmal kam ihm eine Frage über die Lippen, die er, noch während er sie aussprach, zu bereuen begann.

„Stimmt es eigentlich, dass Sie vorhaben, die Papierausgabe der Münchener Neuesten Nachrichten im nächsten März endgültig einzustellen?“

Drei Sekunden vergingen, ehe die Finanzchefin sich zu einer Antwort durchrang. „Die Münchener Neuesten Nachrichten werden immer einen Weg zu den Leserinnen finden, Herr Huber. Und die Münchener Neuesten Nachrichten werden weiblicher, aber in welcher Form sie in Zukunft den Weg zu den Leserinnen finden, das wird die Jahresbilanz uns zeigen. Fest steht jedenfalls, dass Informationen in Hörbuchform immer beliebter werden, die die Leute sich auf ihren Smartphones auf dem Weg in die Arbeit anhören. Der Taschenbuchmarkt ist seit Jahren so gut wie tot. Und Zeitungen aus Papier weisen etliche Parallelen zu Taschenbüchern auf. Und was Ihre Familie betrifft, Herr Huber, so rate ich Ihnen, nicht gleich die Nerven zu verlieren. An Drohungen sollten Sie sich doch längst gewöhnt haben. Legen Sie sich ein dickeres Fell zu!“

Tscharly durchschaute den Ablenkungsversuch und erwiderte:

„Ich hoffe, Sie verlieren bei Ihren hehren Zielen mit den Einsparungen nicht die hohe Qualität der Münchener Neuesten Nachrichten aus den Augen.“

Sie seufzte scheinbar gelangweilt. „Solange Sie nicht mehr als eine Andeutung liefern können, dass dieser Wagner eventuell eine Bombe in einem Festzelt auf dem Oktoberfest hochgehen lassen wird, werden wir darüber kein einziges Wort bringen, sonst können Sie die Schadensersatzforderungen begleichen. Haben Sie mich verstanden? Für die Sicherheit der Besucher ist die Polizei zuständig. Und sonst niemand. Also kommen Sie jetzt nicht auf die Idee, das doch noch zu einer Schlagzeile zu machen. Das habe ich Ihnen bereits bei unserem gestrigen Gespräch erklärt, als sie aufgelöst vor Panik in mein Büro eingedrungen sind. Ich wiederhole mich ungern, Herr Huber."

Tscharlys Brust war zum Zerreißen angespannt. Wie hätte wohl Peter Smuss, der alte Verleger, an seiner Stelle reagiert? Schade, dass eine Autobombe ihn vor Jahren aus dem Leben gerissen hatte. Tscharly weinte seinem Ex-Schwiegervater und Mentor hinterher, als wäre dieser gestern erst verstorben.

Die Hamburgerin verabschiedete ihn höflich und kühl. „Guten Tag noch."

Tscharly murmelte im Hinausgehen ein „Servus", wie es sich für Münchener Verhältnisse gehörte, und saß zehn Minuten später auf seinem Motorrad. Der Weg nach Hause dauerte fünfzehn Minuten. An der Kreuzung Friedrich-Eckart-Straße/Daglfinger Straße stand Polizei und führte bei Wiesenbesuchern Alkoholkontrollen durch. Sie winkten Tscharly durch, er verlor durch den Stau trotzdem fünf Minuten, die er länger Zeit hatte, um über seine berufliche Zukunft, die Bedrohungssituation und seine angeschlagene Prostata nachzudenken. Wenn der Krebs ihn über kurz oder lang in den Sarg befördern würde, brauchte er sich wenigstens nicht mehr mit der Kalkert rumzuschlagen, überlegte er. Aber was war mit Kira und Konsti? Wann würde er endlich den Mut haben, den beiden reinen Wein einzuschenken? Er wusste nicht, mit welchen Worten er sie trösten sollte.

Er parkte die Harley zwischen den Autos am Straßenrand und stieg ab. In Gedanken versunken, entsicherte er die Haustür des Reihenhauses und betrat den Wohnungsflur.

„Papa!" Sein Sohn lief ihm freudig entgegen. „Papa, die Mama hat dein Lieblingsessen gekocht und wir haben ein neues

Au-pair. Ariella ist total nett. Sie hat mit mir den Flieger mit den Legobausteinen zusammengebaut, stell dir vor." Der Junge hatte Kiras grüne Augen, dazu Tscharlys dunkles Haar und seine Stirnfalten, die ihn für einen Siebenjährigen altklug aussehen ließen, wenn er sich – wie jetzt – in Erklärungen verlor. „Die Elektrohydraulikpumpe funktioniert über den Lego-Wasserstoff-Antrieb und ist damit total umweltfreundlich. Papa, wenn ich groß bin, dann werde ich Umweltingenieur, dann werde ich solche Antriebe für Motorboote entwickeln, damit du und Mama auf dem Starnberger See herumfahren könnt. Das wünschst du dir doch immer, so ein Elektroboot, hast du neulich gesagt."

Der Junge war vor zwei Wochen eingeschult worden. Tscharly streichelte ihm über den Kopf. „Ich habe gehört, ab nächster Woche dürft ihr sogar in die Schule gehen und euch zum ersten Mal eine Woche lang persönlich sehen und miteinander lernen. Stimmt das?"

„Ja, Papa, aber ich hab schon Angst vor den anderen Kindern."

Er beugte sich zu seinem Sohn hinab. „Mach dir keine Sorgen, Konsti. Als ich noch ein Kind war, da hat es Homeschooling noch gar nicht gegeben. Wir haben uns jeden Tag persönlich getroffen. Und wir haben das auch überlebt."

Schon seltsam, dass heute schon die Kleinsten die meiste Zeit im Homeschooling verbrachten. Eine komische Zeit.

„Willkommen, Tscharly", hörte er Kiras Stimme, die wie immer auf nackten Füßen, dieses Mal mit einer Pfanne in der Hand, in den Flur tappte. „Ich habe dir deine geliebten Fleischpflanzerl mit Erdäpfelsalat gemacht."

Er küsste sie. „Woher hast du gewusst, dass ich mir genau das gewünscht habe?"

„Ich kann eben deine Gedanken lesen. Das können Frauen."

Im offenen Kamin im Esszimmer brannte ein Feuer. Und am Küchentisch saß Ariella Bianchi, das italienische Au-pair, mit schwarzen, langen Locken und haselnussbraunen Augen und einem schüchternen Lächeln im Gesicht. Sie trug ein weißes Kleid. Ihr zweiter Tag in München.

„Guten Abend“, begrüßte Tscharly sie.

Die junge Frau, eigentlich nur zehn Jahre älter als sein Sohn, wurde ihm bewusst, erhob sich und reichte ihm die Hand. „Guten Abend, Signore“, sprach sie in beinahe akzentfreiem Deutsch.

„Guten Abend, ich hoffe Sie fühlen sich *noch* wohl bei uns. Sie wissen ja, München gilt gemeinhin als die nördlichste Stadt Italiens. Da geht es schon mal drunter und drüber. Und dann noch die ganzen Kirchen und Klöster, die so gut wie leer stehen. Das muss ja fast wie zu Hause bei Ihnen in Italien sein.“

Ariella verdrehte die Augen. „Madonna mia, solange ich nicht jeden Sonntag in die Kirche gehen muss, so wie daheim in Mailand, bin ich glücklich.“

„Ariella und ich“, sagte Kira, „haben schon Pläne fürs Wochenende gemacht. Stell dir vor, Tscharly, Ihre ganze Familie kommt sie schon dieses Wochenende besuchen. Sie freuen sich, wenn sie am Sonntag auf dem Oktoberfest das berühmte italienische Wochenende mitfeiern dürfen. Dann lernen wir alle Bianchis kennen.“

6. Juni desselben Jahres, Tag der „Sommersonnenwende“, nachts

Siegfried stand vor dem Mikrofon und spürte den Rhythmus der Nummer wie Morphium in seinen Eingeweiden. Helmut K., von Beruf Lehrer für Geschichte und Deutsch an einem Frankfurter Gymnasium, bediente das Schlagzeug. K. trug eine Nikolausmaske. Falls jemand heimlich filmte, war er in seinem Brotberuf trotzdem sicher. Der Bass-Spieler stammte aus Kentucky und trug ein Ku-Klux-Bettlaken über seinem Körper und Kopf; Siegfried nannte ihn „Bobby“. Jeder anständige Südstaatler hieß schließlich Bobby. Der Lead-Gitarrist, den Odin Renner dieses Mal für ihn aufgetrieben hatte, war im ganzen Gesicht tätowiert und hieß „Sepp“, ein Bayer. Sepp hatte als 19jähriger ein Asylantenheim angezündet, dabei waren mehrere Syrer, Nordafrikaner, Schwarzafrikaner und Kurden verbrannt. Erst im Gefängnis hatte er sich das Gitarrenspiel selbst beigebracht. Er entlockte den Saiten Töne wie Carlos Santana. Nur sein Musikstil unterschied sich ganz und gar von dem internationalen Superstar. Siegfried war stolz darauf, neben einem Mann wie Sepp S. auftreten zu dürfen. Sepp hatte schon in diversen rechtsradikalen Bands gespielt und jeder Neo-Nazi kannte die tätowierte Fratze, die Ähnlichkeit mit einem Spinnennetz besaß.

Den aktuellen Hit, den die Fans sogleich mitgrölten, hatte Helmut K. komponiert, Siegfried hatte den Text dazu geliefert:

„Kinderficker – o du grüner Kinderficker – verrecke wie ein räudiger Hund. Ohne dich wird der Volkskörper gesund …“

Siegfried war als Achtjähriger von einem Kameraden vergewaltigt worden. Das war ein Trauma, über das er niemals sprach. Über ein Erlebnis zu reden, bei dem er selbst Opfer gewesen war, erfüllte ihn mit Scham. Der Text war ihm im letzten Jahr eingefallen; Siegfried hatte er nicht recht behagt. Odin Renner war sofort Feuer und Flamme für das Lied gewesen. Odin hatte mal wieder den richtigen Riecher gehabt. Kein

Zweifel, Odin war ein Manager, auf den er sich immer verlassen konnte. Das unterschied ihn von …

… von Wagner.

Der doch tatsächlich die Frechheit aufbrachte, ihn nach dem Auftritt nebst seinem Knecht in der Umkleide aufzulauern.

Siegfried packte Wagner am Kragen und hob ihn mit einem Arm hoch.

„Was willst du Schwuchtel hier bei meinen Sachen?", schrie er mit seiner vom Gesang heiseren Stimme seinen Ziehvater an.

Siegfried ließ ihn fallen. Wagner landete unsanft auf dem Rücken. Das Grinsen in seinem Gesicht schien dort wie festgetackert.

„Mein lieber Siegfried, wie war denn die Aussicht da oben?"

„Soll ich Ihnen wieder auf die Beinchen helfen, Chef?", fragte Müllfred.

„Ja", sagte Wagner – und: „Manchmal wünschte ich, ich hätte eine Waffe. Wer eine solche Familie hat, der braucht keine Feinde."

Müllfred führte seinen Befehl aus. Wagners Schnurrbart vibrierte vor Erregung, erkannte Siegfried zu seiner Erheiterung.

„Dann erklär mir mal, was diese Scheiße hier soll, Wagner. Ich bin durchgeschwitzt. Ich war drei Stunden auf der Bühne und du und dein Behindi, ihr habt nichts Besseres zu tun, als mir meine Zeit zu stehlen."

Aus dem Nichts heraus machte Siegfried zwei schnelle Schritte nach vorne und baute sich bedrohlich vor dem Think-Tank-Chef auf.

„Ich habe in einer Schlacht meine beiden Arme verloren, wie du weißt", entgegnete Wagner.

„Du weißt genau, welche Leichen du in deinem Keller hast", brüllte Siegfried.

Wagners Augen blitzten auf.

„Ich glaube zumindest eine Ahnung zu besitzen, woher der Wind weht."

„Du weißt bereits die ganze Zeit, was Trennendes zwischen uns liegt, du Schwein“, behauptete Siegfried und begann mit sanften Schlägen Wagners Wangen zu malträtieren.

„Au!“, brüllte Wagner.

Zur Überraschung aller drängte sich Müllfred zwischen seinen Chef und ihn.

„Verpiss dich, Gartenzwerg!“, zischte Siegfried ihn an, „sonst siehst du bald so aus wie dein Chef.“ Und an Wagner gewandt fuhr er fort: „Hör auf, nach Milla zu suchen! Sie ist tot. Nicht da. Verschieden. Auch wenn es nicht so aussieht, aber deine Suche nach meiner toten Mutter reißt immer wieder Wunden auf, die mich von der anstehenden großen Aktion nur ablenken. Und das könnte dem Unternehmen äußerst abträglich sein. Ich bin schließlich ein Künstler und eure Gallionsfigur.“

„Du elender Abschaum, du Albino, du kranker Wichser“, zischte Wagner Siegfried voller Wut und ohne Angst vor weiteren Konsequenzen an. „Was glaubst du, mit wem du es hier zu tun hast? Ohne mich würdest du als Zirkusattraktion in Afrika dein verkacktes Leben fristen und von den Voodoo-Priestern verflucht werden.“

Siegfrieds rechte Hand umfasste Wagners Hals wie ein Schraubstock. Der rechte Daumen ertastete den Kehlkopf und der Druck wurde immer stärker.

„Ich möchte dir eine gewisse Standhaftigkeit nicht absprechen“, sagte Siegfried seelenruhig, „aber zwischen Heldentum und Dummheit ist es manchmal ein schmaler Grat. Dein Leben steht auf Messers Schneide.“

Jetzt zitterte Wagner wie Espenlaub.

„Ich … kriege … keine …“

Siegfried lockerte den Griff etwas.

„Lass meine Mutter in Frieden ruhen, du Schwein!“

„Hey, sofort aufhören!“, ertönte Odins Stimme aus dem Hintergrund.

„Aufhören!“, echote Müllfred wie die Schweizer Alpen.

„Lass ihn sofort los!“, befahl Odin.

Ganz langsam ließ Siegfried von Wagner ab und spuckte seinem Ziehvater ins Gesicht.

Odin packte Siegfried an den Schultern und zog ihn von Wagner weg.

„Nicht doch, wir müssen zusammenhalten und uns nicht bekämpfen", impfte er seinem Sprössling ein. „Intern finden wir für alles eine Lösung."

„Für diesen Sondermüll gibt es nur die Endlösung."

Obwohl er schwer gehandicapt war, war Wagners „Fick dich, du Fehlgeburt!" nicht zu überhören.

7. Ein Tag nach dem Rechtsrockkonzert, Juni desselben Jahres

Siegfried schlug die Tür des Porsches hinter sich zu. Ein echter 911er. Er hatte den taubstummen Elektromotor eigenhändig ausgebaut. Wenigstens die Russen wussten einen guten Verbrenner heutzutage noch zu schätzen, und so hatte er den Verbrenner aus einem Werk in St. Petersburg liefern lassen. Russische Wertarbeit war in Zeiten wie diesen verdammt viel wert.

Siegfried trat über das braune Stoppelfeld und schaute sich um.

„Heil Hitler!", begrüßte ihn Odin, „du bist fünf Minuten zu spät."

Siegfried verzichtete auf eine Begrüßung. „Was soll ich hier? Einen Tag nach dem Konzert. Hast du eigentlich noch alle Latten am Zaun? Weckst mich um fünfzehn Uhr morgens auf und lockst mich hier raus."

Juni in Ostdeutschland, Siegfried konnte keinerlei blühende Landschaften entdecken. Wenn die Väter der Einheit gewusst hätten, dass spätestens der Klimawandel ihre Worte Lügen strafen würde. In dieser Hinsicht hatten diese grünen Verschwörungstheoretiker vielleicht doch recht gehabt. Die verfluchten Amerikaner und Chinesen verheizten den Planeten.

„Ich bin ein Star, holt mich hier raus!", sprach Siegfried.

„Sei nicht so überheblich, Albinojunge, nur weil du zu kurz geschlafen hast. Ich habe dich zu dem gemacht, was du heute bist. Vergiss das nie!"

„Und ich könnte dir auf der Stelle das Genick brechen, mein Freund. Das solltest *du* wiederum nie vergessen."

„Sei nicht so ein Riesenarschloch, Siegfried. Wir alle wissen, was wir an dir haben. Das gibt dir aber nicht das Recht, uns wie den letzten Dreck zu behandeln."

„Na ja, der letzte Dreck wird von mir noch ganz anders behandelt."

Ein feinsinniges Lächeln zeichnete sich auf Odins Gesicht ab – *hab ich dich!*

Siegfried blickte auf seine Uhr. Kaute auf seinen Lippen herum. Biss sich auf die Wangeninnentasche, bis sie kräftig blutete. Was er nur aufgrund des Eisengeschmacks feststellte. Und wegen der stetig zunehmenden Flüssigkeit in seinem Mundraum. Marsili-Syndrom, das war der Name für sein fehlendes Schmerzempfinden.

„Odin, ich bin hier nicht zum Kaffeekränzchen hergekommen, sondern um eine wichtige Angelegenheit zu bereinigen, wie du weißt."

„Ich halte mein Versprechen. Aber warum bist du denn immer so in Eile?" Odin senkte den Blick Richtung Boden und es hatte den Anschein, als dächte er angestrengt nach. „Ich wüsste nur allzu gern, was mit deiner Mutter passiert ist ..."

„Lass den Kack! Lass meine Mutter in Frieden ruhen. Sie ist in der ganzen Scheiße umgekommen, wie viele andere auch. Das ist alles, was du wissen musst."

„Neulich habe ich einen Uraltwitz beim Kameradschaftsstammtisch gehört", ließ Renner sich schon aus Prinzip nicht beirren. „Den gab es bereits zu meinen Schulzeiten. Aber er war mir in der Zwischenzeit entfallen. Einfach, aber genial."

„Ein Judenwitz?"

„Monk Walter hat keine Arme und keine Beine. Im Schwimmbad taucht er ins Becken ein und schwimmt dann eine Bahn nach der anderen."

Siegfried gab sich Mühe, seine Neugier hinter einem Pokergesicht zu verbergen.

»Das musst du dir einmal vorstellen, ein Krüppel, der seine Runden zieht. Alle Hallenbadbesucher kommen natürlich aus dem Staunen nicht mehr heraus und verstehen die Welt nicht mehr. Ohne Arme und Beine, wie macht der das? Aber Monk Walter ficht das alles nicht an und er schwimmt mehr Runden als die meisten anderen Anwesenden. Verstehst du?"

„Klar verstehe ich das."

Odin fuhr fort: „Plötzlich geht Monk Walter unter. Blubb, blubb, blubb und weg ist er. Der Bademeister springt sofort ins Wasser und rettet ihn. Nachdem er das Wasser abgepumpt hat, blickt er Monk voller Erstaunen an und fragt ‚Was ist denn da passiert?'. Monk Walter verzieht das Gesicht und antwortet ‚Verdammt, ich hatte einen Krampf in den Ohren'."

Odin gackerte eine Runde.

Siegfried verstand den Zweck dieses Flachwitzes: ihn aus der Reserve zu locken.

„Es ist besser, wenn Wagner den Witz nicht hört", entgegnete er zu Odins Enttäuschung.

„Seltsam, sonst bist du doch nicht so ein Inklusionsfreak. Verrate wenigstens mir, deinem Manager und Freund, wo du deine Mutter versteckt hältst, Siegfried."

Siegfried umfasste mit seiner rechten riesigen Hand die linke Schulter seines Gegenübers, sodass Odin augenblicklich stehenblieb. Irgendetwas knackte bedenklich. Odin war jedoch sichtlich bemüht, keine Regung zu zeigen.

„Erstens bin ich hier der Rockstar", sagte Siegfried. „Zweitens werden durch schlechte Witze keine Revolutionen gewonnen. Drittens habe ich noch andere dringende Termine. Wo meine Mutter abgeblieben ist, wird also nie jemand erfahren."

„Du weißt also, wo Milla ist … Au!"

„Das habe ich nie behauptet."

„Hier war früher übrigens eine germanische Behausung mit einer weitreichenden rituellen Bedeutung, Siegfried. Hast du das gewusst? Und jetzt – wenn du meine Schulter loslässt – fahren wir zur Scheune unseres treuen Kameraden, der uns dieses wundervolle Stück Land für unser rituelles Opfer zur Verfügung stellt."

Siegfried zog seinen Arm zurück. Odin rieb sich stöhnend das Gelenk.

„Puh, Junge, von Spinat hast du eindeutig zu viel abgekriegt, als du noch klein warst."

Siegfried hätte dem alten Wikingergesicht am liebsten das Nasenbein zertrümmert. Aber wenigstens ließ Odin davon ab, ihm weitere Fragen nach dem Verbleib seiner Mutter zu stellen. Das war allein seine Sache – als ihr Sohn. Und er zog es vor, die Gedanken an Milla lieber beiseitezuschieben. So wie man ein Gespenst in den Kleiderschrank sperrt, damit es einen nachts im Kinderzimmer in Ruhe schlafen lässt.

„Am Tag X“, sprach Siegfried, „wirst du die Wahrheit über meine Mama erfahren. Und keinen Tag früher.“

8. Mittwoch, fünf Tage vor dem „Tag X"

Bouletten, Fleischklops, Wellklops, Fleischküchle, Frikadellen, Fleischlaberl oder wie auch immer … in München hieß Tscharlys Lieblingsessen *Fleischpflanzerl.* Er hatte drei riesige Exemplare in sich hineingestopft. Mit pürierten Kartoffeln. Und so fühlte er sich nach dem Essen *bratfertig*; er grinste über seinen Wortwitz und legte sich auf die Couch im Wohnzimmer. Auf dem Bildschirm flackerte die Tagesschau.

„Auch heute gab es wieder einen Anschlag auf die kritische Infrastruktur", verkündete die Nachrichtensprecherin mit dem perfekt symmetrischen Gesicht in aalglattgeschliffenem Hochdeutsch. „In Berlin wurde ein für bundesweite Weichenstellungen zuständiger Signalkasten der Deutschen Bahn mit mindestens einem Kilogramm Plastiksprengstoff in die Luft gejagt. Die Staatsschützer:innen haben die Ermittlungen unverzüglich aufgenommen. Eine heiße Spur gibt es aber bisher nicht, so die Behördensprecherin."

Ariella war das Entsetzen über verkohlte Schienen und Strommasten deutlich anzusehen. Tscharly fragte sich, ob die Tagesschau für ihren italienischen Gast nicht doch zu viel war.

Die Sprecherin – eine Frau mit afrikanischen Wurzeln – las weiter von einem Bildschirm: „Frankfurt. Mehrere Hacker:innenangriffe haben die digitale Struktur der größten hessischen Kliniken auch heute wieder lahmgelegt, sodass dort nur noch ein Notbetrieb aufrechterhalten werden …"

„Also bei uns in Italien haben wir die Sprache vor dem Genderismus per Gesetz geschützt", brach es aus Ariella plötzlich heraus.

Und erst jetzt erkannte Tscharly, woher das Entsetzen des Au-pairs rührte.

„Bei uns ist die Sprache nämlich Kulturgut."

Tscharly konterte: „Aber wenigstens ein bisschen Englisch könntet ihr mit uns deutschen Touristen sprechen, wenn wir euch in unserem Urlaub nach dem Weg fragen." Er musste lächeln über Ariellas Position; aber in Deutschland tickten die Uhren wohl wirklich anders als im Rest der Welt …

Bevor sich eine Diskussion über Sinn und Unsinn von Gendermainstream entwickeln konnte, trat Kira mit Plastikhandschuhen zum Geschirrspülen aus der Küche.

„Wenn der Herr Chefredakteur sich bequemen würde, noch die allernötigsten Einkäufe für morgen Mittag zu tätigen, wie wir es besprochen haben, das wäre schon ziemlich nett."

Tscharly zuckte zusammen und musste lachen. Die lange Einkaufsliste fiel ihm wieder ein, die seine Frau ihm am Morgen überreicht hatte. Mist, schon wieder nicht dran gedacht. Stress!

„Habe ich nicht vergessen", schwindelte er sich aus der Affäre, „ich schwinge mich gleich auf die Harley und bin im Handumdrehen wieder zurück."

„Nichts da", fuhr Kira ihm in die Parade. „Ariella ist interessiert, die hiesige Kultur kennenzulernen und dazu gehören auch Supermärkte. Und unterstehe dich, die Harley zu nehmen, da passt ja nicht einmal ein Sack Kartoffeln drauf. Außerdem ist das viel zu gefährlich. Ich will nicht, dass Ariella was passiert, solange wir die Verantwortung für sie tragen."

Tscharly sandte Ariella einen verständnisheischenden Blick zu; diese grinste ihn mit ihren haselnussbraunen Augen humorvoll an.

„Dann werden wir wohl oder übel den Tesla der Dame des Hauses nehmen müssen", sagte er mit wenig Begeisterung und erhob sich wie Westernheld John Wayne, nachdem er vom Pferd gefallen war. „Allerdings ist fraglich, ob wir da zwei Bierkisten nebeneinander hineinpacken können."

„Das ist die Bayern-Edition von Tesla", scherzte seine Frau. „Der Kofferraum ist exakt an die Bierkastennorm angepasst. Es hat mich einen halben Tag gekostet, ihn an der E-Säule wieder aufzuladen. Ihr macht euch keinen Begriff davon, wie es an den Ladestellen zugeht. Das waren auch schon mal mehr, bevor diese rechten Spinner damit angefangen haben, die Dinger in die Luft zu sprengen."

Tscharly und das Au-pair machten sich auf den Weg. Und nach einer Viertelstunde lustlosem E-Auto-Fahren, erreichten sie den Discounter. Ariella bot sich an, den direkt neben dem Parkplatz befindlichen Einkaufwagen mit seiner Bankomatkarte auszulösen, während Tscharly sorgfältig das Auto verschloss.

„Halt! Das sollten wir lieber zusammen machen", hielt Tscharly sie zurück.

Das italienische Au-pair sah ihn mit großen Augen an. Herrgott, wie schön diese Augen waren. Verträumt. Ernsthaft.

„Du wirst es bald bemerken", versicherte er ihr.

„… haste mal … haste mal … n … Euro …", kam wie aufs Stichwort eine Gestalt daher, die in einen uralten Teppich eingehüllt war. „… haste mal … haste mal … n … Euro …"

Ariella rümpfte ein wenig ihre Nase ob des Gestanks. Tscharly gab dem Typen mit einer unmissverständlichen Handbewegung zu verstehen, bei ihnen sei nichts zu holen. Auch wenn der Mann ihm leidtat.

„Ich gebe ja von Herzen gern", erklärte er, „aber inzwischen sind Banden darauf spezialisiert, die Spender abzuziehen, sobald sie den Geldbeutel zücken und es ist dabei schon häufiger zu Verletzungen und Todesfällen hier in Deutschland gekommen."

Der Eingang des täglichen Bedarf-Konsumtempels war regelrecht belagert. Ein Dutzend Menschen stand dort. Eine adrett gekleidete Dame, die ein rotseidenglänzendes Kopftuch um ihre blonden Haare gewickelt hatte, steuerte geradewegs auf sie zu.

„Haben Sie vielleicht Arbeit für mich?", fragte sie Tscharly. „Ich kann sehr gut putzen und den Haushalt führen. Wenn Sie wollen, mähe ich den Rasen und kümmere mich um … Bitte, geben Sie mir Arbeit, ich habe ein krankes Kind und einen Mann, der in der Ukraine von den russischen Aggressoren zum Krüppel geschossen wurde, in meiner alten Heimat ..."

… und jetzt ging diese bedauernswerte junge Frau „auf den Arbeiterstrich", ergänzte er in Gedanken den alten Begriff aus dem Volksmund. Bereit, jede Drecksarbeit zu machen, boten sich immer mehr Menschen vor Supermärkten an – und sei die Bezahlung noch so gering. Hauptsache Arbeit.

Es war nicht zu übersehen, die Frau kämpfte mit den Tränen. Außerdem klang die Geschichte auch noch glaubwürdig. So sehr Tscharly die Frau bedauerte, er wusste, es war besser, gar nicht erst darauf einzugehen. Frauen und Männer allen Alters, aller Nationen und Hautfarben versuchten die Aufmerksamkeit der Supermarktbesucher vor dem Eingang auf sich zu ziehen. Viele trugen ein Papp-Schild wie eine Monstranz vor sich her, auf dem stand, wieso sie in die soziale Schieflage geraten waren und dass sie sich nun auf dem Arbeiterstrich verdingen mussten. Tscharly nahm sich vor, Melanie Hoffmann den Auftrag zu geben, demnächst eine Story über diese Bedürftigen und ihre Herkunft sowie die Gründe für ihre soziale Schieflage zu schreiben. Natürlich erst, sobald sie mit ihrer Story über die „Bettgeher" … äh … die „Spleepex-Szene" fertig war.

„So schlimm ist das bei uns in Mailand noch nicht", sagte Ariella und suchte unwillkürlich seine körperliche Nähe. „Wobei, im Süden ist es immer schon so gewesen. Sizilien war immer schon wie Nordafrika."

Tscharly schmunzelte innerlich über das sich in letzter Zeit verstärkende Standesbewusstsein der Norditaliener.

„Auch bei uns ist das ein recht neues Phänomen, zumindest in dieser massenhaften Ausprägung", behauptete Tscharly. „Aber seitdem der große Krieg im Osten sich ausgeweitet und die Pandemien ihre unberechenbaren Volten geschlagen haben, sind bei uns in Deutschland die sozialen Sicherungssysteme in sich zusammengebrochen. Hartz IV und Bürgergeld, das war einmal. Das gab es in der guten alten Zeit."

„Hey, gib mir n paar Euros", baute sich ein offensichtlich Drogensüchtiger mit einem vor Schmutz starrenden Hoodie, das weit in die Stirn gezogen war, vor ihnen auf. Ausgerechnet vor dem Eingang.

„Wir würden bitte gerne durch", antwortete Tscharly unter seinem Cowboyhut und hielt dem irre-bohrenden Blick stand, ohne dabei zu zwinkern. Ein Duell. Wer als erster zwinkert, verliert.

„Ich brauche Geld! Bitte! Sonst drehe ich durch."

Tscharly glaubte dem Mann aufs Wort und sondierte einen Umweg, aber links und rechts vorm Eingang lauerte ein Heer von Obdachlosen, wie er an der Kleidung erkannte. Aus heiterem Himmel wurde der Drogensüchtige von irgendetwas abgelenkt und presste sich eiligst an Ariella und Tscharly vorbei.

„Was war das jetzt wieder?", fragte Ariella, nachdem sie endlich in das Innere des Supermarkts gelangt waren. „Und wieso hat der Mann plötzlich von uns abgelassen?"

„Um die sozialen Spannungen ein wenig einzudämmen, lässt die Bundesregierung manchmal Versorgungslaster vor den Supermärkten auffahren. Die verteilen kostenlos Grundnahrungsmittel und Spendenkleidung, die die meisten sofort zu Geld machen."

„Madonna mia, das ist wirklich schlimm. Menschenverachtend. Entwürdigend."

Wow, was für ein schweres Wort, dachte Tscharly und hatte dem Urteil seines neuen Au-pairs nichts hinzuzufügen. Im Supermarkt waren die Security-Mitarbeiter in schwarzen Uniformen, Knüppeln, Reizgas und Handschellen omnipräsent. Bisher hatte die Bundesregierung es untersagt, die Bettelnden vor den Supermärkten durch Sicherheitspersonal zu verjagen. Inzwischen drängten aber beinahe alle Bundestagsfraktionen auf eine Gesetzesvorlage, die dies ändern sollte, da der Steuern bezahlende Teil der Bundesbürger diese Zustände nicht mehr länger tragen wollte. Die Armut vor den eigenen Augen ansehen zu müssen, löste in den Menschen Ängste und Wut aus. Rechte Politiker schlugen eigene Areas für die „Sozialschwachen" vor, um die Allgemeinheit bei Laune zu halten. Das war natürlich nur eine Finte, wusste Tscharly. Schließlich profitierten die Rechten am meisten von Angst und Wut der Bundesbürger.

„Herzlich willkommen im Hypermarkt", schallte die geschlechtsneutrale Stimme in Dauerschleife, „wir möchten, dass

Sie sich bei uns wohlfühlen und wir Ihnen alle Wünsche erfüllen können."

„Ist das nicht ein bisschen zynisch?", fragte Ariella, als sie an der Gemüsetheke standen, die beinahe jegliche Auslage vermissen ließ. „In Mailand haben wir wenigstens Tomaten und Kartoffeln."

„Hm", stimmte Tscharly ihr zu. „Die Zeiten sind so verrückt geworden, dass ein Mangel …"

Beinahe verzweifelt suchte er Zucchini. Kira hatte ihm eingetrichtert, sie wolle eine Minestrone kochen, damit Ariella sich wie zu Hause in Mailand fühlte. Aber nicht nur Zucchini – nein, auch Auberginen fehlten, ebenso wie Schnittlauch, Basilikum oder Koriander. Ein paar lose Kirschtomaten aus Spanien vermittelten keinen allzu guten Eindruck und Tscharly war sicher, die Italienerin würde durch sie eher desillusioniert auf Kiras Kochkünste reagieren. Offensichtlich hatten heute sogar die Lkw der regionalen Bauernkolchosen schon wieder Probleme, die Produkte an ihren Bestimmungsort zu bringen. Er beschloss, sich nichts anmerken zu lassen und freute sich stattdessen heimlich, dem von Kira geplanten Gemüsefest ein Schnippchen schlagen zu können. Hoffentlich sah es an der Fleischtheke besser aus.

„… wir arbeiten ständig mit Hochdruck daran, Ihnen unser Warensortiment in gewohnter Fülle präsentieren zu können. Leider hindern uns sowohl die Energiekrise als auch zahlreiche Produktionsausfälle …", hallte eine Stimme bereits zum zweiten Mal durch den Discounter und Tscharly schnaubte genervt.

Sie liefen an einem leergefegten Regal für WC-Papier vorbei. Tscharly erinnerte sich mit innerem Schmunzeln an eine Liedzeile des österreichischen Rockstars Falco: „Das schwarze Gold ist weiß geworden." Wenn das Herz der Deutschen an etwas hing, dann an Toilettenpapier.

Bei vielen länger haltbaren Artikeln schien die Versorgungslage deutlich besser zu sein. Hier fehlten nur hin und wieder bestimmte Marken, aber die Ware an sich war existent. Zwei Damen stritten sich drei Regale weiter darüber, wer von ihnen die letzte Flasche Sonnenblumenöl zuerst in der Hand gehabt habe.

„Oh, da hinten ist Pasta", rief Ariella und freute wie ein kleines Kind. „Ich würde da gerne einmal schauen, ob es meine Lieblingssorte gibt. Manchmal ist die bei uns zu Hause auch nicht mehr erhältlich."

Tscharly zögerte für den Bruchteil einer Sekunde, kam dann aber zur Einsicht, der Supermarkt war sicher und außerdem handelte es sich bei Ariella ja mitnichten um ein kleines Kind, sondern um die Frau, die sich ab jetzt um seinen Konsti kümmerte.

„Klar, ich begebe mich so lange zur Bio-Bio-Fleischtheke da hinten."

Dort erwartete ihn eine Überraschung. Rinderhackfleisch. Scheiß auf die Extra-CO_2-Strafsteuer!, entschied er. Kira wird mir zwar wieder in den Ohren liegen, wie sehr ich dadurch die Nachhaltigkeit von Konstis Zukunft gefährde, aber er … In Gedanken sah er sich schon den zweiten Tag hintereinander seine geliebten Fleischpflanzerl essen. Ein Gedicht! Kira konnte mit dem Fleisch ja für sich und die anderen eine Pasta Asciutta machen, damit wäre auch dem italienischen Gast genüge getan. Tscharly hielt nach Ariella Ausschau. Die stand mit dem Rücken zum Nudelregal und unterhielt sich angeregt mit einem fremden Mann. Tscharly vergaß augenblicklich das Fleisch, packte den Wagen und schob ihn in Richtung der Diskutierenden. Der Mann blickte plötzlich zur Seite, sah ihn, machte prompt auf dem Absatz kehrt und verschwand zwischen den Einkaufenden. Ariellas Atmung schien schneller als sonst zu sein und auch ihre geweiteten Pupillen verrieten einiges über ihren emotionalen Zustand.

„Ist alles in Ordnung?", fragte Tscharly und griff sachte nach ihrer grazilen Hand.

Ariella atmete erst einmal kräftig durch. Dann suchten ihre Augen die Seinen.

„Stimmt es wirklich, dass du bald sterben wirst?"

Tscharlys Hals fühlte sich auf einmal an, als hielte ein Schraubstock ihn fest umschlungen.

„So ein Blödsinn", brachte er einigermaßen flüssig über die Lippen und versuchte zu lächeln. „Wie kommst du denn auf einen solchen Unsinn?"

„Das hat der Mann neben dem Spaghetti-Regal gerade behauptet. Du wärst unheilbar an Prostata-Krebs erkrankt und die Metastasen hätten sich bereits in deinem ganzen Körper verteilt. Dir würden nur noch wenige Monate bleiben."

Wie aufs Stichwort spürte Tscharly Schmerzen, die er sofort auszublenden versuchte. Solange sein Geist seinen Körper noch beherrschen konnte, war nichts verloren.

„Nicht nur, dass viele Menschen inzwischen leider sehr arm sind", erklärte er ihr mit einem tapferen Lächeln, „es gibt leider auch viele, die schlecht mit den harten Zeiten umgehen können und ihre psychischen Frustrationen an Dritten auslassen müssen. Das war ganz sicher so ein bedauerlicher Fall. Gibt es dieses Phänomen in Italien eigentlich auch?"

„Ach, dann bin ich aber erleichtert", sagte Ariella.

Glaubte sie ihm seine Lüge?

„Was der Mann gesagt hat, hat sich aber irgendwie total echt angehört. Ich hatte schon Angst …"

Tscharly schüttelte den Kopf. „Zu viele kranke Gehirne heutzutage. Kein Wunder in Zeiten wie diesen. Die psychischen Krankheiten sind die Pest unserer Tage." Und das war wenigstens die Wahrheit, dachte er. Mit nichts log sich so gut wie mit der Wahrheit.

9. Ein Tag nach dem Rechtsrockkonzert, Juni desselben Jahres

Der blonde Verfassungsschützer im besten Mittelalter saß nur mit einer Unterhose bekleidet im Schweinekot, der durch ein wenig Stroh farblich aufgehellt wurde. Das Grunzen der niedlichen Tiere nahm zu, seitdem Odin und Siegfried den Stall betreten hatten. Der Gefangene war mit Handschellen an Metallstäben gekettet worden. Wegen der Fesseln musste er die Arme ständig nach oben recken. Seine unnatürliche Haltung verursachte ihm sichtlich Schmerzen wie einem Gekreuzigten, dem allmählich – wie auf Golgotha – die Luft ausging.

„Da bist du ja endlich, du kleines Stück Scheiße", begrüßte Odin den Mann, dessen vornehmste Aufgabe bis gestern darin bestanden hatte, die Feinde der Bundesrepublik Deutschland im Blick zu behalten – und trat verbal nach: „Der weltbekannte James Bond der BRD-GmbH."

Der Blonde mit der großen Nase musste sich stark verrenken, um seine Besucher sehen zu können.

„Wenn ihr mich am Leben lasst, quittiere ich sofort den Dienst und …", brachte der Gefangene schwer atmend hervor.

Odin lachte. Siegfried verspürte zu viel Hass gegen den Verfassungsschützer, um Humor empfinden zu können.

„Was machen wir mit ihm?", fragte er.

Odin redete wie immer um den heißen Brei herum. „Ich finde, dieses Bild besitzt einen unglaublichen Symbolcharakter. Du nicht auch?" Er zückte sein Smartphone und knipste ein Foto.

„Ein Verfassungsschutzschwein im Schweinestall", analysierte Siegfried die Situation. „Wahrscheinlich hat er auch sein Schlachtgewicht längst erreicht."

„Der Typ hat behauptet, er wüsste, wo deine Mutter ist, Siegfried."

„So? Hat er das?" Siegfried stierte ihn an. Der Gefangene hielt den Blick ganze fünf Sekunden aus und erschlaffte erneut. Siegfried verschränkte seine Hände ineinander wie beim Gebet.

Dann holte er weit aus und versetzte dem Mann einen kräftigen Hieb, in den er nicht einmal ansatzweise seine ganze Stärke legte.

Ein Aufschrei: „Ahhhhh …"

Das Schreien ging in Gewimmer über.

„Der Herr vom Bumsamt für Verfassungsschutz scheint heute empfindlich zu sein, dabei sind die doch sonst nicht so zimperlich", sagte Odin.

Das Wimmern verstummte augenblicklich. Schweiß rann dem Mann an der Stirn herunter.

„Ich … ich … ich schwöre …", stammelte der Mann in Todesangst.

Ein etwas kräftigerer Hieb brachte ihn zuerst zum Verstummen und dann zum erneuten Wehklagen.

„Wenn du noch einmal das Maul aufmachst, ohne gefragt zu werden, zeige ich dir, wie viel Wumms ich tatsächlich habe", sprach Siegfried. „Hast du mich verstanden, du Wichser?"

Der Blonde nickte wie ein schwuler Teletubby, fand Siegfried.

„Er scheint es zu kapieren", schleimte Odin sich bei ihm ein.

„Gut für ihn."

„Vorläufig zumindest, würde ich sagen, oder?"

Siegfried dachte an ihr konspiratives Gespräch von gestern. „Auf jeden Fall sollten wir ihn fragen, welche Geheimnisse er über uns herausgefunden hat und wie das Amt damit umzugehen gedenkt, bevor wir hier ein Blutbad veranstalten."

Odin rieb sich die Hände. „Eine ausgezeichnete Idee."

Der Agent zitterte am ganzen Körper. Eine Schockwelle jagte die nächste, das war ihm deutlich anzusehen. Wahrscheinlich starb er an einem Herzinfarkt, noch bevor Siegried ihn entblutet hatte wie ein Schwein. Siegfried ging in die Hocke und überragte den Gefangenen um über drei Köpfe.

„Also, du Spast. Es ist doch in Ordnung, wenn ich zum Du übergehe?"

Nicken.

„Ich habe dich etwas gefragt, also antwortest du mir."

„*Okay.*“

„Du sollst nicht solch beschissene Anglizismen benutzen, du Volksverräter.“

„Ja.“

„Siehst du, er hat zugegeben, dass er ein Volksverräter ist“, frohlockte Odin. „Eine dieser Nattern, die die deutsche Kultur ins Nichts auflösen wollen.“

„Ne … n …“

Eine winzige Zuckung von Siegfried reichte aus, um ihn zum Verstummen zu bringen.

„Hast du einen unserer Kameraden an das Amt verraten? Ich möchte alle Details wissen.“

Dem heftigen Kopfschütteln folgte ein: „Ich habe nichts herausgefunden und nichts verraten.“ Odin und Siegfried blickten sich an und schüttelten unisono den Kopf; der Typ wollte es also doch auf die harte Tour wissen.

„Hör mal, mein Freund“, sagte Siegfried und holte aus seiner militärisch aussehenden Cargo-Hose ein beidseitig geschliffenes Messer mit einer fünfzehn Zentimeter langen Klinge heraus. „Ich sage das nur einmal. Für jede weitere Lüge verlierst du einen Finger.“

Er schnappte sich den rechten Zeigefinger mit der Linken und hielt die Klinge in der rechten maximal zwei Zentimeter davon entfernt.

„Also?“

„Ich habe nichts und niemanden verraten. Das würde ich nie tun, da ich Sympathien für euch …“

Mit einem einzigen ruckartigen, professionell ausgeführten Schnitt trennte Siegfried den Finger von der Hand des Delinquenten. So fühlt sich das also an, wenn man die Sau zerlegt, bevor man ihr den Kopf abgeschnitten hat.

Der Blonde biss sich vor Schmerzen auf die Zunge, um keine Geräusche zu verursachen, die eine weitere Bestrafung nach sich zogen.

Siegfried betrachtete fasziniert den Zeigefinger in seiner Hand.

„Krass, wozu die Japsen in der Lage sind“, fand er und betrachtete die Fingerkuppe wie einen Wertgegenstand. „Die Werbung für diese Messer verspricht wirklich nicht zu viel. Absolute Wertarbeit.“

„Bitte“, wimmerte sein Folteropfer leichenblass, „mein Finger … Ich brauche ihn …“

Siegfried wickelte das gute Stück in ein Taschentuch. „Wenn du deinen Finger wiederhaben willst, musst du dir deinen Finger verdienen.“

Odin holte aus seiner Hosentasche einen kleinen Kreuzschlitzschraubenzieher. „Der hier stammt aus China. Mal schauen, was der so kann. Bei der nächsten Runde bin ich dran. Nur, dass ich damit keine Finger abtrennen kann. Aber ich bin überzeugt davon, dieses chinesische Zeug ist bestimmt dazu geeignet, ein Auge auszustechen, du Sau.“

Der Beamte verlor einen gewaltigen Furz.

„Jetzt stinkt es hier gleich wirklich gewaltig“, sprach Odin.

Siegfried konnte immer noch nicht lachen. Warum nur lachte er so selten in seinem Leben? Manchmal beneidete er Typen wie Odin, die aufgrund der nichtigsten Scherze in Wiehern verfielen.

„Vielleicht kauft ihm das Amt eine neue Unterhose“, sagte Siegfried, ohne eine Miene zu verziehen. „Und jetzt sag schon, welchen von unseren Kameraden hast du verraten?“

Mit viel Mühe hielt sich der Gefangene bei Bewusstsein, wie ein Erfrierender.

„Ich habe einen Nazi in München observiert, der sich auffällig intensiv für das Gebäude der Neuesten Münchner Nachrichten interessierte.“

„Ist das alles?“, fragte Siegfried und tat, als würde er den Finger sogleich in Richtung der Schweine werfen.

„Nein! Nicht …“, flehte der Spitzel.

„Glückwunsch. Du hast gerade den Hauptgewinn gezogen“, frotzelte Odin. „Jetzt wollen wir aber auch noch wissen, ob du herausgefunden hast, wer dieser angebliche Nazi war und warum er das Gebäude dieser Scheiß-Lügenpresse observierte.

Wenn du uns das mitteilst, verspreche ich dir, dann kriegst du deinen Finger wieder."

Genervt atmete Siegfried ein und aus und sprach: „Das Schwein erinnert sich wohl gerade an seinen Amtseid, in dem er geschworen hat, jeden Schaden von dieser US-Kolonie fernzuhalten. Dabei wollen wir doch nur ein paar Informationen von ihm. Ich fürchte, du musst doch die Qualität des Schraubenziehers testen, Odin."

„Wenn er abbricht oder steckenbleibt, reklamiere ich ihn aber. Hahaha."

Dem Verfassungsschützer war nicht zum Lachen zumute. Vielmehr hyperventilierte er beinahe.

„Ich … ich … ich …"

„Soll ich ihn am linken oder am rechten Auge testen?", fragte Odin und nestelte an seiner Augenklappe herum.

„Ich rede ja schon. Ich sage euch ja schon alles, was ich weiß …"

Odin und Siegfried schenkten ihm einen interessierten Blick. Der Mann beschloss anscheinend, alles auf eine Karte zu setzen.

„Eigentlich habe ich zwei Personen observiert", gab er zu. „Einen Mann ohne Arme und seinen Begleiter. Der Mann ohne Arme war einmal unser Behördenleiter gewesen."

„Soso, Behördenleiter vom Bumsverfassungsschutz", höhnte Odin und kratzte mit dem Schraubenzieher ein wenig Dreck unter seinen Fingernägeln weg. „Sachen gibt's. Aber auf eines ist immer Verlass: auf unseren Präsidenten Hinterlader von und zu Wagner. Immer im Dienst für die nationale Sache, auch wenn er Deutschland wegen seiner homosexuellen Degeneriertheit leider keine prächtigen Söhne geschenkt hat."

Siegfried hatte nicht das geringste Interesse daran, die Fingerkuppe zurückzugeben. Er setzte sie über seinen eigenen Zeigefinger und stellte sich vor, wie es wäre, sie sich als vierte Fingerkuppe annähen zu lassen. Das wär wohl endlich mal ein richtiger Witz, über den auch er hätte lachen können. Er hob seinen Blick und bohrte nach: „Was war dein Judaslohn für diesen Verrat und was wurde im Amt aufgrund deiner Erkenntnisse unternommen?“

„Mein Abteilungsleiter hat die Information eigentlich nur zur Kenntnis genommen“, sprudelte es aus dem Mann wie aus einer undichten Windel heraus. „Er meinte, unser Ex-Chef Wagner sei bekannt dafür, mit dem Journalisten Huber eine Intimfeindschaft zu pflegen. Danach hat er mich auf russische Dissidenten angesetzt, die im Verdacht stehen, im geheimen Auftrag des Kremls Deutschland zu destabilisieren. Unter anderem mit Fake News.“

Blicke flogen zwischen Odin und Siegfried hin und her. Sollten sie dem Typen glauben?

„Und dein Judaslohn?“, insistierte Odin.

„Nur mein Gehalt …“

Odin schüttelte den Kopf. „Ich verstehe einfach nicht, wieso die meisten Menschen sich nicht von materiellen Dingen zu lösen bereit sind. Jeder Systemknecht, der sich von diesem kranken BRD-System bezahlen lässt, ist ein Volksverräter. Dabei ist doch niemand gezwungen, sich zur Systemhure zu machen. Was zum Fressen findet doch jeder irgendwo. Doch gieren diese ganzen Juden immer nur nach dem, was die Federal Reserve am 23. Dezember 1913 zum die Welt beherrschenden Götzen gemacht hat: Kohle, Kohle, Kohle, diesen beschissenverkackten Greenback, ein Dollar, der nirgendwo seinen materiell-industriellen Gegenwert besitzt. Aber wir sind so umerzogen, dass wir das eins zu eins in unsere Genetik übernommen haben. Und sei es nur in Form eines lächerlichen Beamtengehalts. Ich frage mich, wo die ganzen Idealisten geblieben sind.“

Mit der flachen Hand tätschelte Siegfried den Hinterkopf des Gefangenen, was einer mittelschweren Kopfnuss entsprach.

„Du hast mir doch vorhin den Witz von Monk Walter erzählt“, schien Siegfried eine Idee zu haben.

Odins Gesicht klarte auf.

„Das ist es“, pflichtete er bei. „Wir amputieren ihm Arme und Beine. Dann kriegen die Schweine endlich mal wieder was

Ordentliches zum Essen und Wagner hat dann jemanden, dem es noch schlechter geht als ihm. Wie findest du das?"

„Nein, nicht …"

Siegfried schnippte die Fingerkuppe zu den Schweinen herüber. Die Tiere rauften sich um den Leckerbissen, ehe er im Maul eines kräftigen Muttertieres verschwand.

„Holst du die Säge?", richtete er sich an Odin.

„Nein …", winselte der Verräter, „nein …" Und hielt sich mit letzter Kraft am Gatter fest.

Odin machte auf dem Absatz kehrt und öffnete einen Werkzeugschrank.

Der Gefangene schrie. Siegfried verpasste ihm einen Satz heißer Ohren, die alles nur noch schlimmer machten. Das Schwein mobilisierte seine letzten Kräfte. Aber Ketten waren stärker als Muskelkraft.

„Was hältst du davon, ihm Morphium zu geben?", brüllte Odin.

„Nein", erwiderte Siegfried, „das Schwein hat es gewagt, nach meiner Mutter zu suchen. Außerdem sagst du nicht selbst immer, dass es bei Stalingrad auch kein Morphium für unsere tapferen deutschen Landser gegeben hat?"

„Du hast recht, Siegfried. Du hast wirklich viel bei mir gelernt." Er reichte ihm eine rostige Eisensäge.

Ein Fressen für die Schweine.

10. Donnerstag, vier Tage vor dem „Tag X"

Tscharly röstete Zwiebeln und Knoblauch in der Pfanne braun an, dann gab er das Hackfleisch dazu. Er war schon um zwei Uhr heimgegangen, um zu kochen; die beiden Frauen und Konsti waren in der Stadt unterwegs. Sehenswürdigkeiten bewundern. Er rührte eine Tube Tomatenmark in die Pfanne, drei große Esslöffel edelsüße Paprika, Nudelwasser und jede Menge Oregano. Oregano war die Seele des Gerichts. Zuletzt gab er zwei Lorbeerblätter hinzu und ließ das Ganze gemächlich vor sich hin köcheln.

Er hatte beschlossen, ebenfalls Pasta Asciutta zu essen. Zwei Tage hintereinander Fleischpflanzerl war vielleicht doch ein bisschen zu viel des Guten. Leibgericht hin oder her …

Mit einem Lächeln im Gesicht hängte er die Küchenschürze zurück an den Haken und machte sich daran, den Esstisch zu decken.

Im Grunde genommen war er froh um jeden Augenblick, den er zu Hause verbringen durfte. Da konnte er seine Familie wenigstens beschützen. Solange sie unterwegs war, würde wohl niemand es wagen, Kira, Konsti und Ariella zu nahe zu rücken. Warum sollten *sie* die Öffentlichkeit riskieren, wenn sie wussten, wo sie ihnen nachts und in aller Ruhe zu Leibe rücken konnten? Also …

Tscharly hörte den rostigen Motor des Garagentors.

Die Flasche Chianti entglitt beinahe seinen Händen. Er stellte sie auf den Tisch.

„Iiiiiiiiiiiiiiiieeeee, was stinkt denn hier so?", hörte er Kiras Stimme ungewöhnlich schrill aus Richtung der in das Haus integrierten Garage.

„Aiiiiiiiiiiii", gesellte sich nun auch Ariellas Stimme klagend hinzu.

„Pfui, das ist ekelhaft", meldete sich sein Sohn schließlich auch nicht minder stimmgewaltig zu Wort. „Sooo widerlich …"

Tscharly schaltete die Herdplatte aus und eilte in die Garage. Je näher er dem Tatort kam, desto schlimmer wurde der Gestank. Der ekelerregende Geruch ähnelte einer Mixtur aus Erbrochenem und ranzig gewordener Butter. Tscharly hatte Mühe, sich nicht auf der Stelle zu erbrechen.

„Verdammt, was waren das für Stinktiere!", fluchte er. „Das ist derselbe Geruch wie damals, als die Antifa mich wegen meiner angeblich viel zu liberalen Artikel angegriffen hat …"

Kira, Konsti und Ariella standen in gebeugter Haltung um das Elektrofahrzeug herum. Kurzentschlossen drückte er den Knopf, um das automatische Garagentor zu öffnen. Die frische Luft sorgte kaum für Erleichterung, der durch und durch penetrante Gestank blieb.

Er blickte zu seinem Sohn.

„Nicht in die Augen reiben", rief er Konsti zu, „das macht es nur viel schlimmer. Finger weg von den Augen! Und weg vom Auto!"

Dann ging er zu Kira, die an dem Tesla lehnte.

„Weg vom Auto", dirigierte er erneut, nahm seine Frau in den Arm und ging ein paar Schritte mit ihr Richtung Garagentor an die frische Luft.

Konsti klammerte sich an Kira, Ariella hakte sich auf der anderen Seite bei ihm ein.

„Mir ist schwindelig", meinte Kira mit blasser Nase.

„Mach dir keine Sorgen, das vergeht gleich wieder."

„Madonna mia!" Ariella verlieh ihrer Empörung in ihrer Muttersprache Ausdruck.

Tscharly rannte nochmal in die Garage zurück.

„Und jetzt?", hörte er Kiras Stimme.

„Ruft euch ein Taxi", rief er ihr zu und hielt sich den Arm vor die Nase. Er entdeckte neben dem rechten Vorderreifen eine Deformierung im Garagenboden.

Kein Zweifel, jemand hatte die Buttersäure genau hier drauf geschüttet.

„Was ist das nur für ein äußerst ekelhafter Geruch?", fragte Ariella.

„Nichts weiter. Vermutlich ist ein Abflussrohr, das von der Toilette zum Abwasserkanal führt und durch die Garage verläuft, undicht geworden“, log er und fragte sich, wie der Täter in die Garage hatte gelangen können. Immerhin sorgte hier eine Alarmanlage für Sicherheit in Haus und Garage.

Tscharly schaute seiner Frau in die Augen und wusste, sie verstand, was er ihr mit den folgenden Worten sagen wollte: „Ihr solltet nochmal in die Stadt fahren. Ariella braucht bestimmt noch ein Dirndl für das Italienische Wochenende. Ich habe gehört, in diesem neuen chinesischen Geschäft am Stachus soll es so großartige bayerische Trachten geben.“

Kira nickte. *Ja, wir sollten nicht hier sein*, sagte ihr Blick.

Konsti schien ein wenig mit sich zu ringen. „Ich komme mit“, entschied er dann.

„Also, ruft euch ein Taxi“, wiederholte er den Satz, den vorhin niemand verstanden hatte.

„Du kümmerst dich um die Sauerei, Tscharly? Kann ich mich darauf verlassen?“ Die Worte bedeuteten: Du sorgst für Sicherheit?

„Ja, ich gebe Entwarnung, sobald der Gestank verschwunden ist.“

Sie verabschiedeten sich. Tscharly sah ihnen noch nach, wie sie in das Taxi stiegen. Wenigstens hatte er die Harley draußen auf dem Bürgersteig geparkt. Er ging zur Maschine, die auf den ersten Blick heil wirkte.

Er ging zurück zur Garage und schloss ab. Zuversicht, ermahnte er sich – oder frei nach Kant: In schweren Zeiten ist Zuversicht die erste Bürgerpflicht! Er marschierte ins Haus zurück. Der Rotwein stand noch auf dem halb gedeckten Tisch. Sollte er …? Nein, er brauchte jetzt erst einmal was Richtiges. Er riss die Kühlschranktür auf. Eine Flasche des edlen bayerischen Craftbieres … Er öffnete das Getränk und gönnte sich einen tiefen Schluck. Das aufwändige Gebräu schmeckte nach kräftigem Malz, schokoladig, rauchig. War genau das Richtige, um den Gestank in Nase und Mundhöhle wegzuspülen.

Die Pfanne mit dem Pasta Asciutta war inzwischen erkaltet. In dem Topf mit den Nudeln herrschte Ebbe. Er schaltete auch diese Herdplatte aus. Schade um die guten Spaghetti, aber er spürte im Moment keinen Appetit mehr auf ein gutes Essen.

Er wollte die Flasche neben der Spüle abstellen, als er eine Stimme hinter sich hörte.

„Wenn Sie sich umdrehen, wird das sehr schmerzhaft für Sie werden, Tscharly."

Er erstarrte.

„Das alles hier ist nur ein Vorspiel von dem, was Ihnen und Ihren Lieben drohen wird, wenn Sie nicht Ihr politisches Schmierblatt einstellen oder die Seiten wechseln."

Tscharly schnellte herum und schleuderte die halbvolle Bierflasche dorthin, woher die Stimme kam. Er erhaschte einen Blick auf einen Koloss in schwarzer Lederjacke. Der Gegenangriff erfolgte postwendend. Ein mit Leder ummantelter Totschläger mit Bleifüllung traf Tscharly an der linken Schläfe. Er stürzte nach rechts und landete mit dem Gesicht voran auf seinem Sofa. Er vernahm ein Klicken, das durch das Entsichern einer Schusswaffe entstand. Tscharly kannte sich mit solchen Geräuschen aus. Aber das war nichts gegen das schmerzhafte Hämmern des Ambosses in seinem Gehirn und den Schmerzen …

„Bei der nächsten unangebrachten Bewegung verpasse ich dir einen weiteren Eingang, dann kannst du für den Rest deines weiteren kurzen Lebens deine Scheiße in einem Plastikbeutel mit dir herumtragen. Hast du mich verstanden?"

Er spürte, wie sich kaltes Metall zwischen seine Beine schob.

„Was wollen Sie?"

„Ich sage das Ganze nur einmal", sprach der Koloss mit der Bassstimme in feinstem Hochdeutsch. „Sie haben genau noch 18 Stunden Zeit, um uns das Signal zu geben, dass Sie die Seiten wechseln werden. Rufen Sie in der Redaktion an. Wenn morgen, Freitag, in den Münchner Neuesten Nachrichten auf der Titelseite die Schlagzeile ‚Siegfried: Rockstar und Retter der Nation' zu finden ist, haben Sie Ihr erbärmliches Leben und das Ihrer Lieben gerade noch einmal gerettet. Falls nicht, haben Sie sich endgültig zum Feind der deutschen Patrioten erklärt. Dann gibt es keine weiteren Warnungen mehr. Wir werden Ihr Leben kurzerhand ausschalten, aber nicht, ohne dass Sie in den Genuss kommen mitzukriegen, wie wir uns alle Ihre Familienmitglieder einzeln vornehmen."

Tscharly brach plötzlich in Gelächter aus. „Und ich habe geglaubt, der 1. April war schon vorbei ..."

Postwendend erhielt er einen Hieb mit dem Totschläger in seine Weichteile, was einen immensen Schmerzschub auslöste.

„Schnauze!", befahl der Mann, „sonst werde ich dir deine Eierchen abschneiden. Ich schmeiße sie in die Pfanne zu dem Itaker-Fraß. Deine Lieben erwartet ein Abendessen, das sie sich niemals erträumt hätten."

Tscharly biss sich vor Angst auf die Lippen.

„Hast du unsere Bedingungen verstanden?", fragte das Arschloch.

Er nickte.

Der Mann entfernte sich. Trat seelenruhig durch die Haustür. Tscharly verharrte wie paralysiert auf allen Vieren auf dem Sofa. Minutenlang.

Das Festnetztelefon läutete.

Tscharly riss den Hörer an sich und drückte ihn an sein Ohr. Anscheinend beobachteten diese Kreaturen ihn. Hatten irgendwo Kameras in der Wohnung installiert und machten sich gerade über ihn lustig.

„Welches verdammte Arschloch ...?", schrie er in die Sprechmuschel.

„Herr Huber?", meldete sich eine weibliche Stimme, die er aus einem anderen Kontext kannte.

„Ja, hier Huber. Was gibt's?", meldete er sich kurz angebunden.

„Alles in Ordnung bei Ihnen, Herr Huber?"

„Ja", brummte er. „Alles in Ordnung, bis auf die Tatsache, dass es mir jetzt endgültig stinkt."

„Hier ist Marianne von See. Ich stelle Sie jetzt sofort zur Bundeskanzlerin durch, Herr Huber."

11. Donnerstag, vier Tage vor dem „Tag X"

Die Bundeskanzlerin war die erste Transgenderperson der Welt, die es an die Spitze eines Staats geschafft hatte. Hartmut Willke war als männliches Wesen auf die Welt gekommen, hatte sich aber nie mit dem durch die Geburt zugeschriebenen Geschlecht identifizieren können. Was als eine beinahe existenzielle Grundproblematik begonnen hatte, erwies sich bald als Sprungbrett in die Politik. Willke schärfte durch Interviews, Artikel und zahlreiche Instagram-Stories ein öffentliches Bewusstsein für die Probleme von Menschen mit einer schweren Geschlechtsdysphorie. Wie viele andere auch hatte er den starken Wunsch besessen, seinen Körper medizinisch und chirurgisch ändern zu lassen, um diesen stärker an seine Geschlechtsidentität anzupassen. Nach dieser Metamorphose wurde aus Hartmut Willke Melinda Robin. Sowohl die Geschlechtsumwandlung als auch der neue Name hatten sie zum „Hassobjekt Nummer 1" der Rechtsextremen werden lassen, während linke und linksliberale sie als Ikone einer neuen, freien und besseren Weltordnung feierten.

„Herr Huber, wir müssen miteinander reden", eröffnete die Bundeskanzlerin das Telefonat ohne Zeit zu vergeuden und Tscharly war erstaunt darüber, wie hoch ihre Stimme im Vergleich zu TV-Auftritten klang.

„Frau Bundeskanzlerin, es ist mir eine Ehre", stöhnte Tscharly. „Lange nichts mehr voneinander gehört. Wie lang ist das jetzt her, dass ich Sie in Ihrem Wahlkampf interviewt habe?"

„Schon einige Jährchen. Aber ich kann mich gut an Sie erinnern. Ich mag Sie."

„Oh, wie schön. Allerdings kenne ich weder den Grund Ihres Anrufes noch wüsste ich, wie ausgerechnet ich Ihnen helfen könnte."

Er hatte sich aus der Küche ein Coolpack geholt und ließ sich auf das Sofa fallen. Seine Hand, die den Hörer hielt, zitterte.

„Sparen wir uns das Um-den-Busch-Geklopfe“, meinte die Kanzlerin resolut. „Täglich berichten doch Ihre Münchner Neuesten Nachrichten über die sich zuspitzenden gesellschaftspolitischen Verhältnisse in unserem Land. Über die Inflation, die Energiekrise, die Versorgungsunsicherheit in Sachen des täglichen Bedarfs, über die erstarkende Rechte und die schwächer werdende Demokratie. Und da fragen Sie noch ernsthaft, wie Sie mir helfen können.“

„Leider habe ich keine Privatarmee“, antwortete Tscharly. „Bitte entschuldigen Sie meinen Zynismus, Frau Kanzlerin, aber …“

Die Politikerin fiel ihm ins Wort: „Meine Referenti:nnen haben mir ein umfangreiches Dossier über Sie zukommen lassen, Herr Huber. Ihr Kampf gegen Rechts verdient den allerhöchsten Respekt. Seit Jahrzehnten kämpfen Sie journalistisch und persönlich vehement gegen diese braune Brut an. Die Bundesrepublik Deutschland und unser demokratischer Rechtsstaat stehen tief in Ihrer Schuld.“

„Könnte sein, dass es Leute gibt, die das anders sehen.“ Er versuchte die Kopfschmerzen und das Hämmern auszublenden, indem er sich vorstellte, die Kanzlerin spräche zu ihm aus dem TV-Gerät.

„In einer solchen Notsituation, wie sie momentan existiert, müssen wir Demokraten zusammenhalten, komme da, was wolle. In dieser unsäglichen Zeit ist es mir leider nur noch möglich, mit Notverordnungen zu regieren. Wir kennen dieses Phänomen aus der Geschichte und wissen, was uns drohen kann. Ab einem bestimmten Punkt kippt nämlich die Stimmung im Volk und der Zorn richtet sich gegen die Herrschenden da oben. Um es ganz drastisch zu formulieren: Für mich und für Sie wurden bereits die Henkersknoten vorbereitet und die anonymen Gräber ausgehoben.“

„Da könnten Sie verdammt nochmal recht haben.“

Die Bundeskanzlerin wirkte ruhig und souverän, als sie diese Worte zu ihm gesprochen hatte. Sollte er ihr erzählen, was er soeben erlebt hatte?

„Um es kurz zu machen, Herr Huber, die mir unterstehenden Dienste signalisieren, ein gewaltsamer Putsch von rechts stehe unmittelbar bevor."

Die Frau machte sich nichts vor und gab sich keinen Illusionen hin, erkannte er. Das schätzte er an dieser großartigen Frau. Da sein Handy zu klingeln anfing, entfernte er sich zügig ein paar Schritte von der Lärmquelle, fragte sich aber, welche neue Hiobsbotschaft ihn jetzt schon wieder erwartete.

„Herr Huber, sind Sie bereit, Ihrem Land zu dienen?"

Obwohl er gegen den Reflex ankämpfte, verlor er und schluckte. Hoffentlich waren seine Überraschung und seine Unsicherheit am anderen Ende der Leitung nicht zu spüren.

„Frau Bundeskanzlerin, es ist mir jederzeit eine Ehre, meinem Land und Ihnen zu dienen. Falls Ihre Referent:innen ihre Hausaufgaben sorgfältig erledigt haben, sollten Sie allerdings wissen, dass ich aus bestimmten Erfahrungen heraus eine Aversion gegen das entwickelt habe, was Sie zusammenfassend *die Dienste* genannt haben. Für mich war es nicht immer ganz eindeutig auf wessen Seite diese und ihre Mitarbeiter standen."

Er hatte den Eindruck, nun war es die Bundeskanzlerin, die schlucken musste.

„Ja, das wird tatsächlich in den Berichten ausdrücklich erwähnt, Herr Huber. Seien Sie versichert, dieses eigenmächtige und illegale Agieren der Dienste ist mir ebenfalls ein Gräuel. Herr Huber, Sie müssen aber auch verstehen, in welchem Maß ich auf die Informationen meiner Dienste angewiesen bin. Ohne Dienste befinden wir uns im gesellschaftspolitischen Blindflug."

„Die Geheimdienste der Bundesrepublik Deutschland sind im weiteren Sinne schuldig am Tod und Verschwinden mehrerer Menschen, die mir sehr nahestanden."

Erneut meldete sich sein Handy. Es kam ihm vor, als ob ein Millionenheer von Ameisen durch seinen Körper wanderten, aber es war ein Unding, das Telefonat zu beenden.

„Verstehen Sie mich nicht falsch, Frau Bundeskanzlerin", knüpfte er deshalb unvermittelt an. „Es ist nicht meine Abneigung gegen die Institution der Geheimdienste, wie sie in der Verfassung und der Staatskonstitution vorgesehen sind. Aber mein Erfahrungsschatz hat mir gezeigt, die in den Diensten arbeitenden Menschen sind nicht immer integer und manchmal tun sie das Gegenteil von dem, was ihre vornehmste Aufgabe sein sollte: die demokratische Verfassung der BRD zu schützen."

Gott, wie schaffe ich es nur immer wieder, in solchen Situationen zu brillieren?

Am anderen Ende der Leitung hörte er einen langen Seufzer, was er als ein rührendes Zeugnis der Menschlichkeit der Kanzlerin empfand.

„Ich werde Sie aus allem raushalten, was auch nur entfernt mit den Diensten zu tun hat", versprach sie ihm. „Sie werden mir direkt zugeordnet und sind hiermit in meinen persönlichen Krisenstab berufen. Herr Huber, dieses Land und diese Demokratie benötigen Ihre jahrzehntelange Expertise im Kampf gegen den Nationalsozialismus. Wenn Sie mir nun die Gefolgschaft verweigern, wird alles nur noch schlimmer werden. Das können Sie nicht wirklich wollen."

Tscharly wischte sich Schweißtropfen von der Stirn. Als habe er nicht auch ohne den neuen Job schon genug zu kämpfen.

„Wenn Sie meine Expertise benötigen, werde ich da sein", gab er sich einen Ruck, da er sich diesem Staat und seinen Menschen verpflichtet fühlte. „Ich möchte aber unter keinen Umständen Kontakt zu den anderen Mitgliedern Ihres Krisenstabs."

Die Pause signalisierte, wie sehr die Bundeskanzlerin mit sich rang.

„Gut", sagte sie dann, „ausschließlich Kontakt mit mir und meinen direkten Mitarbeiter:innen. Sie fliegen sozusagen unter dem Radar."

„Außerdem möchte ich in Verbindung mit meiner Position als Ihr neuer Berater Personenschutz für meine Familie zugesichert bekommen. Außerdem müssen Sie mir zusagen, dass die Zentrale der Münchner Neuesten Nachrichten rund um die

Uhr überwacht wird.“ *Und das ist der einzig wahre Grund, warum ich Ihren Vorschlag annehme, Frau Kanzlerin.* Aber das musste sie nicht wissen.

„Dass Sie ein harter Brocken sind, stand ausdrücklich im Dossier.“

„Das ist meine Bedingung.“

„Sie wissen doch, wie teuer Personen- und Objektschutz rund um die Uhr sind, oder? Was Sie verlangen, ist sogar für mich als Kanzlerin beinahe ein Ding der Unmöglichkeit. Wenn das an die Öffentlichkeit gelangt, muss ich mich wegen der massiven Verschwendung von Steuergeldern verantworten. Und bezüglich der Bewachung von den Münchner Neuesten Nachrichten wird mir nachgesagt werden, ich würde die Lücken- und Lügenpresse als systemrelevantes Element unter militärischen Schutz stellen.“

„Sie können sich gerne bei mir melden“, stellte Tscharly zu seiner eigenen Überraschung ein Ultimatum.

Es folgte ein empörtes Räuspern.

„Ich versichere Ihnen hiermit, mich persönlich um Ihre Wünsche zu kümmern, Herr Huber. Ich möchte Sie aber darauf hinweisen, dass es durchaus eine Woche lang dauern kann, bis alles Nötige umgesetzt wird. Also Herr Huber, wann kann ich Sie in Berlin erwarten?“

Innerlich jubilierte Tscharly.

„Sagen wir also Montag, 16 Uhr, Herr Huber?“

„Frau Bundeskanzlerin, haben Sie vielen Dank.“

Die Bundeskanzlerin verschwendete keine Zeit und beendete das Gespräch. Tscharly legte den Hörer ebenfalls zurück und versuchte, sich über die Bedeutung des Telefonats klarzuwerden.

Nach einer Weile fielen ihm die entgangenen Anrufe auf dem Handy ein und sein Herzschlag beschleunigte sich. Hoffentlich kam der versprochene Personenschutz nicht zu spät und bei seiner Familie war alles in Ordnung.

„Oh, Gott“, murmelte er, als er Konstis Nummer erkannte, „was ist denn nun schon wieder?“

Sein Sohn hatte eine Nachricht auf der Mailbox hinterlassen. Vielleicht war es besser, diese zuerst einmal abzuhören.

„Hallo Papa, ich bin's. Ich wollte dir sagen, das erste Kleid war das Beste. Ariella sieht jetzt wie eine waschechte Bayerin aus."

Ein Grinsen breitete sich auf seinem Gesicht aus. Er musste schon wieder lachen.

„Damit wird sie ganz bestimmt die Wiesenkönigin", lautete die zweite Nachricht. „Hörst du, Papa? Sie wird die Wiesenkönigin werden. Du musst einen Bericht über sie in der Zeitung bringen."

12. Donnerstag, vier Tage vor dem „Tag X"

Am liebsten arbeitete der Chef am Abend, das wusste Müllfred aus Erfahrung. Nicht selten saß dann die schwarze französische Bulldogge auf seinen Knien mit am Schreibtisch. Da Wagner den Hund namens „Napoleon" nicht streicheln konnte, liebkoste Müllfred das Tier stellvertretend, indem er es küsste. Dabei störte ihn auch nicht, dass Napoleon an den Seiten etwas sabberte.

Müllfred hatte die Order erhalten, um Punkt 19.45 Uhr in das Chefbüro zu kommen, da Wagner zu dieser Zeit eine wichtige Live-Rede an das deutsche Volk senden wollte. Das Büro des rechtsextremen Think Tanks war ungehörig groß und eines geistigen Führers der Bewegung durchaus würdig. Ein zentimeterdicker brauner Teppich mit weiß aufgestickten Runen schmückte den Boden. An den Wänden hingen Schwarzweiß-Aufnahmen von Leni Riefenstahl, die aufgrund ihrer zahlreichen Kontakte zu den Helden ihrer Filme, darunter Luis Trenker, von bösen Zungen auch „Reichsgletscherspalte" genannt wurde. Kein Klassiker fehlte, darauf hatte Wagner großen Wert gelegt: *Der Sieg des Glaubens* 1933, *Triumph des Willens* 1934, *Tag der Freiheit – Unsere Wehrmacht* 1935, *Olympia* 1938 und *Der Führer baut seine Hauptstadt* 1940. Danach war es mit dem 3. Reich und Riefenstahl nur noch bergab gegangen, obwohl die Regisseurin nach dem Krieg noch einmal reüssieren konnte. Allerdings handelten die späteren Erfolge der Filmemacherin von ‚Negervölkern' in Afrika, und waren nicht der Rede wert, meinte Wagner, durch und durch von der Rassenlehre geprägt. Schwere Goldrahmen setzten die Fotos ins rechte Licht. Hinter dem Schreibtisch hing ein gigantisches Ölfarben-Porträt des Führers Adolf Hitler, das nach dem Frankreich-Feldzug angefertigt worden war. Der größte Führer aller Zeiten, kurz ‚Gröfaz', blickte siegessicher und männlich in eine bessere Zukunft. Auf dem Schreibtisch lagen Devotionalien wie eine Luger, ein Bajonett und zahlreiche Orden aus dem 3. Reich.

„Ich melde mich zum Dienst", sagte Müllfred beflissen, als Wagner ihn endlich wahrnahm.

„Da bist du ja endlich", antwortete Wagner. „Vor meiner welthistorischen Rede müssen wir noch ein dringendes Problem beseitigen."

„Stets zu Diensten."

„Mich stört seit Minuten eine Verstopfung meiner Nase", behauptete Wagner und störte sich nicht daran, dass Napoleon seine Schnauze an seinem schwarzen Hemd abputzte, da bei der Live-Übertragung lediglich das obere Drittel des Hemds im Bild sein würde.

Schnell kramte Müllfred ein Taschentuch hervor und eilte hinter den Schreibtisch. Da entdeckte er den Stein des Anstoßes. Der Popel ragte sogar zur Nase heraus. Sicherlich nicht günstig, sich in diesem Zustand der Öffentlichkeit zu präsentieren. Müllfred agierte entschlossen, aber vorsichtig. Napoleon knurrte ihn an.

„Weiter rechts, du Idiot", schimpfte Wagner. „Du hast eindeutig eine Rechts-Links-Schwäche."

„Ja, Chef! Tut mir leid!"

„Auuu!"

Augenblicklich erstarrte Müllfred.

„Du sollst mir keine Nasen-OP verpassen, du gehirnamputierter Vollspast."

„Entschuldigung."

„Du kannst dir deine Entschuldigung sonst wo hinstecken."

Wagner seufzte. Er hatte gute Gründe, warum er sich Müllfred als persönlichen Sklaven hielt, aber mitunter entwickelte er einen veritablen Hass gegen ihn, was Müllfred traurig zur Kenntnis nahm. Aber seine Loyalität diesem Mann gegenüber war durch nichts zu erschüttern.

„Durst!"

„Ah?", fragte Müllfred, da er bereits häufiger das falsche Getränk gebracht hatte.

„Wenn ich Arme hätte, würde ich es dir wie auf einer dieser geistesgestörten Wald- und Wiesen- Waldorfschulen vortanzen. I-c-h h-a-b-e D-u-r-s-t!"

Es hatte einige Versuche lang gedauert, bis Müllfred kapiert hatte, dass ein Mann ohne Arme am besten Hochprozentiges und nicht etwa Bier trank, um sich aufzuheitern oder zu betrinken. Jetzt war wohl ein kleines Helferlein für die Nerven gefragt. Denn Wagner war vor wichtigen Events stets angespannt, was er am besten durch einen Schluck Whisky kaschierte. Sollte er sich dieses Mal irren, würde er das Malzgetränk später persönlich entsorgen.

Müllfred verschwand beinahe lautlos zum goldenen Servierwagen, auf dem sich erlesene, hochprozentige Alkoholika befanden. Einen Moment lang zögerte er und nahm zuerst die Zwetschgenwasser- und anschließend die Whisky-Single-Malt-Flasche aus den Hochländern Schottlands in die Hand. Obwohl Wagners Stiftung großzügige Spenden aus Russland erhielt, zu denen hocherlesene Wodkas gehörten, machte der Chef aus seiner Vorliebe für das bernsteinfarbene Getränk keinen Hehl.

„Bitte sehr", sagte Müllfred und hielt Wagner den Whisky direkt unter die Nase.

Napoleon schnupperte interessiert. Wagner schien scharf nachzudenken, um ein Haar in der Suppe zu finden, doch dieses Mal hatte er wohl alles richtig gemacht. Also flößte er dem Chef den Whisky langsam, aber stetig ein, ohne dass ein Tropfen verschwendet wurde oder Wagner ihn in den falschen Hals bekam.

„Warte hier und nimm Platz, bis die Technik steht", befahl Wagner. „Wenn ich dir ein Zeichen gebe, gehst du in den Nebenraum und schaust dir meine Rede auf dem riesigen Monitor an. Nicht, dass es einen Unterschied machen würde, aber ich möchte nachher deine Meinung über meine den Lauf der Geschichte verändernde Rede hören."

Ein wenig verunsichert schob Müllfred den exklusiven Besucherstuhl nach hinten und setzte sich. Wagner entsicherte per

Iris-Scan die Extraanfertigung des für seine Bedürfnisse entworfenen Tablets. Der Bildschirm war so groß, dass Wagner auch aus zwei Metern Entfernung noch Texte problemlos ablesen konnte. Zudem war die beste Sprachsoftware integriert, weshalb Wagner beim Kreieren neuer Texte inzwischen gern auf jegliche Assistenz verzichtete, um sich im stillen Kämmerlein ungehemmt allen Hass von der Seele reden zu können. Der Clou an dem Ganzen war aber ein technisch hochentwickeltes Steuerungsmodul, das Wagner allein durch die Bewegungen seiner Augen nach Belieben lenken konnte.

„Du darfst dich glücklich schätzen", wendete sich Wagner wieder an ihn und blickte Müllfred gönnerhaft an.

„Ich weiß."

„Einen Scheiß tust du. Spiele mir nie wieder vor, Bescheid zu wissen, wenn du von nichts eine Ahnung hast, okay?"

Müllfred nickte.

„Dir wird hiermit die Ehre zuteil, als erster Mensch überhaupt meine bahnbrechende Rede hören zu dürfen, welches dieses rotgrün-versiffte Transen- und nonbinär-codierte Pack in Berlin das Fürchten lehren dürfte und Deutschland in ein revolutionäres Tollhaus verwandeln wird. Selbst zum Schwänzelutschen ist dieses dekadente Pack in Berlin inzwischen zu faul – bald treffen sich menschliche Absonderungen ausschließlich im Reagenzglas. Das nannte man zu Hochzeiten der *Plan-demie* Social Distancing. Als nächstes wird sich dieses Pack mit Wollust virtuell am Arsch lecken."

„Ausgezeichnet, Chef."

„Nein!"

„Ich meine Ihren Text."

„Das will ich aber auch hoffen."

„Selbstverständlich."

„Müllfred, dieser Text wird sie von zwei Seiten in die Zange nehmen. Erstens wende ich mich gegen diese ganze Political-Correctness-Scheiße, mit der uns diese Gutmenschen-Judenschweine seit Jahren malträtieren und den widerständiggermanischen Geist unterdrücken."

Intuitiv klatschte Müllfred, zuckte aber sofort zusammen, als er Wagners deutlich irritierten Blick registrierte.

„Zweitens – und das ist eine wahnsinnige Pointe, mein lieber Müllfred – werde ich diese verkackten Fleisch-, PS- und alle Freuden-des-Lebens-Hasser als die wahren Faschisten geißeln."

Jetzt nahm Wagner Müllfreds stehende Ovationen als angemessen hin.

„Am besten besiegt man diese Berliner Beckmesser, indem man sie mit den eigenen Mitteln schlägt."

„Ganz sicher."

„So, raus jetzt!", dirigierte er. „Ich gehe in drei Minuten viral. TikTok, Telegram und so weiter werden alles live übertragen. Millionen von Deutschen werden mich hören. Das wird sich wie ein Lauffeuer verbreiten, weshalb weitere Millionen mein Meisterwerk später hören werden."

„Sehr wohl."

Müllfred ging in das Wartezimmer und setzte sich vor den gigantischen Flachbildschirm an der Wand. Wagners YouTube-Kanal mit 1,7 Millionen Abonnenten war von den Betreibern der Plattform eingestellt worden. Um Punkt 20 Uhr erschien das Gesicht seines Chefs und das Ereignis begann.

„Meine sehr geehrten Mitbürgerinnen und Mitbürger. Heute wende ich mich mit einer äußerst wichtigen Botschaft an Sie. Die Zeit des Leidens und qualvollen Wartens ist vorbei. Wir müssen zur Tat schreiten, um nicht von unseren Feinden in Berlin vernichtet zu werden. Zunächst zeige ich Ihnen, wohin uns die herrschenden Verhältnisse und die Berliner Marionettenregierung unter US-Vorherrschaft geführt haben. Das Gesetz des Profits und die Diktatur der maximalen Kapitalakkumulierung herrschen mit eiserner Hand und umklammern uns Untertanen so, dass wir kaum noch atmen können. Er raubt uns die Seele, unser Innerstes, unser Wesen. Die faschistische Berliner Regierung zwingt den Objekten seiner Herrschaft, also uns, seinen Willen nicht mit von außen kommender Gewalt auf, sie versucht unser Inneres umzuprogrammieren. Sie haben die Menschen innerlich voneinander isoliert, ob es sich nun um das Smartphone, social distance oder den Genchange durch Zwangsimpfungen handelt. Noch verhalten sich die meisten Menschen konform. Die Berliner Regierung ist auf bestem Wege, den Abgrund zwischen Reich und Arm für alle Zeiten zu zementieren. Sie pumpen sinnentleerte Sprechblasen in die Gehirne, angefangen vom Terrorsympathisanten für Menschen, die ihre Identität nicht aufgeben und eine nationale Regierung wünschen, über den Coronaleugner, bis hin zum Russlandversteher. Dieser Etikettenschwindel wird gebetsmühlenartig so lange wiederholt, bis dessen Widerlegung, als geistige Blähung angestaut, sich selbst vergast. Was Vergasen bedeutet, hat uns die Geschichte gelehrt. Unsere heutige Marionettenregierung, die nur die Interessen des anonymisierten Finanzkapitals der Wall Street bedient, hat es gar nicht mehr nötig, die Massenmedien gleichzuschalten, wie das noch im 3. Reich unter dem Führer Adolf Hitler der Fall gewesen ist. Die Journalisten schränken sich ganz von selbst ein, denn sie glauben an ihre Botschaft, sie sind erfüllt von der Reinheit ihrer Gedanken. Diese Journalistenbrut reproduziert ohne Unterlass den Triumph der Sauberkeit, den Triumph der moralischen Überlegenheit, den Triumph der richtigen Gesinnung. Intellektuelle, Ärzte, Journalisten, Schauspieler, Regisseure, Schlagersänger und Redakteure sind Mittäter. Sie eifern, berstend vor Stolz, auserwählt dabei zu sein. Sie lügen wie gedruckt autorisierte Falschinformationen und betreiben Selbstzensur. Die Leitartikler der führenden Tageszeitungen wie der Neuesten Münchner Nachrichten sind die Hassprediger des *Internationalismus*. Dabei wird auf nationale Befindlichkeiten keine Rücksicht genommen. Das deutsche Volk ist zum Sterben verurteilt. Unsere Zerstörer streben die endliche Einheit der Menschheit durch einen Chip an. Die Identität des Menschen und der Nation werden gelöscht und durch und ein digitales Ich ersetzt.

Deutsche! Wir sind nicht gezwungen, dieses Joch länger zu ertragen! Wir müssen uns von den Fesseln der Diktatur des anonymisierten Finanzkapitals befreien. Ein erster Schritt zum

Licht und zur Freiheit besteht darin, das in Berlin regierende Pack zum Teufel zu jagen. Hiermit rufe ich jeden Deutschen auf, sich an den Protesten und dem Umsturz zu beteiligen. Nichts wird mehr so sein, wie es einmal war. Wir werden die Fesseln abwerfen und in ein goldenes Zeitalter geführt. Wartet auf unsere Zeichen des Aufbruchs und schließt euch uns an. Das Ende der Unterdrückung ist nah. Wir haben alles bis ins kleinste Detail vorbereitet. Ab morgen wird die Lawine des Widerstands losgetreten. Seid erbarmungslos gegenüber euren Unterdrückern und fangt wieder an, euch selbst, euer Land und eure Nächsten zu lieben. Nationalismus ist kein Hass, sondern Liebe, Liebe und nochmals Liebe. Lasst uns zu lieben beginnen und unser freies Leben zurückerobern!"

Die Stopp-Uhr zeigte fünf Minuten und 21 Sekunden an. Müllfred sprang begeistert auf, reckte den rechten Arm in die Höhe und brüllte: „Führer befiehl, wir folgen dir!"

Innerhalb von drei Minuten erreichte die Live-Rede auf Facebook bereits Zehntausend Likes.

Teil 2

13. Freitag, drei Tage vor dem „Tag X“

Der Wind wehte und plusterte die Jacken der Lotsen, die ihre Positionen über der Startbahn des Frankfurter Flughafens markierten. Ein Drittel aller Flüge ging an diesem friedlichen Vormittag Ende September nach München. Japaner, Australier, Amerikaner, Engländer. Die jährlichen sechs Millionen Gäste auf der Wiesn rekrutierten sich aus allen Ländern dieser Welt. Flexen, das Modewort für Protzen, war in Zeiten wie diesen wichtiger geworden denn je. Die Gäste schickten sich an, auf 120.000 Sitzplätzen, über zwei Wochen verteilt, die rund 7.500.000 Liter Bier zu trinken, ganz gleich, was die einzelne Maß kostete. Dementsprechend herrschte in den Hallen entsprechende Euphorie und Vorglühen gehörte zum guten Ton. Die Sicherheitskräfte ließen sich ablenken. Polizeibeamte und Angestellte von Wachfirmen sahen fasziniert dem Treiben zu. Abgesehen davon arbeitete die Sicherheitsabteilung auf reduziertem Betrieb. Die gesamte Branche hatte Anfang des Jahrtausends einen Boom erlebt, der bis dato immer größere Ausmaße erreichte. Längst reichten auch die abgelehnten Asylbewerber nicht mehr aus, aus denen sich das Heer der Securities, auch modernes Wach-Prekariat genannt, zusammensetzte. Einerseits erfüllten Sicherheitsdienste inzwischen längst auch einen immer größer werdenden Teil polizeilicher Aufgaben zu einem Spottpreis, andererseits kam es täglich zu Zwischenfällen, die das Vertrauen der Bevölkerung in den Staat untergraben hatten. Inklusion auf allen gesellschaftlichen Ebenen lautete das Zauberwort, das es auch ehemaligen Häftlingen ermöglichte, sich ebenfalls im Bereich der Überwachung zu beweisen. Wer wusste, wie die Sicherheit aus der Innenperspektive funktionierte, kannte auch die Außenperspektive und umgekehrt.

Zum Sicherheitsdienst gehörte auch die Suchmaschine Google, die eng mit dem deutschen Innenministerium zusammenarbeitete. Die Smartphones der Angestellten von Exekutivbeamten, Asylbewerbern, Vorbestraften und anderen Angestellten lieferten der Zentrale Aufzeichnungen über Bewegungsmuster und Gewohnheiten jedes einzelnen. Diese Kooperation aus staatlicher und wirtschaftlicher Seite minimierte das Risiko, indem die Bewacher zu den eigentlich Bewachten wurden. Big Brother hatte längst Einzug erhalten, aber die Grenzen zwischen Staat und Akteuren aus dem gesellschaftlichen Graubereich verschwanden zusehends.

Zuerst sahen die zuständigen Beamten auf dem Bildschirm nur das Loch im Zaun. Zu diesem Zeitpunkt hatten die beiden schwarz Uniformierten ihre Aufmerksamkeit den Oktoberfesttouristen in den Abflug- und Ankunftshallen gewidmet. Dadurch wies das Protokoll Lücken auf, in Bezug darauf, ob 11:30 oder 11:43 der richtige Zeitpunkt war, an dem die Gruppe der fünf Personen, die sich als Angehörige der „Letzten Generation" ausgaben, unautorisiert auf Landebahn E eingedrungen waren. Die fünf jungen Männer mit Glatzen und Springerstiefeln trugen die obligatorischen Neonwarnwesten. Sie nahmen auf der Landebahn Platz. Um Punkt 11:46 erreichten die ersten beiden Fahrzeuge der Flughafenpolizei die Stelle bei Kilometer 0,7. Die Aktivisten hatten, wie sich herausstellte, das Loch im Zaun mit einem simplen Bolzenschneider herausgeschnitten. Mit Kleber befestigten sie ihre Hände auf der betonierten Landebahn und behinderten dadurch den Flugverkehr für exakt 65 Minuten.

Während in München ausgelassene Ballermann-Atmosphäre herrschte und die primitivsten Instinkte der Menschen zum Vorschein kamen, steckten die Reisenden in Frankfurt fest. Inzwischen hatte sich die Stimmung dermaßen aufgeheizt, dass in Ebene 2 ein Tumult entstand.

„Vergasen!"

„Ab nach Auschwitz!"

„Auf der Flucht erschießen!"

So lautete der Tenor unter den Reisenden in Bezug auf die vermeintlichen Aktivisten der Letzten Generation.

Eine Gruppe von fünfzig Sicherheitskräften hatte alle Hände voll damit zu tun, die Ordnung wiederherzustellen. Es kam zu Prellungen, Nasen- und Rippenbrüchen. Einer der Sicherheitsbeamten, ein Afghane, der einen Monat zuvor abgelehnt worden war, stach in seinem Übereifer einem Mann aus Berlin ein Auge mit einem Kugelschreiber aus, da sich diese Verhaltensweise in einer Konfliktsituation in sein frühkindliches Gedächtnis eingebrannt hatte. Ein Dutzend Verhaftungen und etliche Platzverweise waren die Folge. Jedoch kam es in der Zwischenzeit zu weiteren Tumulten in den anderen Ebenen des Fraports.

Auf Ebene 4 setzten Engländer Abfalleimer in Brand. Sicherheitskräfte und Feuerwehr sahen sich einer verrauchten Flughalle gegenüber. Katastrophenalarm wurde schließlich ausgelöst und von den umliegenden Militärbasen aus deutschen und amerikanischen Militäreinheiten rückten Soldaten in Bussen und Geländefahrzeugen an. Das alles geschah innerhalb von zwanzig Minuten.

Es war nicht das erste Mal, und es würde auch nicht das letzte Mal sein, dass es am Flughafen zu einem derartigen Zwischenfall gekommen war. Darin war man sich von offizieller Seite zu diesem Zeitpunkt einig.

Auf Landebahn B stand zu diesem Zeitpunkt eine Maschine der Arkia Israeli Airlines – kurz El Al – und wartete seit 28 Minuten auf die Erlaubnis zum Start.

Aus dem Inneren der Pilotenkabine drang kein Lebenszeichen in Richtung des Towers. Die Lotsen in der Zentrale hatten alle Arme und Hände damit zu tun, die bereits erteilten Fluggenehmigungen in letzter Sekunde zurückzuziehen. Es würde zu Verzögerungen von mehr als drei Stunden und Ausfällen kommen – alles wegen dieser ‚Klima-Idioten', die inzwischen allen politischen Schattierungen lästig erschienen. Unmut und Zorn gegenüber den Aktivisten waren in der Zentrale spürbar. Blutdruck und Puls stiegen in schwindelerregende

Höhen. Man wünschte sich ein härteres Durchgreifen gegen „linke Bazillen" und „arbeitsscheues Gesindel" dieser Art. Die Angestellten konnten nicht ahnen, dass die Identitätsfeststellungen in die entgegengesetzte Richtung verliefen. Alle fünf Personen mit Glatzen und Springerstiefeln waren vorbestraft wegen Verbrechen wie Volksverhetzung, Holocaustleugnung und Körperverletzung ausländischer Mitbürger und hatten teilweise dementsprechend bis vor Kurzem Haftstrafen abgesessen. Einer von ihnen gehörte sogar zum Bewachungspersonal, das auf dem Flughaften für die Sicherheit der Angestellten und Passagiere zuständig war, stellte also das Trojanische Pferd dar, das das Eindringen in den hochsensiblen Sicherheitsbereich ermöglichte. – *Inklusion* …

Die El-Al-Maschine setzte sich unangekündigt in Bewegung.

Im Chaos reagierte der verantwortliche Lotse vom Tower verzögert mit einem Funkspruch, der im Appell bestand, sämtliche Aktivitäten sofort einzustellen. Von der Maschine, in der 223 Menschen inklusive Flugpersonal saßen, folgte keine Reaktion.

„Don't prepare for takeoff!", schrie ein Mann mit weitaufgerissenen Augen ins Mikrofon.

Die Maschine setzte über die Rollbahn über und steigerte die Geschwindigkeit. Die dreißig Personen, die im Tower vor ihren Mikrofonen und Bildschirmen saßen, erkannten als Erste die Katastrophe. Der israelische Pilot – oder wer auch immer die Maschine steuerte – raste mit der Passagiermaschine geradewegs dem Ende der Landebahn entgegen. Wie ein monströser Vogel aus Metall hob die Maschine ab und entzog sich der Kontrolle des Bodenpersonals.

Drei Minuten nach dem Start verdunkelte die Maschine den Himmel über dem Frankfurter Westen. Sekundenbruchteile, nachdem die ersten Menschen die Katastrophe vom blaugrauen Himmel herannahen sahen, rammte sie den rechten der Zwillingstürme – im Volksmund auch *Soll und Haben* genannt – frontal und verglühte in einem Ball aus Feuer. Der Anschlag, mitten ins Finanzzentrum – ins Herzen des deutschen Bankenwesens – geschah keine Viertelstunde, nachdem in Bayern das Schloss Neuschwanstein das Zeitliche gesegnet hatte.

Der politische Umsturz hatte begonnen. Jetzt machten sie ernst.

14. Freitag, drei Tage vor dem „Tag X“

„Mamma Mia, was ist das? Was ist das nur?“, redete Ariella – wiederholte sich – wie in Trance.

Tscharly, der neben ihr auf der Gebirgswiese zum Liegen gekommen war, berührte ihre Stirn, die sich glühend heiß anfühlte.

„Ich weiß es auch nicht“, murmelte er undeutlich vor sich hin. Seine Mundhöhle fühlte sich an, als hätte er eine Lastwagenladung Saharastaub verschluckt. „Kann sein, dass das Jüngste Gericht über uns kommt.“

Er blickte hinter sich. Sie waren mindestens eine Stunde gelaufen. Fluchttiere im Überlebensmodus. Immer noch erspähte er dort, wo der Fels am Mittelgebirge in den Himmel ragte, eine gähnende Leere an derselben Stelle, an der einst das legendäre Schloss eines Träumers und Genies gestanden hatte. Tscharly hätte seinen kleinen Finger dafür gegeben, wenn um die Ecke die Harley Davidson wie durch ein Wunder am Straßenrand aufgetaucht wäre. Feuerwehrautos, Technisches Hilfswerk, Rettungsfahrzeuge und Polizeiautos wirbelten den Staub der Straßen auf.

„Wir können hier nicht bleiben“, sprach Tscharly neben Ariellas Ohr.

Sie krümmte sich zusammen wie ein Embryo. Ließ ihren Tränen freien Lauf. Er hielt sie. Sie schmiegte sich an seinen erwachsenen Körper wie ein Kind.

Endlose Minuten vergingen. „Wir müssen trinken“, sagte er. „Komm, wir laufen zum nächsten Bauernhof.“

„Ich will nach Hause.“ Sie schluchzte und wimmerte Worte, die er nicht verstand, auf Italienisch.

„Ich bringe dich heim. Aber zuerst …“ Er stockte.

Ihre Augen funkelten voller Zorn. „Was? Was willst du von mir? Willst du mir Gewalt antun? Du hast mich zu diesem Schloss gebracht … Damit hast du mich fast umgebracht! Seid ihr Deutschen denn völlig …? Ach, Cretino, Tscharly! Du

Arschloch, du krankes, deutsches Arschloch. Ich will heim nach Italien.“

Sie war aufgesprungen. Ihm in Kampfhaltung gegenüberstehend, konnte er ihre Anwandlung, auch wenn sie nicht logisch erschien, dennoch verstehen. Auf irgendeine Art und Weise musste sie ihren Aggressionen freien Lauf lassen. Und die einzige Projektionsfläche, die sich ihr bot, war er. Ein alter, weißer Mann.

Er gab ihr Zeit. Ariella beruhigte sich von selbst. Mit der Faust wischte sie die Tränen auf ihrem von Kalksteinstaub gefärbtem Gesicht ab.

„Auf geht's“, sprach Tscharly, „wir dürfen keine Zeit verlieren.“

„Andiamo“, hörte er sie leise beipflichten.

Zehn Minuten später erreichten sie einen Bauernhof. Kühe hinter einem elektrischen Zaun grasten friedlich. Ein halbes Dutzend Ziegen lief frei herum auf der Suche nach den besten Kräutern. Hühner pickten vom Boden auf, was sie fanden.

Zeit, in die Zivilisation zurückzukehren, um in Erfahrung zu bringen, wie die Medien über die Situation am Schloss berichteten.

Fünf Minuten später saßen sie in einer Allgäuer Bauernstube. Zwei junge Männer, Ehepartner, betrieben den Hof. Vom Herrgottswinkel blickte ein halbnackter Heiland von einem Kreuz, das in den Farben der LGBTQI+-Flagge schillerte. Die beiden hießen Erik und Viktor.

Tscharly blieb bereits der erste Schluck im Halse stecken, als er die beiden brennenden Tower, die bereits zur Hälfte eingestürzt waren, erkannte.

Die Medien berichteten abwechselnd von Schloss Neuschwanstein, dem Frankfurter Flughafen und aus dem Frankfurter Westend, wo die Bilder an New York 9/11 erinnerten.

„Weite Teile Frankfurts“, berichtete eine Reporterin der Frankfurter Allgemeinen Zeitung, „befinden sich im Blackout. Das gesamte Westend und die angrenzenden Gebiete befinden sich in chaotischem Zustand, in dem es weder für Feuerwehr noch für Rettungsfahrzeuge ein Durchkommen gibt. Die Ampeln im halben Stadtgebiet funktionieren nicht mehr. Menschen laufen in Todesangst durch die Straßen. Schaufensterscheiben werden eingeworfen. Plünderungen ..."

Tscharly entriss einem der beiden Bauersleuten die Fernbedienung und schaltete aus.

„Was soll das?", protestierte dessen Ehepartner.

„Habt ihr eine Frage nach den Hintermännern?", knurrte Tscharly.

Erik hob die Schultern. „Das Video von diesem Verrückten", kombinierte er und seine Stirnfalten verrieten, dass er in seinem Gedächtnis nach dem Namen suchte.

„Wagner", half ihm Viktor auf die Sprünge.

Und dann klang es wie aus einem Mund: „Hocke."

Erik bekreuzigte sich. Viktor sah seinen Partner mit Tränen in den Augen an.

„Das ist der Putsch", sagte Erik. „Das ist der Putsch ... Das ist wie 1923." Sein Kommentar verriet den geschichtlich Gebildeten.

„Nein." Tscharly schüttelte den Kopf und sah zuerst Ariella und dann den beiden Männern in die vor Entsetzen geweiteten Augen. „Das ist die Gegenwart. Und ich werde alles tun, um ein Viertes Reich zu verhindern!"

„Was hast du vor, Tscharly?", fragte Ariella.

„Was ich vorhabe?" Er ballte seine Hände zu Fäusten. „Ich weiß nur eins: Ich habe einen Termin, Montag, 16 Uhr, mit einer Bundeskanzler ...", er räusperte sich: „... in", fügte er hinzu. „Und den werde ich verdammt nochmal einhalten."

15. Freitag, drei Tage vor dem „Tag X“

Über den Bildschirm flackerten die neuesten Nachrichten. „Meine sehr geehrten Damen und Herren, die Ereignisse in der Bundesrepublik Deutschland überschlagen sich in einem Tempo, das sogar die treuesten Anhänger unseres demokratischen Gemeinwesens nie für möglich gehalten hätten. Eine Welle von destabilisierenden, schrecklichen Ereignissen mit zahlreichen Toten und Verletzten erschüttern Deutschland. Ausländische Analysten sehen darin den Beginn eines Bürgerkriegs, zumindest aber eines Putschversuchs aus dem rechtsextremistischen Spektrum. Noch ist völlig unklar, ob es sich um koordinierte Ereignisse oder um Einzelaktionen handelt, die gleichzeitig stattfinden. Im Anschluss an die Sendung wird Bundeskanzlerin Melinda Robin sich in einer Ansprache an Sie wenden.“

Müllfred registrierte, wie der rechte Armstumpf vor lauter Erregung zuckte und Wagner seinen Oberkörper nach vorne beugte, um Napoleon einen dicken Schmatz zu geben. Die französische Bulldogge wandte sich entgegen sonstigen Gepflogenheiten angewidert von seinem Herrchen ab und fletschte die Zähne.

„Erschießen!“, sagte Brown, der es sich in dem braunen Ledersessel in Wagners Büro gemütlich gemacht hatte und genüsslich an einem Single-Malt-Whisky trank, während er mit der anderen Hand eine auf seinem Schoß liegende Uzi streichelte. „Sobald ein Hund seinem Herrchen nicht mehr gehorcht, ist es Zeit, ihn zu entsorgen.“

Müllfred befürchtete aus Erfahrung Schlimmes und tatsächlich blickte Wagner den Briten mit einem vorwurfsvollen Blick an, während die Nachrichtensprecherin noch weitere, eher unwichtige Inhalte der Nachrichtensendung verkündete. Napoleon entfleuchte ein scheußlich riechender, leiser, aber hörbarer Furz, was auf Tomić’ Gesicht ein Lächeln zauberte – ihm, der sonst nie lächelte. Tomić saß parallel zu Brown, trank ein Bier und hatte an seinen Sessel das neueste Kalaschnikow-Modell gelehnt.

„Der Führer hat wie jeder gute Nationalsozialist auch Tiere über alles geliebt", klärte Wagner den rüden Briten auf. „Und meinem Napoleon würde ich nie im Leben etwas antun, eher würde ich sterben."

Der Brite und Serbe wechselten einen belustigten Blick und prosteten sich zu.

„In Frankfurt kam es heute zu einem nach bisherigen Erkenntnissen von Rechtsextremisten verübten Anschlag auf die Europäische Zentralbank. Ein bei verschiedenen Agenturen und der Bundesregierung eingegangenes Bekennerschreiben der ‚Bewegung für Deutschland' hat sich zum Attentat bekannt, das laut Terrorexperten in vielerlei Hinsicht dem Anschlag auf die Twin Towers in New York 2001 ähnelt. Den obersten Sicherheitsbehörden zufolge ist es am wichtigsten, dass die Bevölkerung nicht in Panik verfällt und das Vertrauen in den Staat behält. Doch dazu später in der Sendung mehr, wir haben den Leiter des Bundesamts für Katastrophenschutz zu Gast in der Sendung. Jetzt schalten wir live zu unserem Reporter vor Ort am Frankfurter Flughafen, der inzwischen großräumig abgeriegelt wurde …"

„Diese Arschlöcher!", schimpfte Wagner ungehalten. „Ich habe mir so viel Mühe mit dem Bekennerschreiben gegeben und sie zitieren nicht einen einzigen Satz daraus."

Müllfred hütete sich, einen Ton zu sagen, denn er hatte während des Verfassens des Pamphlets mehrfach mitgekriegt, wie Wagner einem Nervenzusammenbruch nahe gewesen war. Aber alles hatte ein gutes Ende genommen, denn der Chef war mächtig stolz auf seine Erklärung der frei erfundenen ‚Bewegung für Deutschland'. Dieses Schreiben, so hatte er Müllfred versichert, würde die Behörden nicht nur inhaltlich in die Irre führen und vom eigentlichen Geschehen ablenken, sondern es enthielt zudem zahlreiche Inhalte, die die noch zaudernde Bevölkerung wachrütteln würde.

„Das musst du als Adelung verstehen", gab sich Brown versöhnlich. „Wenn die deinen Text vorläsen, würden alle guten Deutschen sofort auf die Barrikaden gehen. Das ist doch klar."

„Eine Verlautbarung von deinem Text von staatsoffizieller Seite geht gar nicht", ergänzte Tomić, „denn jeder würde erkennen, wie recht du hast und warum es an der Zeit ist, diese zionistische Marionettenregierung mit einem Streich hinwegzufegen."

Wagners Hippiefrisur wirbelte vor freudiger Erregung um sein greises Haupt. Napoleon schien zu spüren, wie aufgewühlt sein Herrchen war, und knurrte leise.

„Du musst den Befehl geben", meinte Brown in einer Tonlage, die keinen Widerspruch duldete.

Müllfred erkannte an der Mimik, wie sehr Wagner sich im Zaum halten musste, um dem arroganten Engländer nicht eine deftige Entgegnung einzuschenken.

„Mülli, ist alles vorbereitet?", wandte sich Wagner an ihn.

„Selbstverständlich."

Ein weiterer Mann, der hinter den beiden europäischen Nationalsozialisten saß, hüstelte. Er war wenig auffällig. Im Vergleich zum Serben und Briten wirkte er schmächtig. Das braunblonde Haar trug er etwas länger. Ein schwarzer Rollkragenpullover, eine schwarze Jeans und schwarze Halbschuhe komplettierten das Bild. Die Brille ließ ihn beinahe wie einen Intellektuellen wirken.

„Während der Sendung bleiben wir in ständigem Kontakt mit unserem Reporter vor Ort, falls sich neue Erkenntnisse ergeben sollten. Neuschwanstein, jetzt Frankfurt, aber das sind lediglich Amplituden einer Anschlagsserie, die Deutschland noch nie erlebt hat. Auch heute gab es wieder zahlreiche Anschläge auf kritische Infrastrukturen", verkündete die Nachrichtensprecherin milchschokoladenfarbener Haut im besten Hochdeutsch. „In Hamburg wurde ebenfalls ein für bundesweite Weichenstellungen zuständiger Signalkasten mit über einem Kilogramm Plastiksprengstoff in die Luft gejagt. Der

Staatsschutz hat die Ermittlungen aufgenommen. Eine heiße Spur gibt es aber bisher nicht, so der Behördensprecher."

Müllfred folgte dem Blick seines Herrn, der Brown zuerst fixierte und sich dann Tomić zuwandte.

„Meine Herren", sagte er dann. „Es ist an der Zeit für die Aktion Wundertüte. Um die Verwirrung komplett zu machen. Brown, ist alles vorbereitet?"

Der Brite neigte seinen kahl rasierten, massigen Kopf nach vorne, sodass das in Schwarz tätowierte Hakenkreuz auf der Mitte seines Schädels sichtbar wurde.

„Das Flugzeug ist wie geplant von Brighton gestartet und befindet sich im Anflug auf Berlin. Um Punkt 21:30 Uhr werden die fünfzig Fallschirmjäger, alles ehemalige SAS-Mitglieder, über Berlin landen. Unsere Medienteams warten schon und werden die Kunde verbreiten, die Briten hätten Berlin mit Luftlandetruppen besetzt."

„Ausgezeichnet", lobte Wagner und Müllfred hob anstatt seiner beide Daumen. „Die Falschmeldung wird sie eine Weile beschäftigen."

Wie aufs Stichwort wandte sich Brown um und verließ das Büro, ohne die Tür zu schließen.

„Vergiss nicht, um Mitternacht wird es dunkel", rief Wagner ihm hinterher und Brown hob die rechte Hand nach oben, um zu zeigen, dass er es gehört hatte.

„Soll ich auch loslegen?", fragte Tomić.

„Natürlich", entgegnete Wagner und legte ein besonders elektrisierendes Timbre in seine Stimme. „Die von uns versteckten zwei Panzer werden um Punkt 2:30 Uhr morgen beginnen, die Außenbezirke des Regierungsgebäudes zu beschießen."

Auch Tomić deutete einen Diener an.

„Zum Abgleich: Um 3 Uhr sollen die an den Panzern angebrachten Sprengkörper gezündet werden?"

„Jawohl", erwiderte Wagner. „Auch wenn es um die Kameraden schade ist, aber sie müssen sterben, damit Europa leben kann. Dadurch erhalten wir Märtyrer, denn indem du die Leichen der Panzerbesatzung schändest, werden sich viele Menschen von der verabscheuungswürdigen Bundesregierung abwenden. Außerdem werden anschließend die regierungstreuen Truppen in Berlin so verteilt werden, wie es in unseren Plänen vorgesehen ist. Auch du solltest dich auf eine alles umgebende Dunkelheit gefasst machen."

Tomić reckte den rechten Arm zum deutschen Gruß empor, schnappte sich seine Kalaschnikow und ging, ohne ein weiteres Wort zu verlieren.

„Jetzt müssen wir in die Bütt, mein lieber Mülli", behauptete Wagner und senkte den Blick auf Napoleon, was Müllfred sofort zum Anlass nahm und das Tier sorgfältig auf dem Boden abstellte.

„Jawohl", sagte Müllfred sicherheitshalber, denn er spürte die riesige Anspannung seines Chefs.

„Mein lieber Adrian, nun sind Sie am Zug, um uns die maximale Medienpräsenz und eine kaum zu steigernde Reichweite herzustellen."

Der derart Angesprochene nickte, räusperte sich und rückte die Brille zurecht.

„Natürlich", sagte er und das einzige Wort aus seinem Mund verriet die russische Herkunft.

Dann holte er einen kleinen Laptop aus einer neben seinem Sessel stehenden schwarzen Tasche. Aus der Entfernung erkannte Müllfred, dass es sich um keine ihm bekannte Marke handelte. Mit einem „Sofort" blieb der Russe weiter einsilbig und loggte sich ein.

„Ah, das gute Stück", lobte Wagner. „Ist es sicher, dass die russische Regierung sich an die Lieferung von zwanzig Exemplaren hält?"

Der Mann ließ sich von dem konzentrierten Programmieren kaum ablenken.

„Meine letzte Information lautet, meine Regierung in Moskau wird Ihnen die gewünschte Hardware, Software-Service und die Waffen sofort nach Regierungsantritt liefern. Vorausgesetzt natürlich, dass Sie sich an Ihre Zusage halten, die beiden

Nordstream-Pipelines wieder instand setzen zu lassen und in Betrieb zu nehmen."

Da Müllfred Wagners Antwort bereits ahnte, grinste er vor sich hin.

„Wir wollen doch nicht wieder einen völlig überteuerten Kältewinter mit US-amerikanischem Fracking Gas erleben, das uns diese Imperialisten nach Belieben zuteilen oder auch nicht", meinte Wagner fröhlich. „Obwohl die Energiepolitik beim Großteil der Bevölkerung ein radikales Umdenken in Gang gesetzt hat, was eine massenhafte Distanzierung von der Marionettenregierung und unserer sogenannten Demokratie zur Folge hatte."

In Erinnerung des eisigsten Winters seit Jahrzehnten seufzte Müllfred.

„Wir wollen uns doch nicht sprichwörtlich oder tatsächlich den Arsch abfrieren, oder Mülli?"

„Auf keinen Fall."

„Sie haben noch exakt zehn Minuten und fünfundvierzig Sekunden Zeit, dann sind Sie auf Sendung", sprach der Russe, ohne dass seine flinken Finger eine Pause ihrer Tätigkeiten einlegten.

Der Ruck, der durch Wagners Körper ging, fand Müllfred beachtenswert. Obwohl sein Boss meistens unter Strom stand, hatte er jetzt den Eindruck, Wagner sei mit jeder Faser seines Körpers vollkommen elektrisiert.

„Mülli, schnell noch ein wenig das Äußere herrichten. Aber nicht übertreiben, das mag die Bevölkerung nicht. Das ist mehr die Kernkompetenz dieses zionistisch-faschistischen Lügenpacks."

„Sehr wohl."

Wagner nahm Platz und justierte seinen Blick bereits für die Kamera. Müllfred begann Wagners Haare und den Schnurrbart zu bürsten.

„Napoleon?", fragte Müllfred und war über seinen eigenen Mut sehr erstaunt.

„Normalerweise würde ich dich, wenn ich könnte, jetzt windelweich prügeln", behauptete Wagner. „Aber in diesem Fall hast du recht, Mülli. Denn wenn der nette Herr aus Russland sich in den öffentlich-rechtlichen Kanal eingehackt hat und ich statt der Bundestranskanzlerin auf Millionen von Bildschirmen als designierter Innenminister erscheine, sollte ein Hund nicht stören. Schließlich geht es um Alles oder Nichts. Vabanque, wie der Führer es stets liebte. Meine Rede wird die richtigen inhaltlichen Akzente setzen, viele Nebelkerzen zünden, die für reichlich Desorientierung bei der noch herrschenden Staatsmacht sorgen wird, und einige gezielte Falschbehauptungen enthalten. Also wirf den Köter vor die Tür."

Ob des despektierlichen Worts für Napoleon ließ Müllfred beinahe den Kamm fallen. In normalem Zustand hätte Wagner so etwas nie gesagt. Es war klar, dass jetzt eine Zeitenwende anbrach und dass auch Wagner nur ein Mensch war, auch wenn er dies nur selten erkennen ließ.

„Komm, Napoleon!", befahl Müllfred und erntete einen desorientierten Blick der französischen Bulldogge, während Wagner vor der Kamera Grimassen schnitt und zugleich auf dem Bildschirm deren Wirkung überprüfte.

Als der Gong ertönte, wusste Müllfred, Wagner war völlig unter Strom. Immerhin hatten Millionen deutscher Haushalte die Nachrichtensendung des einzigen noch verbliebenen öffentlich-rechtlichen Senders eingestellt und wollten die wichtige Rede der Bundeskanzlerin hören. Doch statt ihres Konterfeis erschien Wagner.

„Meine sehr geehrten Damen und Herren, hier spricht Roland Wagner. Ich spreche heute zu Ihnen als der designierte Innenminister der neuen, legitimen deutschen Regierung. Die sogenannte Bundeskanzlerin Melinda Robin, die jetzt zu Ihnen sprechen sollte, wurde ihres Amtes enthoben. Sie und ihre Hintermänner, die Sie und Deutschland jahrzehntelang in Knechtschaft gehalten haben, werden alles versuchen, um Sie davon zu überzeugen, dass sie die legitime Kanzlerin ist. Dem ist aber nicht so. Glauben Sie kein Wort, das sind lediglich die

Abgesänge einer schwerkriminellen Bande, die dieses Land im eisernen Griff hielt. Die von den reichsten Familien der Welt gesteuerte Marionettenregierung hat ausgedient: Wir werden Deutschland aus seinen Fesseln befreien. Melinda Robin und ihre Entourage wird Sie und alle Mitbürgerinnen und Mitbürger nicht mehr weiter ausbeuten können, denn wir sind angetreten, um Deutsche und unser geliebtes Deutschland zu befreien."

Müllfred hatte Wagner noch nie mit solch einer Erhabenheit sprechen hören. Es schien, als ob Wagner eine Aura des Lichts umgäbe und seine Worte wirkten wie die aus einer anderen, höheren Sphäre.

„Alle Beamtinnen, Beamte und Angestellte der alten Regierung bitte ich, Ruhe zu bewahren. Es ist nicht Ihre Pflicht, Ihr Leben für eine verbrecherische Regierung zu opfern. Wir werden mit allen jetzigen Staatsdienerinnen und Staatsdienern eine weitere Zusammenarbeit anstreben, wenn Sie sich uns nicht offen in den Weg stellen. Auch können wir eine zunächst vorhandene Skepsis uns gegenüber nachvollziehen, sind uns aber zugleich völlig sicher, dass wir Sie binnen kürzester Zeit von der Aufrichtigkeit und Richtigkeit unserer Anliegen überzeugen werden."

Die Rede war Balsam für geschundene Seelen, machte Mut und verbreitete Zuversicht. Die Licht- und Schattenmetaphorik tauchte sparsam, aber an den richtigen Stellen auf. Wagner wirkte auf Müllfred wie ein wohlwollender, aber in den angemessenen Situationen strenger Vater. Einer, der sowohl gütig als auch konsequent sein konnte. Einer, dem die Menschen vertrauten.

„Bitte stellen Sie sicher, sofort nach meiner Ansprache all ihre elektronischen Geräte und Akkus aufzuladen, da die alte Regierung versuchen wird, einen Blackout herbeizuführen, um uns dies in die Schuhe zu schieben und Leid und Not über die deutsche Bevölkerung zu bringen. Dann sind Sie völlig schutzlos allen Ereignissen ausgeliefert. Wir hingegen werden Ihnen beständig wahre Informationen über die aktuelle politische

Situation geben, um Menschenleben zu schützen und weiteres Leid zu verhindern. Durch den bundesweiten Warnton, den auszulösen wir inzwischen in der Lage sind, werden im Lauf der Nacht weitere Nachrichten von meiner und unserer Seite erfolgen. Immer wenn Sie den Ton hören, schalten Sie bitte ein Gerät mit Internetverbindung ein und nach dem Hören der Meldungen sofort wieder aus. Unter der unten eingeblendeten Adresse finden Sie alle Neuigkeiten. Bitte meiden Sie alle anderen Quellen als die unseren, da es das deklarierte Ziel unserer Feinde ist, für Tote auf beiden Seiten zu sorgen, damit in unserem geliebten Deutschland ein Bürgerkrieg ausbricht. Es ist unsere vornehmste Aufgabe jegliches Blutvergießen zu verhindern. In wenigen Stunden wird sich das Schicksal unserer Heimat entscheiden. Bleiben Sie bitte bis dahin unter allen Umständen zu Hause und damit in Sicherheit. Seien Sie versichert, die neue Regierung unternimmt alles, um Unheil von Ihnen und Ihren Lieben fernzuhalten. Wir werden alles unternehmen, um die alte Regierung, die sich wie eine Krebsmetastase über unser geliebtes Deutschland verteilt hat, friedlich festzusetzen und einem ordentlichen Gericht zuzuführen. Die Zeiten der Sklaverei und der Dunkelheit sind vorbei. Nun beginnt eine Ära des Lichts, der Freiheit und des Glücks. Gehen Sie diesen Weg mit uns. Wir beginnen gerade damit, der Freiheit entgegen zu streben."

Ganz entfernt hörte Müllfred ein leises Kratzen an der großen Bürotür. Zum Glück lief dieses nicht Gefahr, in die TV-Geräte von Millionen mehr als verdutzter Zuschauer der Bundesrepublik zu dringen. Napoleon wollte wohl dringend zu seinem Herrchen. Und Müllfred fand, Wagner gab nicht nur einen ganz guten Hundeführer ab, sondern war eindeutig zu höheren Weihen berufen.

„Helfen Sie alle mit, unser Deutschland aus den Ruinen auferstehen zu lassen! Dieses Land liegt in Trümmern und wird sich umso mehr wie Phönix aus der Asche erheben und die Geschicke dieser Welt bestimmen!"

Auf Zehenspitzen ging Müllfred Richtung Tür, denn er wusste, die Rede war noch nicht vorüber. Der arme Napoleon sollte nicht unnötig leiden müssen.

16. Freitag, drei Tage vor dem „Tag X"

Die Autobahn Richtung München war verstopft wie eine Arterie voller Blutgerinnsel. Auf einen Schlag gab es kein Durchkommen mehr.

„Ich kann nicht länger", klagte Ariella.

Tscharly ignorierte seine Atemlosigkeit und erwiderte: „Wir sind gleich da." Zuletzt hatte er das zu Konsti gesagt, als sie einen Familienurlaub in Südtirol gemacht hatten. Die acht Stunden auf der Autostrada waren ihm schon stressig erschienen. Wie sehr er sich nur geirrt hatte! Dagegen war Urlaubsverkehr das reinste Vergnügen.

Ariella fluchte und trottete hinter ihm her mit ihren kürzeren Beinen.

Tscharly schritt an hupenden Autos vorbei, die kreuz und quer auf der Autobahn standen. Da vorne gab es längst kein Weiterkommen. Wenigstens wirkte das in ihm freigesetzte Adrenalin schmerzstillend. Im Grunde genommen hielt wahrscheinlich allein seine Mission ihn auf den Beinen, erkannte er in einem flüchtigen Moment der Reflektion.

Die Herbstsonne brannte auf den Asphalt der Autobahn. Das Blech der Fahrzeuge beschleunigte den exponentiellen Temperaturanstieg. Den Elektromotoren ging offenbar noch schneller der Saft aus als den ganzen Verbrennern.

Erik und Viktor hatten ihnen einen Kanister mit Trinkwasser mitgegeben. Gefühlt alle tausend Meter genehmigten sie sich tropfenweise Flüssigkeit. Bis Berlin kamen sie damit niemals durch. Irgendwann demnächst würden sie ihren Vorrat auffüllen müssen. An einer Raststätte stand bereits eine Schlange vor den Toiletten.

Sie verloren drei Stunden.

„Ich hab Angst", gestand ihm Ariella.

„Wovor?"

„Dass wir kein Hotelzimmer finden für heute Nacht."

Im ersten Moment verursachten ihm ihre Worte ein kaum hörbares Lachen.

„Ich fürchte, die Hotelzimmer sind schon ausgebucht für heute Nacht. Da schlafen Leute, die schneller waren, zum Nulltarif.“

„Was machen wir denn dann?“

„Wird wohl nur ein Bett im Kornfeld für uns übrigbleiben“, zitierte er ein altes Lied, das einst einen Schlagerbarden in den Stand einer Ikone erhoben hatte. „Und die Sterne leuchten uns sowieso.“

Er überließ ihr den nächsten Schluck und trank anschließend selbst. Inzwischen hatten die Temperaturen abseits der Straße deutlich nachgelassen. Der Herbstabend zeigte sich von seiner kühlen Seite und er hatte Angst, sich auf freiem Feld eine Blasenentzündung zu holen. Das beschleunigte am Ende auch noch den Verlauf seiner Krankheit.

Er schritt über die nächste Ausfahrt in Richtung der Landstraße.

Und dann geschah das Wunder.

Das Fahrrad lehnte an einem Stopp-Schild. Tscharly spürte sein Herz Luftsprünge machen. Er eilte darauf zu und sein erster Handgriff galt dem Mantel des Vorderrads. Luftleer. „Da hat wer einen Platten gehabt. Scheiße.“

„Oh nein“, erwiderte Ariella, die seine Gedanken zweifellos durchschaute. „Du willst doch nicht … Damit?“

Er betrachtete das Material. Das Fabrikat wurde heute gar nicht mehr hergestellt. Die Marke Vaterland hatte nur von 1933 bis in die Fünfzigerjahre existiert. Tscharlys Großvater hatte ein solches Gerät noch in den Neunzigern gefahren. Der Rahmen bestand aus Gussstahl und brach, ehe er sich hätte verbiegen lassen. Auch die Schutzbleche und Speichen waren während des Tausendjährigen Reiches von weiblichen Fabrikarbeiterinnen in echter deutscher Handarbeit hergestellt worden. Diese Fahrräder waren schließlich irgendwann aus der Mode gekommen, was wohl auch an ihrem enormen Gewicht lag.

„Die Vorderbremse tut’s nicht mehr“, stellte Tscharly fest und grinste, „aber die Rücktrittbremse funktioniert einwandfrei. Nur die Kette ist locker. Wir müssten nur eine Luftpumpe organisieren. Dann kannst du auf dem Gepäckträger sitzen und wir fahren und fahren, so weit wie wir es heute noch schaffen."

„Ich kann auch treten", bot sie an. „Und du kannst hinten sitzen und die ganze Zeit die Beine spreizen."

Er lachte noch immer. „Niemals hätte ich gedacht, dass ich mich jemals über ein Rad der Marke Vaterland freuen würde. Aber die Fahrräder der Nazis waren wohl das einzig Gute, was sie jemals zustande gebracht haben."

Gabriella grinste.

17. Freitag, drei Tage vor dem „Tag X“

Kein Wunder, dass die Beatles nach drei Jahren Welttournee die Flinte ins Korn geworfen hatten. Siegfried hasste es, ständig unterwegs zu sein.

Das Haus stand am Waldrand und war sein einziger Rückzugsort. Ein vier Meter hoher elektrischer Stacheldrahtzaun schützte ihn vor wildgewordenen Groupies und allerlei anderen Personen, die sich wie die Kletten an ihn hefteten.

Siegfried musste sich wie immer bücken, als er vom Haus in die Garage trat. Seit seinem 17. Lebensjahr zwangen Türstöcke ihn zu diesem Hals-Nacken-Limbo.

„Ich sehe dich kaum noch, Junge“, sagte die Frau ohne Arme und Beine, die ihn in ihrem Kellerverlies empfing.

„Das Leben eines Rechtsrockers hat seinen Preis, Mama“, tröstete er sie.

„Deine Mama muss trotzdem ab und an ihren Darm entleeren. Oder willst du, dass ich in die Luft gehe wie eine ...“

„Nicht schon wieder die alte Geschichte“, unterbrach er sie. „Ich kann die Geschichte von der Explosion der Kläranlage, die aus dir einen Krüppel gemacht hat, nicht mehr hören. Außerdem bin ich ja jetzt da.“

Seine Mutter lag hier in ihrem fünfmal fünf Meter großen Verlies in ihrem Pflegebett. Sie besaß ein Tablet, das sich anhand von Blicken steuern ließ. Damit ließ sich auch telefonieren.

„Ich bin kurz davor, zu platzen“, drohte sie.

Er grinste. „Die Sauerei möchte ich sehen.“ Und er öffnete den Schrank mit den Schläuchen. „Wenn du wüsstest, was heute alles in die Luft gegangen ist da draußen in der alten Republik und dem neuen Reich.“

„Wovon sprichst du?“, knurrte Milla Huber.

Siegfried fettete sorgfältig das eine Ende eines Schlauches mit Vaseline ein. Er drehte seine Mutter auf die linke Seite und führte ihr den Schlauch zwischen den Gesäßbacken hindurch in den Darm. Anschließend steckte er das andere Ende an ein

Gefäß, das auf seiner Augenhöhe an einem Infusionsständer hing. Jetzt ging es darum, die Lösung aus warmem Wasser und einem abführenden Medikament in den Darm zu leiten.

„Warum kannst du nicht kacken, wie jeder andere normale Mensch, Mama?"

„Weil ich keine Bewegung habe. Ich will raus aus meinem verdammten Loch!", schrie sie ihn an.

Er schlug ihr beinahe zärtlich ins Gesicht. Seine Pranke zeichnete sich rot auf ihrer Wange ab. Sie wimmerte kurz auf. Er sah die Tränen, die ihr von den Wangen liefen, obwohl sie versuchte, stolz den Kopf abzuwenden.

„Du kommst hier raus, wenn ich es für richtig halte, Mama. Ich pass schon auf dich auf. Das habe ich dir versprochen, Mama. Verstanden, Mama?"

Ihm tat die Ohrfeige leid. Warum nur saß seine Hand ausgerechnet dieser Frau gegenüber so locker? Er setzte sich an den Bettrand und streichelte beinahe zärtlich durch ihr graues Haar, das sich struppig und fettig anfühlte.

Er beschloss, ihr eine Freude zu machen. „Wenn ich das nächste Mal zu dir komme, Mama, schneide ich dir die Haare. Und verpasse dir eine Kopfmassage. Heute habe ich zu wenig Zeit. Außerdem bin ich sehr müde." Er überlegte, ob er ihr eröffnen sollte, was in den letzten zwölf Stunden passiert war, und entschied sich zu einer Notlüge: „Der Tour Stress macht mich noch krank. Aber es dauert nicht mehr lang. Dann kommt der große Tag. Und dann verspreche ich dir, wirst du wieder Licht sehen. Dein großer Auftritt ist dann an der Reihe."

Seine Worte funktionierten. Ihre Wut über die Demütigung verwandelte sich in die gewohnte mütterliche Zuneigung. „Ich bin stolz auf dich, mein Junge. Ich verdanke dir mein Leben. Das werde ich dir nie vergessen, mein kleiner Krieger." Sie nannte ihn noch immer so.

„Ich liebe dich auch, Mama."

Er stand auf und leitete die Flüssigkeit in ihren Darm. Er kannte die Prozedur, die mindestens einmal alle zehn Tage fällig war. Aufgrund Bewegungsmangels und ihrer Schmerzmedikamente hatte Milla Hubers Darm schon vor Jahren aufgehört, zu funktionieren. Die natürliche Peristaltik war buchstäblich im Arsch.

Anschließend prüfte er die Überwachungskameras.

„Und?“, fragte sie besorgt.

„Alles gut, Mama. Ich sehe jederzeit alle deine Bewegungen hier unten auf meinem Smartphone, wenn ich unterwegs bin.“

Dann setzte er sich an einen Computer und kontrollierte, wie oft seine Mutter in den letzten Stunden die Position gewechselt hatte. Ein Automatismus des Bettes übernahm die Lagerung des schmächtigen, verstümmelten Körpers. Eine der größten Gefahren bestand darin, dass sie wundlag. Urin schied sie über einen Blasenkatheter aus. Ernährt wurde sie über eine Bauchsonde. Er selbst hatte unter Zuhilfenahme von Videos im Internet einen Tank mit einer Pumpe konstruiert. Dessen Inhalt wurde automatisch gekühlt, damit die Flüssignahrung niemals verdarb. Die Pumpe sorgte für stetigen Nachschub an Proteinen, Kohlenhydraten, Vitaminen und Spurenelementen.

Der weitläufig bekannte Mangel an Pflegepersonen der letzten Jahre hatte etliche Erfinder auf den Plan gerufen. Und so konnte Siegfried auf Tournee gehen und den Tag X planen, ohne sich ständig um die behinderte Frau im Verlies kümmern zu müssen.

„Ich spüre, dass was kommt“, meldete seine Mutter endlich.

Wenn du wüsstest, wie recht du hast, Mama, dachte er.

Siegfried zog das Darmrohr heraus und legte eine Bettpfanne unter sie. Ein Luftabzug sog die Darmwinde nach oben und war trotzdem viel zu schwach. Siegfried hatte sich längst daran gewöhnt. Schon als Achtjähriger hatte er damit begonnen, seine Mutter selbst zu pflegen. Zuvor hatte sich ein Reichsbürger um Milla gekümmert; der Mann hatte ihr nach ihrem scheinbaren Tod beim Untertauchen geholfen. Er hatte Milla geliebt und mit Odin und Wagner etliche Rechnungen offen gehabt. Die Mutter im Keller war nach dessen frühem Tod zu Siegfrieds Geheimnis geworden. Vor Wagner, vor Odin Renner und all den anderen Revolutionären der rechten Bewegung.

„Das war aber heute eine leichte Geburt, Mama", stellte er im Anschluss nüchtern fest.

Er zwängte sich durch den schmalen Eingang. Auf allen Vieren krabbelte er die Stufen empor, die Bettpfanne vor sich herschiebend. Dann richtete er sich auf. Er legte das letzte Treppenstück zurück und schob die Eisentür vor. Er gab zuletzt den Code ein. Als Nächstes schob er einen Safe vor die Tür und zuletzt ein Regal mit Werkzeug. Er stand unter dem Porsche aus dem Jahr 1949, einem Sammlerstück. Über eine weitere Treppe stieg er unter dem Fahrzeug nach oben und befand sich wieder in der Garage.

Er entleerte den Inhalt der Bettpfanne in einer Toilette und setzte sich auf ein Motorrad. Eine Motocross-Maschine, Kawasaki, gepimpt von 120 auf 240 PS, russischer Verbrennungsmotor aus Nowosibirsk und mit chromglänzenden Felgen und Schutzblechen. Die Frontalscheinwerfer stierten grell und böse. Die Lichtanlage hätte keine technische Institution der Welt genehmigt, aber die ganze Welt sollte wissen, wer hier als zukünftiger König der Welt seine Reise angetreten hatte.

Die Nacht war hereingebrochen. Und der neue Tag würde blutig werden. Extrem blutig.

18. Freitag, drei Tage vor dem „Tag X“

21.59 Uhr

Adrian Kasparow hackte sich beinahe die Finger auf der Spezialtastatur wund. Für Augenblicke wie diesen hatte er jahrzehntelang geübt und eine Ausbildung durchlaufen, die in ganz Europa, beinahe der ganzen Welt, ihresgleichen suchte. Seine ganze bisherige Laufbahn war darauf ausgerichtet gewesen, in Situationen wie der jetzigen präsent zu sein. Es war so klar wie ein eiskalter Februarmorgen: Heute und hier war der entscheidende Moment, in dem er sein geballtes Können in die Waagschale werfen musste, um das in ihn gesetzte Vertrauen auch zu rechtfertigen. Adrian blies sich die dunkle Locke aus der Sicht des Brillengestells, atmete tief durch und trommelte zur Ablenkung einen Tusch auf die Schreibtischplatte. Das half ihm, in dieser äußerst angespannten Situation wieder einen freien Kopf zu kriegen.

Das von der roten Samtcouch ertönende Schnarchen störte ihn wenig, denn er hatte gelernt, solche und noch gravierendere Dinge zu ignorieren, wenn es darauf ankam. Hier war Adrian schmerzbefreit. Unter allen denkbaren Umständen war es ihm möglich, die Konzentration zu halten und seine Aufgaben zu erfüllen. Das wussten die deutschen Nationalsozialisten und deshalb hatten sie ihn auch mit Kusshand akzeptiert, ohne nach dem Quid pro quo zu fragen – so wie sein oberster Chef es ihm prognostiziert hatte. Voraussetzung für alle in Aussicht gestellten Belohnungen war aber, dass er jetzt performte und lieferte. Ein großes Büro in Moskau, eine schöne Datscha bei den Reichen und Schönen für seine Familie und ihn, am besten etwas außerhalb der Stadt und natürlich Natascha, die dann kurzerhand zu seiner rechten Hand, äh … Chefassistentin befördert werden würde.

Der schwerbehinderte Mann mit dem kulturell wertvollen Namen Wagner hatte sich mit Napoleon aufs Sofa gekuschelt und musste nach der bisher wichtigsten Rede seines Lebens neue Kraft schöpfen. Kasparow fand den Mann mit den beiden Armstummeln armselig, denn in einem Moskauer Unterbahndurchgang hätte er ihn nicht einmal eines zweiten Blickes gewürdigt. Zudem kam ihm seltsam vor, wie der Typ ihn hin und wieder musterte. Kasparow kannte solche begehrlichen Blicke, die in seinem Heimatland als krank galten, in diesem Fall täuschte er sich aber sicher, denn so jemand würde ganz bestimmt nie in extremen rechten Kreisen geduldet werden. Schließlich musste er ihm immerhin lassen, an einer Verschwörung gegen den Bestand einer der stärksten europäischen Demokratien aktiv zu sein. Doch allein wie die Bulldogge ihre Schnauze im Hintern des Mannes vergraben hatte, mutete seltsam an. Und Wagners Hofnarr war irgendwohin verschwunden. Auch der Typ fiel ins Sortiment Kuriositätenkabinett. Bei was für einer absonderlichen Veranstaltung war er hier nur gelandet? Kasparow seufzte, hielt einen Augenblick inne und versuchte den Bildschirm zu fokussieren. Auch wenn ihm als Backup einige Mitarbeiter zur Verfügung standen, wusste er, hier kam alles auf ihn an. Sein klarer Verstand wurde verlangt, denn was sie hier anstrebten, war in diesem Ausmaß noch nie versucht worden. Es stand ein welthistorisches Ereignis mit kaum absehbaren Folgen für die Menschheit im Raum. Und er war der digitale Schlüssel dazu, auch wenn die ihn umgebenden Deutschen ihn lediglich als eine zwar nicht angenehme, aber durchaus nötige Randerscheinung betrachteten. Wie hatte dieser Hippie ohne Arme gesagt: „Natürlich haben wir exzellente IT-Experten, aber diese Hausnummer überlassen wir dann doch lieber gerne staatlich alimentierten Vollprofis.“

„Check“, sagte Kasparow auf Russisch in das auch auf dem Schreibtisch befindliche Funkgerät, das auf bestimmten Frequenzen abhörsicher war und das nur drei Spezialeinheiten in ihrem Bestand führten, darunter seine, die auf die Herbeiführung von Putschen und Staatsstreichen in der ganzen Welt spezialisiert war.

Eine tiefe Stimme antwortete in derselben Sprache, alles sei okay.

„O’кей!“

Alles lief nach Plan. Er stellte das Funkgerät ab und hackte weiter in die Tasten. Alle von den Deutschen eingebauten Bugs, Sperren, Firewalls und so weiter waren auf technisch perfektem Niveau, aber ohne Fantasie erstellt. Das war seiner Meinung nach ein Charakterzug der Deutschen. Sie erledigten die meisten Dinge in verbissenem Ernst und mit technischer Perfektion, versäumten es jedoch dabei, der Vorstellungskraft über bereits beschrittene Pfade hinaus genügend Raum zu geben. Aber das erleichterte ihm seine Arbeit, auch wenn er akribisch Punkt für Punkt abarbeiten musste.

„ЧТО Ж!“

Das war der vereinbarte Code; alles lief wie am Schnürchen. Dieses Funkgerät, so hatte der Präsident der Russischen Föderation vor zwei Jahren mit stolzgeschwellter Brust versichert, würde die Feinde stets im Dunkeln über die wahre Kommunikation lassen. Das hatte Kasparow und sein Team auf die Idee gebracht, parallel zu dieser Kommunikation einen quasi öffentlichen, inszenierten Austausch ihrer Einsatzgruppe zu eröffnen. Dazu hatten sie eine von ihnen als Hintergrundkommunikation titulierte Kommunikationsbasis erschaffen, die nicht real war, aber exakt diesen Eindruck vermittelte. Diese Parallelkommunikation, die vorher aufgezeichnet worden war, aber jederzeit bei Bedarf aktualisiert und umgestellt werden konnte, sollte sogar von den Feinden abgehört werden – dafür hatten sie durch diverse Vorrichtungen Sorge getragen. Es galt also nicht die Devise „Vorsicht, der Feind hört mit!“, sondern der Feind musste alles mithören. Und alles, was die deutschen Sicherheitsbehörden mithörten, würde sie in die Irre führen. Einfach, aber genial. Es hatte in der obersten Etage der Spionageabwehr engagierte Diskussionen gegeben, ob dieses System letztlich nicht doch zu einfach war und ob es nicht besser war, noch einen dritten und vierten Simulationsboden einzubauen, denn auf diesem Niveau agierten beinahe alle Dienste dieser Welt, aber letztlich hatte die Einfachheit des Gedankens und die Sicherheit der Falle in ihrer simplen Brillanz überzeugt.

Angespannt blickte Kasparow auf seine Militäruhr. Noch fast zwei Stunden Zeit, bis der deutschlandweite Blackout stattfinden sollte. Zeitlich lief alles nach Plan. Und auch sonst bisher keine Probleme. Bauchschmerzen bereiteten ihm lediglich die Extrawünsche seiner Auftraggeber. So sollte er immer wieder eine zeitlich begrenzte Hintertür der Energieversorgung offenlassen, wenn die Putschisten es für nötig hielten, die Bevölkerung durch wichtige Durchsagen im Internet auf Linie zu halten. Aber erstens war es bei der genialen Planung unwahrscheinlich, dass dieser Fall eintreten würde und zweitens hatte er auch hier seine Hausaufgaben mit äußerster Sorgfalt erledigt. Ein wohliger Schauer durchfuhr ihn beim Gedanken an die langen Nachmittage mit Natascha im Büro und anschließend das gemütlich-luxuriöse Beisammensein mit seiner Familie am Abend.

Eine weitere Schutzbarriere des deutschen Energiesicherheitssystems war überwunden, ohne dass der Gegner eine Chance hatte, dies zu erkennen. Beinahe übermütig dachte Adrian daran, was es ihm einbringen könnte, nach dem geglückten Coup sein Insiderwissen an die gemeinsamen Erzfeinde USA und Israel zu verkaufen. Doch dafür hatte er zu viel Ehre im Leib. Den Judaspart sollten andere übernehmen. Jetzt stellte er das Funkgerät auf eine andere Frequenz ein und lauschte, ob der Kontakt hergestellt wurde.

„Team A?"

„Hier Team A."

Zum Glück funktionierte alles wie am Schnürchen. Eine abhörsichere und ungehinderte Kommunikation war bei dieser Aktion das A und O.

„Aktion Herbstnebel. JETZT starten."

Die den Bruchteil einer Sekunde dauernde Pause brachte ihn beinahe aus dem Konzept.

„Ja."

Adrian atmete erleichtert durch. Das bedeutete, die seit einigen Monaten eingesickerten Kleingruppen der Spezialkommandos und einige der in Deutschland aktivierten Schläfer waren auf Posten.

22.01 Uhr

Die zwölf Männer in Uniformen der deutschen Bundespolizei waren beinahe vollkommen unbemerkt auf das Gelände des Elektrizitätswerks einer großen skandinavischen Firma gelangt. Lediglich einige Raben und Krähen hatten sie bemerkt, aber die daraus resultierende Vogelkommunikation war von keiner Menschenseele registriert worden. Die Verkleidung des in Novosibirsk stationierten Elite-Trupps stimmte bis aufs letzte Detail. Sogar die Waffen entsprachen exakt denen der kopierten Truppe, was dem Eifer einiger chinesischer Kopisten in russischen Diensten zu verdanken war. Die Gesichter der Männer waren ausnahmslos mit Ruß geschwärzt. Was für ein Kinderspiel an den lächerlichen Sicherheitsvorkehrungen vorbeizugelangen, aber wenn es selbst um die Umwelt besorgten Klimaaktivisten gelang, deutsche Sicherheitssysteme auszuhebeln, dann durfte das für Vollprofis kein Hindernis darstellen.

Der Anführer des Infiltrationstrupps reckte die rechte Faust in die Höhe: weiter! Der Trupp folgte ihm augenblicklich und blieb dann vor dem Gebäude stehen, in dem sich die zentralen Rechneranlagen des gesamten Elektrizitätswerks befanden. In diesen Tresor mussten sie nicht unbedingt hinein, aber es war unabdingbare Voraussetzung für die Aktion, ihn zu zerstören. Die Bewaffneten postierten sich zügig so, dass die Überwachungskameras sie nicht erfassen konnten, denn das hätte nur eine unnötige Verzögerung bedeutet.

„Wir gehen rein, säubern das Gebäude und bringen die Sprengladungen an den Rechnern an", sagte er den Männern auf Russisch.

Nicken – etwas anderes wäre auch überraschend gewesen, schließlich hatten sie die Aktion monatelang an einem dem Original maßgetreu nachgebauten Exemplar geübt. Jeder der

Männer wusste ganz genau, wo die der Kantine am nächsten gelegene Toilette war.

„Und du weißt hoffentlich genau, was du zu tun hast?“, wandte sich der stämmige Mann an die einzige in Zivil gekleidete Person.

Dieser Mann trug durchweg schwarze Kleidung und hielt eine kleine Videokamera in der Hand. Er gehörte nicht genuin der Spezialtruppe an, sondern stammte aus einer der besten Propaganda-Abteilungen, die der Kreml nach dem Ende der bipolaren Weltordnung auf die Füße gestellt hatte.

„Ja“, antwortete er und versuchte zu zeigen, dass er zwar auf jeden Fall gehorchte, aber sonst nicht vor den harten Jungs kuschte, denn schließlich gehörte er ebenso zur Elite wie diese.

„Gut“, beschied der Anführer. „Ab jetzt nur noch Deutsch sprechen.“

„Zu Befehl“, antwortete der Stellvertreter des Trupps – selbstverständlich in einem beinahe akzentfreien Deutsch, das er an der Universität Potsdam gelernt hatte.

Der Anführer blickte auf seine Uhr und ließ exakt vier Sekunden verstreichen.

„Herbstnebel beginnt jetzt.“

Die Männer drangen in das Foyer ein, denn die als Sicherheitsschlösser deklarierten Vorrichtungen an den Türen waren ein Kinderspiel. Doch hinter den Türen befand sich eine Sicherheitsschleuse, die im Wesentlichen aus einem Holztresen bestand, hinter dem zwei Wachmänner postierten – zwei Illegale aus Haiti, die sich durch ihre jahrelange engagierte Arbeit für die Tonton Macoute für den Job profiliert hatten und seitdem den neuen deutschen Mindestlohn für Nachtschichten kassierten. Lichtblitze zuckten in der Nacht. Der von den Schüssen verursachte Lärm wurde beinahe vollständig durch die Schalldämpfer geschluckt. Die beiden Haitianer hatten nicht einmal Zeit gehabt, festzustellen, dass sie Ziel eines Überfalls waren.

Zielstrebig drang der Trupp Stockwerk für Stockwerk nach oben und schaltete ohne das geringste Problem einen äthiopischen Nachtwächter aus, der sich gerade im ersten Stock aufs WC verziehen wollte, um sich dort die Zeit mit ein wenig Pornosurfing zu vertreiben. Bis sie in der Rechnerzentrale waren, mussten sie noch zwei weitere Mitarbeiter des Energiekonzerns ohne nennenswerte Gegenwehr liquidieren. Dort angekommen machten sich die Sprengstoffspezialisten des Trupps an die Arbeit. Zwanzig Minuten später wurde das Gebäude von mehreren heftigen Explosionen erschüttert.

22.21 Uhr

„Vollzug", meldete der Mann in der Bundespolizeiuniform, während er und sein Team die schnell hintereinander folgenden Detonationen betrachteten.

„Gut", meldete sich Kasparow, ohne dass das Klappergeräusch der Tasten im Hintergrund verstummte. „In Bereitschaft bleiben und an den vereinbarten Ort zurückziehen. Neue Anweisungen folgen bei Bedarf – bei Funkstille tritt Code C ein."

Müllfred, der Kasparow die ganze Zeit über die Schulter beobachtet hatte, fürchtete, der Russe würde durch das Überraschungsmoment unnötig erschrecken und deshalb beim Tippen einen Fehler machen, aber sein Chef war in dieser Hinsicht weniger zimperlich.

„Gehen in Berlin und der Deutschland-GmbH nun langsam, aber sicher alle Lichter aus?", fragte Wagner gähnend.

Völlig unerschrocken blickte Kasparow sich um, hackte dabei weiter in die Tasten und lächelte den künftigen Innenminister des 4. Deutschen Reichs an. Dieser hatte offensichtlich seinen Powernap unterbrochen und die Bulldogge rieb sich an seinem rechten Bein.

„Ja, es läuft alles, wie es soll. Aber die Hauptschläge folgen noch. Alles andere ist lediglich Vorspiel und Ablenkungsspektakel. DER Blackout wird exakt um Mitternacht durch die von mir orchestrierte Cyberattacke erfolgen."

Der Schnurrbartträger legte ein zufriedenes Lächeln an den Tag.

„Ausgezeichnet“, meinte er dann. „Eine halbe Stunde später werden wir den Bundesalarmton an alle Handys und anderen elektronischen Geräte senden.“

Kasparow wollte sich wieder den elektronischen Geräten zuwenden.

„Zwei Minuten später werden unsere ersten Nachrichten zur Krisensituation erfolgen“, brachte Wagner gerade noch hervor, aber da befand sich der russische Verbündete schon wieder in der Welt der Einsen und Nullen.

„Unbedingt an die Notfalloption denken“, sendete Wagner noch weitere ungehörte Worte in die Weite des Raums. „Alle Bundesbürger müssen trotz Stromausfall unsere Nachrichten erhalten können.“

Das schien Müllfred ein unauflösbares Paradox, aber er hatte bei den zahlreichen und schier endlosen Vorbesprechungen nicht immer gut zugehört, auch wenn es ihm ein Anliegen gewesen war, diesen Eindruck hervorzurufen. Aber gesellschaftspolitische Umbrüche hatten Müllfred seit jeher nicht interessiert.

22.35 Uhr

Der kurz vor der Pensionierung stehende Förster, der für einen großen Teil des Forsts im Berliner Südwesten verantwortlich war, glaubte nicht, was er durch sein Fernglas beobachtete. Eine Gruppe von vier Personen hielt sich bereits seit drei Minuten bei dem zentralen Stromleitmasten auf und schien sich daran zu schaffen zu machen. So etwas ging gar nicht, schließlich herrschte dort Lebensgefahr und wenn es blöd lief, würden einige Mitbürger Spandaus vom Stromnetz abgeschnitten. Höchste Zeit einzugreifen. Doch solch ein Fall war ihm in seiner Karriere noch nicht untergekommen. Wilderer, Menschen, die die Einsamkeit des Waldes aufsuchten, um verbotene Dinge zu tun, das war kein Problem. Aber eine Gruppe von Personen, die sich in extremen Maßen für einen Strommasten interessierten? Dunkel erinnerte er sich an Zeitungsmeldungen aus längst vergangenen Zeiten, als linke Wirrköpfe durch das Sprengen von Strommasten eine Revolution herbeiführen wollten … Doch dies war viel zu lange her und machte vor dem Hintergrund der heutigen Zeit keinen Sinn mehr.

Der schwarze VW-Bus trug keine Hoheitszeichen, die Männer waren alle in Schwarz gekleidet und trugen Sturmhauben. Zum Glück konnten sie ihn nicht erkennen, da ihm Bäume und die herrschende Dunkelheit Deckung gaben. Was auch immer dort vor sich ging, konnte nicht rechtens sein. Er fühlte sich angehalten, seiner Pflicht nachzukommen und für Recht und Ordnung zu sorgen. Zugleich nagte eine gewisse Neugier an ihm, die ihn in dieser Form schon lange nicht mehr überfallen hatte. Also nahm er die Flinte von der Schulter und schlich sich lautlos, aber zügig an die Gruppe heran. Diesen – was auch immer sie waren – würde er mit dem Gewehr einen gehörigen Schrecken einjagen.

„Keine Bewegung!", rief er, als er hinter den vier Männern stand, die quadratische Plastikpakete an die Metallpfeiler des Stromleitmasten anbrachten. „Was macht ihr denn hier? Das ist verboten! Ich werde jetzt die Polizei rufen. Und keiner von euch rührt sich, sonst gibt es ein Unglück."

Tatsächlich hoben alle vier Angesprochenen die Arme langsam in die Höhe und drehten sich in aller Ruhe um. Sein Puls steigerte sich in ungeahnte Höhen und ein bis dato nicht gekanntes Machtgefühl durchflutete ihn. Diese Männer waren ihm hilflos ausgeliefert und er hatte sie bei etwas Illegalem geschnappt. Was das genau war, würden seine Kollegen von der Polizei schnell herauskriegen, da war er sicher.

„Bitte nicht schießen", sagte einer der maskierten Männer auf Deutsch. „Wir sind eine Spezialgruppe des Berliner Landeskriminalamts und haben von der Bundesregierung den Auftrag erhalten …"

Beinahe hätte er laut losgelacht. Das war eindeutig zu viel des Bullshits. Was für einen Scheiß wollte der Typ ihm denn erzählen? Das mit dem Landeskriminalamt und der Bundesregierung war unerhörter Humbug, wie ihn sich nicht einmal Oberschüler ausdachten …

„Haben Sie denn einen Dienstausweis dabei?", fragte er kurz entschlossen, um dieser Lügerei von vornherein den Zahn zu ziehen und musste dabei achtgeben, nicht in verächtliches Gekicher zu verfallen.

Zu seiner großen Überraschung nickte der Wortführer der Gruppe.

„Wenn Sie gestatten, werde ich Ihnen die Dienstmarke zeigen."

Der Mann sprach mit einem gewissen Akzent, der allerdings im Berliner Raum nicht selten war.

„Ja, aber ganz langsam hervorziehen", warnte er und kam sich dabei äußerst souverän vor, auch wenn sein Herz heftig pochte.

Das zusätzliche Nicken signalisierte wohl endgültig sein Einverständnis. Der Mann griff in Zeitlupengeschwindigkeit in die Hosentasche und benötigte dafür beinahe ein klein wenig zu lange. Als der Schuss ertönte, dachte der Förster zuerst, eine Papiertüte sei in der Nähe geplatzt. Doch erkannte er schlagartig mit weit geöffneten Pupillen, dass es aus der Hosentasche des Polizisten herausrauchte und eine Sekunde später spürte er starke Schmerzen in seinem Brustbereich. Als er den Blick senkte und ein winziges Loch in seiner Jacke entdeckte, aus dem Blut sickerte, fiel der zweite Schuss, der ihm ein winziges Loch in die Stirn verpasste. Die Flucht der angeblichen Landeskriminalbeamten und die darauffolgende Explosion des Masts kriegte er nicht mehr mit, da er dabei war, sein Leben auszuhauchen.

23 Uhr

„Fertig!", meinte der Mann, der die Kamera auf das Vattenfall-Elektrizitätswerk im Zentrum der bundesdeutschen Hauptstadt gerichtet hielt.

„Feuer frei", sagte der mit einer Totenkopfmaske kostümierte Mann, der auf dem Heck des Toyota-Jeeps neben dem Granatwerfer stand.

In schneller Serie spuckte die Todesmaschine Feuer. Die kleinkalibrigen, aber höchst explosiven Granaten schlugen zuerst in den größten Schornstein ein und sprengten ordentlich Beton zur Seite. Der Turm ragte aber auch nach dem Beschuss weiter in die Höhe, obwohl die Einschläge deutlich zu sehen waren.

„Stopp!", rief der Kameramann.

Der Befehlshaber des Dreimanntrupps gab neue Koordinaten vor, die der Dritte im Bunde hastig in den zur Kanone gehörigen Laptop hackte.

„Feuer!", brüllte er erneut.

Dieses Mal schlugen die Granaten in dichter Reihenfolge im Verwaltungsgebäude ein. Die dritte Etage hatte am meisten abgekriegt und brach ein.

„Gut, aber das muss schneller gehen", gab der Kameramann weitere Anweisungen. „Sonst ist die Wirkung der Bilder nicht optimal."

„Ich kann nur aus der Maschine herausholen, was sie hergibt", maulte der Typ mit der Totenkopfmaske zurück und klopfte dem Kollegen am PC auf den Rücken.

Die Schusssequenz erhöhte sich anschließend tatsächlich. Inzwischen waren Schreie zu hören – bestimmt eine Putzfrau, die von einem Splitter getroffen worden war. Glas splitterte und beachtliche Betonbrocken wurden aus dem Gebäudekomplex herausgesprengt.

„So hatte ich mir das vorgestellt. Feierabend", sagte der Kameraspezialist.

In Windeseile wurde eine Plane über den Granatwerfer gelegt und der Jeep machte sich zum lange vorher vereinbarten Treffpunkt auf.

23.02 Uhr

Odin Renner hatte sich mit seinen drei wichtigsten Medienexperten in einem Berliner Ex-Club eingerichtet, der für seine ausschweifenden, legendären MDMA-Partys für knapp zwei Jahrzehnte das Hauptstadtgespräch der fanatischsten Elektromusikfans gewesen war. Niemand nahm an, dass hinter der langsam verfallenden, grauen Betonfassade sich tatsächlich noch jemand befand. Doch Renner und seinem Team war es gelungen, sich hier den Umständen entsprechend behaglich einzurichten. Unzählige Bildschirme flackerten im Controlling-Room und ständig trafen neue Filmsequenzen auf den verschiedensten Kanälen ein.

„Nichts geht raus, ohne dass ich ausdrücklich die Erlaubnis hierfür erteilt habe“, rief Renner allen Anwesenden in scharfem Ton in Erinnerung. „Leute, unsere Bilder müssen knallen, knallen und nochmals knallen. Nichts ist zu krass, nichts hart genug und schon gar nichts nicht zumutbar. Wir müssen die Bevölkerung jetzt mit unseren Bildern erdrücken. Alles muss sich ein für allemal in ihren Festplatten einbrennen. Es darf kein Zweifel an dem existieren, was sie sehen. Wenn sie zu guter Letzt zum Schluss gekommen sind, ihre Sicherheit ist keinen Pfifferling mehr wert, wenn sich hier nichts ändert, und daran glauben, dass alles unregierbar geworden ist, dann werden sie sofort auf unsere Seite wechseln“, versprach er. „Wir müssen ihnen die optische und akustische Wichsvorlage dafür liefern, dass es sich lohnt, auf unserer Seite zu stehen.“

Zufrieden mit der Motivationsrede für seine Mitverschwörer ließ er den Blick über die flackernden Bildschirme und seine Männer gleiten.

„Boss?“

Einer der PC-Nerds hatte die Hand gehoben und wartete, bis Renner bei ihm war.

„Meiner Meinung nach ist das hervorragendes Material. Kann das so raus?“

Über den Bildschirm flimmerten verwackelte und unterbelichtete Bilder. Darauf waren Polizisten in Uniformen der deutschen Bundespolizei zu erkennen, die in einem nicht zu identifizierenden Verwaltungs- und Rechnergebäude ein Massaker an zwei dunkelhäutigen Wachmännern anrichteten. Dann erfolgte ein schneller Schnitt und es folgte eine Außenansicht. Dort war zu sehen, wie mehrere Sprengsätze gleichzeitig explodierten und ein liebloser Backsteinbau beinahe aus den Angeln gehoben wurde und große Teile einstürzten.

„Nein“, sagte Renner. „Auf keinen Fall so rausgeben. Wir haben das doch so häufig besprochen. Hier fehlen zwei Dinge. Mische eine Tonspur darunter, wie die Männer auf Deutsch Befehle bei der Liquidierung geben. Und dann: Wir benötigen noch eindringliches persönliches Leid, also ein Bild von einem Sterbenden.“

„Aber die Bilder von den Toten sind unscharf und verwackelt“, meckerte der PC-Freak. „Und die Tonspur muss ich ohne synchrone Lippenbewegungen dazu einspielen, was wiederum an der Authentizität des Ganzen zweifeln lassen könnte.“

Renner versetzte dem Typen, ohne auszuholen, eine kräftige Nackenschelle.

„Dann sorge dafür, dass diese verkackten Bilder endlich gesendet werden können, und zwar so, wie ich es dir gerade geschildert habe“, meckerte Renner zurück. „Wofür haben wir denn eigentlich sonst eure scheißteure Ausbildung bezahlt?“

Der körperlich Gezüchtigte nickte schnell ein paarmal hintereinander und machte sich ohne weiteres Widerwort an die Arbeit.

„Geil!“, brüllte einer der anderen Programmierer und ballte die Siegerfaust. „Ein Polizist des Berliner Kriminalamts, der einen deutschen Förster erschießt und niemand wird die Fälschung erkennen."

Renner nickte dieses Mal zufrieden und war froh, dass er bei der Software nicht gespart hatte, die aus einer beliebigen Filmdatei beinahe jeden beliebigen Film kreieren konnte. Das würde sich jetzt auszahlen.

Um Punkt Mitternacht erloschen in Deutschland die allermeisten Lichter. Immerhin hielten ganz wenige eingebaute Sicherheitsschleifen der Bundesrepublik Deutschland dem konzertiert erfolgenden Blackout stand. Aber davon nahm nicht einmal ein winziger Prozentteil der Bevölkerung Notiz.

19. Samstag, zwei Tage vor dem „Tag X“

Am Morgen schöpften sie Trinkwasser aus dem Starnberger See. Tscharly hatte in der Satteltasche sogar Flickzeug gefunden, mit dem er den Platten des Vaterlands geflickt hatte. Sie erschraken durch das Geräusch eines herannahenden Panzers. Das war ein T14-Armata. Seit die Russen die Ukraine erobert hatten, wurden die Modelle in Kiew produziert, um die marode Wirtschaft des Landes nach dem verlorenen Krieg wieder in Gang zu bringen. Der Panzer führte eine Goldene Flagge; in der Mitte ein Kreuz, in den vier Vierteln jeweils ein C. Eine Flagge, die er zuletzt im Jugoslawienkrieg in den Neunzigerjahren gesehen hatte. Damals war Ariella noch nicht einmal geboren gewesen, aber trotzdem verstummte sie und warf sich neben ihm ins Schilfgras. Das Rad umgestürzt neben ihnen, waren sie hoffentlich nur aus der Luft zu erkennen, betete Tscharly. Die Gegend rund um seine Blase verkrampfte sich. Schmerzen, die vom Steißbereich kamen, strahlten bis in seinen Brustkorb aus. Zum ersten Mal verspürte er den Drang, zu schreien. Er schwitzte und biss die Zähne zusammen, während das Geräusch der Ketten, die über einen Feldweg rollten, näher und näher kam. Ariella hielt sich an ihm fest und zitterte wie Espenlaub. Vögel und Insekten stoben aus dem Schilfgras auf. Ein Schwanenpaar glitt aufgebracht über die Seeoberfläche. Schüsse aus einem MG ertönten. Das Schwanenpaar färbte sich rot und klatschte auf der Wasseroberfläche auf. Der Panzer war inzwischen stehen geblieben. Tscharly vernahm lachende Männerstimmen, die einander auf Serbo-Kroatisch anfeuerten. Dann folgten Schritte in Soldatenstiefeln. Die Männer kamen näher. Blieben stehen. Eine Besatzung von fünf uniformierten und behelmten Männern, die Totenkopfbinden und das SS-Zeichen an ihren Ärmeln trugen und ihre Blasen erleichterten.

Drei Minuten später hatte sich die Fata Morgana in Luft aufgelöst. Die Schmerzen in Tscharlys Körper hatten zum Glück nachgelassen; erwartungsgemäß reichte der Adrenalinstoß aus, all seine Sinne und Gedanken auf die Gefahr zu fokussieren. Weitere Minuten lang lagen sie unbeweglich im Schilf. Der Geruch von verbranntem Öl und Benzin beherrschte noch das Ufer.

„Sind sie weg, Tscharly?"

Er richtete seinen Kopf auf. Dann den Oberkörper. Nichts als Kettenspuren, die in der natürlichen Uferlandschaft ihre Spuren hinterlassen hatten und ihm bestätigten, dass er keiner Halluzination erlegen war.

„Das war nur die Vorhut, fürchte ich."

Sie rafften sich auf.

„Wo wollen diese Leute hin, Tscharly?"

„Ich weiß es nicht", entgegnete er, obwohl er die Antwort kannte.

„Du weißt sehr wohl, wohin die Reise geht."

Kein Zweifel, sie durchschaute seine Gedanken.

Er erzählte ihr vom Tag X. „Diese Leute werden zuerst die deutsche Hauptstadt erobern. Und von dort aus das ganze Land gleichschalten. Aber du kennst das ja bestimmt aus den Geschichtsbüchern, wenn du in der Schule in europäischer Geschichte aufgepasst hast."

„Was hast du jetzt vor?"

„Ich muss meine Frau und meinen Sohn finden. Sie sind in Berlin."

„Woher weißt du, dass sie dort sind?"

„Wissen tu ich gar nix. Ich kann nur hoffen, dass ich mich nicht täusche", sprach er in breitem Bayerisch.

Er betrachtete das tote Schwanenpaar, das die Strömung ans Ufer getragen hatte. Das Weibchen hieß sicher Kira, das Männchen Tscharly, stellte er sich vor. Aber wo war Konstantin? Er schaute zum Wasser und erblickte nichts außer Schilfgras und Schilfkerzen. Am Horizont nichts als eine lachsrosafarbene Sonne, deren Strahlen den Himmel wie ein Spinnennetz überzog. Ein majestätischer Anblick für einen Tag, nach dem wahrscheinlich nichts mehr sein würde, wie es in Wahrheit schon lange nicht mehr gewesen war.

„Ich fürchte, das ist erst der Anfang. Ich schlage vor, wir meiden von jetzt an Dörfer und Hauptstraßen."

Ariella schaute auf ihr Smartphone. „Google Maps funktioniert", meldete sie.

„Fragt sich nur wie lange noch. Außerdem – ich dachte, du hast deine SIM-Karte längst weggeworfen", fiel ihm auf.

„Eine kluge Frau hat immer einen Ersatz dabei", erklärte sie. „Ihr alten weißen Männer unterschätzt die Jugend von heute mehr als ihr denkt."

Sie tranken einen Schluck und beschlossen, keine Zeit zu verlieren.

„Allerdings bin ich mir nicht sicher, wie lange wir Google Maps benutzen sollten. Die neuen Sicherheitsbehörden haben da auf alle Fälle längst Einblick", dachte er laut nach. Am liebsten hätte er sie untersucht, wie viele SIM-Karten oder Akkus sie noch einstecken hatte. Konnte er ihr wirklich trauen?

Er setzte sich auf das Rad und überlegte, wie die Menschen prä-digitaler Zeit ohne Google Maps und technische Helferlein zurechtgekommen waren. Verdammt, man war bequem geworden und hatte sich an den technischen Komfort gewöhnt. Ariella nahm hinter ihm auf dem Gepäckträger Platz. Tscharly trat in die Pedale und versuchte sich im Geist die Route auch ohne elektronische Nachhilfe zu merken. Die Kette hätte Öl gebrauchen können, der Rahmen aus Gusseisen verlangte ihm alles ab, was er an Kräften aufzubieten hatte. Seine Frau und seinen Sohn vor seinem geistigen Auge, brachte er die Energie auf, sich über eine alte Bundesstraße aus den Siebzigern vorwärts zu kämpfen.

Gegen Mittag schoben sie das Fahrrad über eine Wiese. Der Kanister mit dem Trinkwasser beinhaltete nur noch einen Liter. Tscharly ließ Ariella den Vorrang und trank danach gierig alles bis auf einen letzten Rest, als sie die Flieger über dem milchig blauen Himmel erblickten. Kampfjets, die aus östlicher Richtung kamen.

Eine Bombe detonierte östlich in Sichtweite. Erdreich und Gras flogen durch die Luft. Tscharly riss Ariella bei der Hand und rannte mit ihr in Richtung des nächsten Waldes, der etwa hundert Meter entfernt lag. Weitere Bomben schlugen ein. Die Einzelteile ihres Fahrrades schleuderten durch die Luft. Der Rahmen hatte sich in ein abstraktes Kunstwerk verwandelt, der dicht neben Tscharlys Kopf vorbeiwirbelte. Das machte doch keinen Sinn in dieser Pampa Bomben abzuwerfen oder waren *sie* gezielt hinter ihnen her? Hatten Wagner und seine Leute sie längst geortet?

Einen Sekundenbruchteil später erreichten sie den Wald und tauchten zwischen Fichten, Tannen und Sträuchern unter.

Sie liefen über einen Kilometer durch Dickicht.

„Ende der Hasenjagd!"

Tscharly ächzte, hielt inne und sich mit letzten Kräften auf den Beinen.

Ariella fiel neben ihm ins Moos.

Sie rangen nach Atem. Lagen nebeneinander und versuchten zu realisieren, was sie soeben erlebt hatten.

„Das ist … mein schlimmster Traum", stammelte Ariella.

Tscharlys Herzschlag beruhigte sich langsam und das Rauschen in seinem Kopf machte einem anderen Rauschen Platz.

„Aber wenigstens ist das da vorne ein kleiner Bach", sprach er, „wenn ich meinen Ohren nach diesen Detonationen noch trauen darf."

Erst jetzt sah er den Kanister, den er die ganze Zeit wie hypnotisiert in der anderen Hand festgehalten hatte. „Bitte sag mir, dass der Bach Realität ist. Und kein Traum."

„Wir können die Natur nicht verlassen, aber die Natur uns", meinte Ariella.

20. Samstag, zwei Tage vor dem „Tag X"

Siegfried, der neu ernannte Kultus- und Propagandaminister, wurde bereits dringend von Odin Renner in der Kaserne erwartet. Renner grüßte, indem er zackig die Hacken zusammenschlug, den rechten Arm zum Deutschen Gruß emporreckte und „Heil Hitler!" schrie. Siegfried wedelte die Förmlichkeiten mit seinem starken Arm einfach weg – keine Zeit dafür.

„Kurze Lageberichterstattung", forderte er seinen ehemaligen Musikmanager auf.

Renners Körper straffte sich und sein Gesicht zeigte Zufriedenheit.

„Zunächst zur Stabilisierung unserer äußeren Fronten", begann Renner atemlos seinen Bericht. „Unsere russischen Freunde haben bereits ihre Artillerie auf den Weg geschickt, allerdings treffen sie beim Grenzübergang in Polen auf die erwarteten Widerstände. Nichts, was sich nicht machen ließe, aber die Russen sind ja in vielerlei Hinsicht unsichere Kantonisten. Aus Großbritannien dringen seit der Nacht wie vereinbart die ersten Flugzeuge mit Fallschirmjägertruppen in den Luftraum der BRD-GmbH ein. Kroaten, Serben und muslimische Freischärler aus Bosnien-Herzegowina sichern mit Panzern und Hubschraubern sowohl die Süd- als auch die Ostflanke des neuen Deutschen Reichs. Die Niederländer und Skandinavier sichern uns nach Norden vor Angriffen von unserem Erzfeind USRAEL ab."

Auf Siegfrieds Gesicht zeichnete sich ein zufriedenes Grinsen ab. Das lief ja nicht nur wie am Schnürchen, sondern beinahe zu gut, um wahr zu sein.

„Ausgezeichnet", lobte er. „Aber wie geht es in unserem geliebten Deutschland voran?"

„Mein Führer, wir haben die Situation bald komplett unter unsere Kontrolle gebracht. Allerdings gibt es in den Großräumen Stuttgart, München, Dortmund, Hamburg, Kiel, Leipzig und Berlin noch zähen Widerstand der Bürger. Wir werden dieser Letzten Generation und anderen Idioten beibringen müssen, dass sie wirklich die letzte Generation von Trotteln sind. Haben sich doch tatsächlich auf den Straßen vor Panzern festgeklebt."

„Das war nicht anders zu erwarten", verbreitete Siegfried auch weiterhin nichts als Zuversicht. „Aber von solchen Kleinigkeiten lässt sich der Lauf der Geschichte nicht einmal ansatzweise aufhalten Auch hier gibt es historische Vorbilder, wie zum Beispiel China 1989." Ihm gefiel das Bild der Aktivisten, die sich unter schwerem Gerät in Salami verwandelten.

Renner stimmte ihm zu. „Jawohl! Wir verfügen inzwischen gesichert über mindestens sage und schreibe hunderttausend Mann im Inneren Deutschlands, die uns treu ergeben sind. Minütlich erreichen uns Meldungen darüber, welche Polizei- und Militäreinheiten auf unsere Seite wechseln. Ich denke, in acht Stunden rufen wir vom Balkon des Deutschen Bundestages das Vierte Reich aus, mein lieber Siegfried."

„Wie sieht es mit der Stromversorgung aus?"

„Unser Mann aus Russland ist ein Wunder. Er arbeitet beinahe seit 36 Stunden ohne eine Minute Pause. So ist es uns möglich, den Strom dort zu reaktivieren, wo wir ihn benötigen. Ansonsten herrscht deutschlandweit Flaute. Die Angst und Panik in der Bevölkerung sind kaum zu steigern. Ab und an gelingt uns nicht alles, was wir wollen, aber insgesamt sollten wir zufrieden sein."

Siegfried salutierte vor dem Eintretenden zackig und zeigte den Führergruß in seiner schönsten Form.

„Heil Hocke!"

Als er Renners Verblüffung gewahr wurde, schmunzelte er innerlich.

„Heil Hitler wird immer ein Erkennungszeichen bleiben, aber auch die Grußformen sollten mit der Zeit und der Mode gehen und die tendiert in dieser Saison eindeutig zu Hocke."

Hocke grinste und hob den Arm. „Heil Hitler, meine Herren."

In der Ecke des Raums stand die modernisierte Form der alten Hakenkreuzflagge. Das Zimmer war nur spartanisch eingerichtet, aber in der Mitte standen riesige Tische zusammengeschoben, auf denen Karten lagen. Einige Männer lehnten über dem Tisch, zeigten hier und dort hin und erörterten die aktuellen Entwicklungen. Die Soldaten- und Polizeiführer trugen noch die Uniformen der BRD-GmbH, aber in aller Eile hatte ihnen jemand vor Betreten des Konferenzsaals Hakenkreuzfahnen auf den rechten Oberarm genäht. Hocke, in einem tadellos gebügelten Hemd, dessen beide oberste Knöpfe offen waren, obwohl es recht kühl war, blieb in der Mitte des Raumes stehen. Wie ein Modell, umringt von Malern, die fasziniert jede seiner Regungen fixierten.

Hocke hielt den rechten Zeigefinger vor seine schwungvollen Lippenbögen.

„Die Deutschen werden uns wählen, Siegfried, daran kann gar kein Zweifel bestehen“, sprach er salbungsvoll. „Sobald wir unsere Fesseln abgeschüttelt und die Unterdrücker vertrieben haben, wenden wir uns der wahren Demokratie zu, so, wie wir sie verstehen. Meine Herren, das wird die beste Demokratie aller Zeiten und nicht nur in Deutschland. Der amerikanische Raubtierkapitalismus, die bittere jahrzehntelange Identitätsverleugnung und dieses bis zum Kotzen gewöhnungsbedürftige Gendermainstreamen haben sich für die Mehrheit der echten Deutschen als Finte erwiesen und lediglich diese Leben haben für uns solch ein Gewicht, dass wir uns ihnen in Liebe zuwenden. Alle anderen sollen dorthin zurückkehren, wo sie hergekommen sind und dort glücklich werden.“

„Mein Führer, an die Säuberungen ist im Moment noch nicht zu denken“, warf Siegfried ein.

„Gut, das ist richtig, aber wir müssen in großen Schritten denken, wenn wir Großes erreichen wollen. Unsere deutschen Brüder und Schwestern werden uns nach dem Putsch gerne ihre Stimmen geben. Sie werden uns lieben und wir sie. Ja, das ist das Stichwort: Liebe! Und falls sich einer unserer Volksgenossen hinsichtlich seiner Ergebenheit für unsere Bewegung doch noch nicht so sicher ist: Wir brauchen in der Folge ja lediglich dafür sorgen, dass Deutschland wieder für sich selbst sorgt und zahlt. Die deutsche Nation wird einen Wohlstand ungeahnten Ausmaßes kennenlernen, der es allen ermöglicht in Glück, Freiheit und gutem materiellen Auskommen zu leben. Es entsteht jetzt diese güldene Ära der Nationalstaaten. Unsere Nachfahren sind uns dafür noch in Generationen zu Dankbarkeit verpflichtet. Ein Reich, von dem unser aller Führer Adolf Hitler bereits 1928 mit geradezu prophetischen Kräften geträumt hat, bevor ihm und dem Deutschen Reich ein Angriffskrieg aufgezwungen wurde, der nichts anderes zum Ziel hatte, als Deutschland und die Deutschen für immer in Finsternis zu verdammen und uns auszurotten."

Siegfried bebte innerlich vor Ungeduld. Dieses Geschwafel kannte er seit Jahren bis zum Abwinken. Dennoch lächelte er untertänigst. Er wusste, wie gefährlich es war, sich offen mit Hocke anzulegen.

„Mein Führer!", wandte sich der Generalinspekteur der Bundeswehr mit einem heuchlerischen Unterton an Hocke. „Ich habe gerade die Meldung empfangen, dass die Gebirgsjägergruppe Bayern aus Bad Reichenhall vollständig zu uns übergelaufen ist."

„Hervorragend", meinte Hocke und wandte sich dem dickbäuchigen Mittfünfziger mit dem Kaiser-Wilhelm-Gedächtnisschnurrbart zu.

„Ich darf betonen", fiel der Generalinspekteur dem designierten Führer beinahe unhöflich ins Wort, „dass es insbesondere meiner Vorab-Initiative zu verdanken ist, dass dieser so wichtige Truppenteil ..."

„Die Truppen sofort bis auf ein kleines Restkontingent nach München zur Sicherung der Hauptstadt der Bewegung abkommandieren."

Voller Genugtuung bemerkte Siegfried, auch Hocke mochte diesen Opportunisten, der ursprünglich seine Karriere im Schatten der Grünen lanciert hatte, überhaupt nicht – keine Frage, der Knilch würde nach der gelungenen Revolution einer der ersten sein, die im Zuge der weit angelegten Säuberungen dran glauben mussten. Das „Jawohl" klang wie das eines kleinen Kindes, das sich nicht ausreichend von den Eltern beachtet fühlte. Hocke wandte sich ihm wieder langsam zu – dabei wollte er nichts sehnlicher als raus aus diesem Zimmer und rüber zu Wagner, der in demselben Gebäude in seinem Chef-Zimmer saß, denn er hatte mit ihm einiges zu klären.

„Wenn es so weit …"

Doch der Führer wurde wieder durch einen Zuruf unterbrochen, denn an einer Stelle in Mitteldeutschland nahe Hannover kam es zu ungeahnten Komplikationen und Hocke hatte sich ausdrücklich den militärischen Oberbefehl vorbehalten; auch in dieser Hinsicht wollte er nicht hinter seinem Idol Hitler zurückstehen.

„Wir beide unterhalten uns später", wollte sich Hocke bereits wieder ab- und dem militärischen Geschehen zuwenden, doch Siegfried hielt ihn mit einem „Ich möchte überprüfen, ob beim Unternehmen *Energiewende* alles zum Besten steht" davon ab. Hocke schien für den Bruchteil einer Sekunde irritiert zu sein, nickte aber großzügig, begleitet von der passenden Armgeste.

Siegfried ignorierte wohlweislich der gerade vor sich gehenden Ereignisse und trotz der Zusicherung, der Think Tank verfüge über eine autonome Stromversorgung, den Aufzug und rauschte geradezu das Treppenhaus hinauf zum Chefbüro. Jetzt musste er es endlich herauskriegen! All die ungeheuerlichen Ereignisse schienen ihn im Gegensatz zu seinem persönlichen Anliegen ein Klacks, das sofort einer für ihn angenehmen Regelung zugeführt werden musste. Er musste unbedingt herauskriegen, was Wagner über den Verbleib von Milla wusste.

War sie noch sicher im Verlies?

Oder hatte Wagner oder einer seiner Spürhunde bereits die Fährte aufgenommen, um Milla zu eliminieren?

Beinahe ebenso wichtig erschien ihm die Frage, wie es um die einzig noch existierenden verwandtschaftlichen Beziehungen seiner Mutter stand.

Lebten Tscharly Huber und seine „zweite" Familie überhaupt noch? Nachdem Huber gestern die Flucht mit dem Lieferwagen gelungen war, weil Wagner mit seinen Leuten Siegfried davon abgehalten hatte, mit dem Systemjournalisten kurzen Prozess zu machen, blieb diese Frage für ihn offen. Immer wieder behielt Wagner, diese Ratte, sich den einen oder anderen Trumpf gegen ihn im Ärmel.

Aus irgendeinem Grund befiel Siegfried panische Angst davor, nicht mehr länger der einzige Lichtblick im Leben von Milla zu sein. Sie mit den anderen teilen zu müssen.

Oder aber Huber, dieser Systemratte, stand kurz vor dem eigenen Tod der Sinn danach, Tabula Rasa mit seinem Leben zu machen und deshalb alles in Gang zu setzen, um seine womöglich noch lebende Tochter Milla zu suchen?

Woher auch immer sich diese irrationalen Ängste aus seinem Innersten speisten, sie versetzten Siegfried in Furcht, nicht mehr länger von seiner Mutter geliebt zu werden. Deshalb war es wohl am einfachsten, dafür Sorge zu tragen, alle noch vorhandenen Verbindungen seiner Mutter zur Vergangenheit zu kappen. Wenn es ihm gelang, ihren Aufenthaltsort vor Wagner und allen anderen geheim zu halten, bestand keine konkrete Gefahr für ihr Leben mehr. Als er atemlos im Zielstockwerk angekommen war, stand für ihn fest, er musste diese Situation jetzt endgültig mit Wagner klären. Und zwar so, dass Millas Schicksal ausschließlich und allein von ihm abhing. Dann konnte er sie beschützen und mit ihr ganz so verfahren, wie sie oder er es wollten. Und vielleicht dieses kleine, winzige Pflänzchen weiter hegen, das im Tiefsten seines Inneren irgendwo vielleicht noch schlummerte: Liebe, die Kehrseite des Hasses.

Wagner stand mit dem Rücken zu ihm und schaute dem Russen dabei zu, wie dieser abwechselnd die PC-Tastatur bearbeitete und Befehle in sein Funkgerät gab. Wo war nur Müllfred? Spielte jedoch eigentlich keine Rolle, denn der Wurm war ohnehin nur eine körperliche Hülle, deren Wagner sich nach Lust und Laune bedienen konnte, um seine Defizite zu kaschieren.

„Wagner!“

Sein Schrei war so laut, dass er für den Bruchteil einer Sekunde den Eindruck hatte, die Wände wackelten. Der Russe horchte weder auf noch ließ er von seiner Tätigkeit ab. Offenbar musste er eine Menge Instruktionen befolgen, in welchen der neuen Putsch-Regierung treuen Kasernen noch Licht und Energie erlaubt waren und wo nicht. Doch Wagner drehte sich indigniert zu ihm um und starrte in seine Richtung.

„Heil dir, mein lieber Siegfried!“, erwiderte Wagner oberlehrerhaft. „Ja, wir alle müssen an unserer Lautstärke feilen, damit wir die großen Fußstapfen unserer Vorbilder auszufüllen in der Lage sind. Aber bei dir mache ich mir keine Sorgen. Wenn du weiter so übst, wirst du Doktor G. in den Schatten stellen, keine Frage. Deshalb erhältst du auch diesen Trostpreis Propagandaminister. Dort kannst du schreien, so laut du möchtest, wohingegen ich als Innenminister mit eisernem Besen kehren werde.“

Siegfried ignorierte die Spitzen und war sich sicher, die Ressortstreitigkeiten zu einem späteren Zeitpunkt durch einen Handstreich zu gewinnen.

Er ging schnellen Schrittes auf Wagner zu und wusste nicht recht, ob er ihn *ungespitzt* in den Boden rammen oder es noch einmal auf die konziliante Art probieren sollte. Doch anstatt zurückzuweichen, ging Wagner ihm entgegen. Seine Armstummel zuckten gleichzeitig in alle erdenklichen Richtungen. Siegfried war sich sicher, Wagner hatte für den Bruchteil einer Sekunde sein Handicap vergessen und wollte ihm den Weg nach draußen zeigen, bevor er ihn erreicht hatte. Als es beinahe zur Kollision kam, bremste Siegfried verdutzt ab, denn Wagner lief ihm entgegen. Damit hatte er nicht gerechnet. Eines musste er dem alten abgewichsten Sack lassen – Eier hatte er, aber was nutzten einem die größten Klöten, wenn man keine Hände besaß, um sie zu kraulen?

„Siegfried, wir sollten Adrian nicht stören und …“, fing Wagner in einem jovial-anbiedernden Tonfall an, der Siegfrieds Puls höher trieb.

Trotz aller Gedanken an die prekäre Gesamtsituation und seinem guten Vorsatz, es vielleicht zuerst mit Appeasement-Politik zu probieren, platzte Siegfried der Kragen.

„Halt die Fresse! Ich will wissen, wo die Frau und der Knabe sind.“

Jetzt stand er Nase an Nase mit Roland Wagner, der wie immer entfernt nach Pferdepisse stank. Oder dem Puder, das in Männerslips war. Oder ein Eau de Toilette à la „Braune Blütenblätter“.

„Wo sind die beiden?“

Wagners Brillengläser liefen an. Doch der Behinderte gab keinen Zentimeter Boden preis.

„Ich weiß weder genau, wen du meinst, noch was dich das anginge, mein Freund“, antwortete er in einer Nonchalance, die ihn beinahe sich vergessen ließ.

„Das weißt du ganz genau und ich sage dir nur einmal: Mach sie tot!“, befahl Siegfried. „Ich will zu hundert Prozent sichergehen können, dass sie tot sind. Sag mir, wie es um die beiden steht. Gib den Exekutionsbefehl, falls einer der beiden noch dieselbe Luft wie wir atmet, sonst haben wir beide bald Probleme, dieselbe Luft zu atmen.“

Wagner renkte mehrfach den Kopf nach vorne, was seltsam aussah. Wollte er etwa versuchen, ihm eine Kopfnuss zu versetzen, obwohl er wusste, wie nutzlos dieses Unterfangen war?

„Wie komme ich dazu?“, protestierte der Perverse mit dem Schnauzer und der Hippiefrisur.

„Wenn du es nicht machst, schneide ich den beiden die Köpfe ab. Ich werde sie präparieren lassen wie unsere Ahnen und täglich literweise Met aus ihnen saufen. Dann bin ich zufrieden.“

Wagner atmete lange aus und sein Mundgeruch entfaltete beinahe eine komatöse Wirkung.

„Lass uns kurz rausgehen“, meinte Wagner, bösartiger Schalk blitzte in seinen Augen auf.

„Wieso das denn?“, brüllte Siegfried und vergaß offenbar erneut den Russen, der emsig daran arbeitete, dem neuen Tausendjährigen Reich den Weg zu ebnen, und der sich offensichtlich von nichts und niemandem irritieren ließ.

Siegfried hatte den Eindruck, der Russe würde erst dann zu programmieren aufhören, wenn die taktische Atomwaffe direkt unter seinem Schreibtisch losging – an sich ausgezeichnet! Aber sein deutscher Volksgenosse lebte tatsächlich in der Gefahr eines Pershing 2-Einschlags und zwar direkt in sein Gesicht.

„Ich möchte nicht, dass andere mitbekommen, was ich jetzt zu sagen habe", behauptete Wagner und sah dabei wie der Schulleiter eines Oberklugscheißer-Gymnasiums aus, was Siegfried in den Wahnsinn trieb.

Das schlug dem Fass den Boden aus. Wagner traute sich in dieser Situation zu, in die Billigpsychokiste zu greifen – bei ihm!

„Ich wüsste nicht, was ich vor dir oder der Welt zu verheimlichen habe, du behinderter Wicht. Und wenn du dich jetzt weiter mit mir anlegst, wird eine meiner ersten Amtshandlungen als Reichsminister für Volksaufklärung und Propaganda und Präsident der neu errichteten Reichskulturkammer sein, Homosexualität unter Todesstrafe stellen zu lassen. Dann haben wir einen ersten Ressortstreit, Herr Innenminister, der eindeutig mit Ihrer Verhaftung und Exekution enden wird."

Endlich schien Wagner ein wenig düpiert. Er räusperte sich und zuckte mit den Stümpfen.

„Wer wird denn gleich so weit gehen, lieber Siegfried? Außerdem ist hier das Alter ohnehin auf meiner Seite, aber wozu unnötig Feinde machen, wenn man doch in völkischer Harmonie leben kann? Es ist immer das Volk als Organismus, das gesund zu sein hat."

„Ich gebe mich erst zufrieden, wenn ich über das Schicksal der beiden Bescheid weiß. Sie sind nicht nur erklärte Feinde des deutschen Volks, sondern ich habe hier eine persönliche Rechnung offen. Und das weißt du genau, alter Hinterlader."

„Junge, Siegfried, verstehst du denn nicht? Die beiden sind mein Faustpfand! Solange wir sie in der Hand haben, wird Huber damit beschäftigt sein, nach ihnen zu suchen, um sie zu retten."

Ein wenig war er vor den Kopf gestoßen und musste sich sortieren.

„Was interessiert mich denn ein abgehalfterter Systemschreiberling, der ohnehin nur noch kurze Zeit zu leben hat? Nicht die Bohne. Und ich wüsste auch nicht, wieso der Knilch unserer Revolution tot gefährlicher sein sollte als lebend und wieso er dich brennend interessiert."

„Du bist nicht der Einzige, der noch Rechnungen offen hat. Und während wir Weltgeschichte schreiben, nutze ich die Gunst der Stunde, meine Rachefantasien wahrwerden zu lassen. Oder glaubt du, es erfüllt mich jeden Tag mit Freude, mir als behinderter Nationalsozialist jeden Tag von Müllfred den Arsch abwischen zu lassen?"

Jetzt hieß es Ruhe zu bewahren, denn so langsam dämmerte ihm – auch der Andere hatte berechtigte Interessen, die allerdings konträr zu den seinen lagen.

„Das verstehe ich, Wagner", schlug er versöhnlichere Töne an. „Aber während du dich als Held und Veteran für die Sache sehen darfst, sehe ich in dieser Kira Huber und dem Bastard Konstantin eine Beschmutzung meiner Herkunft und vor allem meines Ansehens. Stell dir vor, sie überleben die Machtübernahme und setzen sich ins Ausland ab. Was glaubst du, werden diese Drecksblätter titeln? Deutscher Minister für Volksaufklärung und Propaganda ist entfernt mit dem langjährigen Chefredakteur Huber, seiner Frau und deren Sohn verwandt? Einen Scheißdreck! Wenn das später rauskommt, fangen diese ausländischen Schmierfinken an, in meiner Vergangenheit herumzuwühlen und du wirst verstehen, dass ich das nicht dulden kann. Diese deutsche Dreckshure, der kleine Drecksbastard und Tscharly Huber müssen ein für alle Mal beseitigt werden. Damit keine Spuren in die Vergangenheit führen."

Zu seiner Überraschung nickte Wagner verständnisvoll.

„Du hast mein Wort, Siegfried. Ich verbürge mich für alles, was du dir wünschst. Du musst so oder so nur noch ein wenig Geduld haben."

„Du hattest ausreichend Zeit. Wenn du es nicht fertigbringst, muss ich es selbst in die Hand nehmen."

„Willst du dich denn nicht an der Verräterin Milla Huber rächen?", wollte Wagner wissen und es war nicht zu verkennen, wie viel Hass und Demütigung er in diese Frage legte. „Denk nur daran, wie sie dich behandelt hat als Kind. Ihre sadistische Erziehung, Siegfried, damals in diesem Drecksloch im brandenburgischen Niemandsland, als Reichsbürger. Dann diese Tortur bei Renner und Millas Masche, sich ausschließlich durch sexuelle Gefälligkeiten und jüdische Hinterlist am Leben zu erhalten? Wenn ich daran denke, mit diesem Abschaum der Menschheit selbst einmal intim gewesen zu …"

Siegfrieds bohrender Blick und sein hochroter Kopf ließen Wagner kurz verstummen.

„Deshalb frage ich mich, ob du das Who is who verwechselst", fuhr Wagner nach einer kurzen Pause fort, in der sie sich mit tödlichen Blicken maßen. „Tscharly und die anderen sind doch nicht dein Problem. Das Problem ist doch deine sogenannte Mutter Milla und die ist nun einmal – da gebe ich dir recht – mit den anderen auf eine komplizierte Art verbandelt. Hast du etwa eine Ahnung, wo Milla ist? Sie ist die viel größere Gefahr für dich, uns und unsere Bewegung, als es dieser Möchtegern-Cowboy auf seiner Harley je sein könnte."

Jetzt fiel es Siegfried schwer, weder zu schlucken noch zu blinzeln.

„Ich habe den Eindruck, du hängst ein wenig zu sehr an dem menschlichen Sondermüll, den du warum auch immer deine Mutter nennst", machte Wagner schließlich das Fass voll und grinste fies.

Entgegen seiner sonstigen Gewohnheit zählte Siegfried bis drei, bevor er antwortete: „Meine Mama hat mir das Leben gerettet. Und dann ist sie als Märtyrerin für mich gestorben. Ich verdanke ihr, dass ich überhaupt am Leben bin. Und damit ist auch Deutschland ihr zu Dank verpflichtet, was aber nie in einem Geschichtsbuch stehen darf. Deshalb möchte ich, dass alles, was mit ihr je in Verbindung gestanden hat, mit Stumpf und Stiel ausgerottet wird."

Die Halbwahrheit ist manchmal die beste Wahrheit, dacht er, denn sie kam einem von den Lippen, ohne dass man lügen musste.

„Ich sehe die Dinge in dieser Hinsicht kritischer als du, Siegfried. Ich meine, äh, bin mir sicher, du verdankst dieser Halbjüdin, die sich als deine Mutter ausgegeben hat, nicht einmal einen feuchten Furz. Deine rechte Ohrmuschel – wenn ich mich recht erinnere, hat sie dir damals auf dem Berg abgeschnitten wie einem Kaninchen, das von ein paar sadistischen Kindern gequält wird. Hast du das alles vergessen?"

Es gelang Siegfried nicht, sich wie gewünscht grüne Wiesen vorzustellen, sondern trotz offener Augen tauchten verstümmelte Gliedmaßen und massenhaft Blut vor seinen Augen auf.

„Das hat sie nicht getan, um mich zu quälen, sondern weil du sie dazu getrieben hast."

„Blödsinn", protestierte Wagner und grinste hinterlistig. „Sie hat nur gemäß ihrer parasitären jüdischen Art gehandelt, weil sie nicht anders konnte und weil sie dich um deine, im Vergleich zu ihr, unbefleckte Herkunft beneidete."

Wie aus dem Nichts drängte sich Müllfred zwischen sie. Weder er noch Wagner hatten bemerkt, wie er in den Raum gelangt war. Wagners Bulldogge zeigte Siegfried knurrend die Zähne, wobei ihm reichlich Sabber an den Seiten herunterlief – offensichtlich hatte Müllfred ihm eine Runde zum Reviermarkieren um den Think Tank gegönnt. Am liebsten hätte er den doofen Köter mit einem Fußtritt ins Hunde-Walhalla befördert.

Mit einem lauten Geräusch ging die Tür auf und Siegfried, Wagner und Müllfred starrten in diese Richtung – nur Adrian ließ sich nicht ablenken. Hocke persönlich hatte sich die Mühe gemacht. Seine Lippen waren ein kaum wahrnehmbarer Strich.

„Ich halte das da oben nicht mehr aus", platzte es aus ihm heraus. „Noch eine Sekunde länger in diesem Raum und ich hätte diesem verkackten Generalinspekteur höchstpersönlich die Gurgel umgedreht."

„Wir klären das später mit Milla, Tscharly, Kira und Konstantin", meinte Wagner in betont neutralem Tonfall, doch Hocke war zu sehr sensibilisiert, als dass ihm die herrschende Spannung entgangen wäre.

„Worauf du dich verlassen kannst!", antwortete Siegfried ein wenig zu laut.

„Das ist weder Zeit noch Ort für persönliche Fehden", brummte der Politiker. „Wenn ihr beiden Streithähne euch nicht augenblicklich beruhigt, lasse ich euch trennen und für einige Stunden festsetzen, bis sich die Gemüter wieder beruhigt haben."

Siegfried sah aus dem Augenwinkel, wie sein Kontrahent einen Friede-Freude-Eierkuchen-Blick aufsetzte.

„Ich möchte, dass wir alle in Harmonie meinen großen Auftritt zur Amtseinführung am Brandenburger Tor wahrnehmen", gab Hocke sich als geschmeidiger Politiker, als der er bekannt war. „Zumindest müssen wir den Eindruck völkischer Harmonie vermitteln", besserte er schnell nach.

Unbewusst griff Siegfried sich dahin, wo seit seiner Kindheit die Ohrmuschel fehlte. Das Spezial-Smartphone und die Antenne fühlten sich längst wie ein eigenes Körperteil an. Nur manchmal, in Momenten wie diesem, wurde er sich des anorganischen Materials bewusst.

„Meine Herren, es sind erhebliche Komplikationen im Bereich Schleswig-Holstein aufgetreten. Offenbar versuchen die Dänen unsere schwedischen Freunde auf dem Weg nach Deutschland zu behindern. Und es ist mir nicht möglich, mit diesem kleinen Pisser von Bundeswehr-Heini zurechtzukommen. Der glaubt, die militärische Kompetenz mit der Muttermilch aufgesogen zu haben, dabei hat er jahrelang auf Waldorfschulen gelernt, wie er seinen Namen tanzt und Klangschalen richtig anfasst. Siegfried, Wagner – ich benötige eure Unterstützung, und zwar sofort. Beide mitkommen!"

Nach diesen Worten atmete er durch, drehte sich um und ging voraus.

Vielleicht war die allgemeine Siegeszuversicht doch zu weit gegangen.

„Ein weiteres Mal wird der Journalist mir nicht entkommen", zischte Siegfried leise zu Wagner.

Er senkte wie ein Boxer konzentriert den Kopf, um Wagners überhebliches Grinsen nicht sehen zu müssen. Er war mit dem Vorsatz hierhergekommen, seine Fäuste bei sich zu behalten und nun hatte der neue Führer sie in den Befehlsstand befohlen – es wäre Hochverrat, jetzt Komaschläge gegen einen behinderten Volksgenossen zu verteilen.

„Übrigens, mein lieber Siegfried", sprach Wagner und Müllfred tätschelte seine Töle am Kopf, „unser Dienst hat beobachtet, dass Tscharly Huber aus welchen Gründen auch immer sich deinem thüringischen Domizil nähert. Vielleicht plant er dort mit der Itakerin einzuziehen, bis das Gewitter vorüber ist. Würde ihm ähnlich sehen. Hoffentlich hast du keine Geheimnisse dort vergessen, die der alte Huber dir zum Verhängnis werden lassen könnte."

21. Samstag, zwei Tage vor dem „Tag X“

Weiße Kacheln, soweit das Auge reichte. Kira hielt Konstantin die Augen zu. Vielleicht gelang es dem Jungen, wenigstens ein paar Stunden zu schlafen. Wenn Sie nur lange genug die Augen schlossen, vielleicht konnten sie der Dauerbeleuchtung, in der sie sich seit fast 20 Stunden befanden, entkommen. Dazu herrschte vollständige akustische Isolation. Und vielleicht …

Ich muss stark bleiben, redete sie sich ein. Ich muss bei Verstand bleiben. Für den Jungen. Für Tscharly. Für uns. Für mich.

Wie ein Mantra wiederholte sie innerlich die Worte. Ich muss. Muss.

„Mama, wann kommt Papa uns hier abholen?“, fragte der Junge. „Mir ist kalt. Und Hunger habe ich auch. Ich mag kein Leitungswasser, das schmeckt so durchsichtig.“

„Wir haben aber nur Leitungswasser“, erwiderte sie gereizt. „Mach die Augen zu und stell dir vor, es ist Cola.“

Konstantin drehte daraufhin den Wasserhahn auf und schöpfte mit den Händen die chlorgraue Brühe zwischen seine vollen Lippen.

„Es hat wie weiße Malkastenfarbe geschmeckt“, sagte er daraufhin mit trotziger Stimme. „Ich will hier raus, Mama. Was hat Papa angestellt, dass diese Männer uns hierhergebracht haben?“

Seine kindliche Wut verwandelte sich in Verzweiflung. Er begann zu weinen. Sie nahm ihn in ihre Arme und sprach ihm Trost zu.

„Papa hat nix angestellt. Gar nix. Diese Männer haben was angestellt und sie wollten nicht, dass jemand sie dafür zur Rechenschaft zieht. Dein Papa ist ihnen aber auf die Schliche gekommen. Und deswegen haben sie uns aus Rache hierhergebracht. Das sind böse Männer. Dein Papa gehört zu den Guten.“

„Warum kommt dann nicht die Polizei, um uns zu befreien?“

Kira entschied sich, ihrem Sohn die Wahrheit zuzumuten. „Manchmal spielen ein paar von den Bösen auch bei der Polizei mit. Und wenn das zu viele sind, dann ist die ganze Polizei am Ende böse. Das ist dann eine Art Krieg gegen die eigenen Bürger."

„Wenn es ein Krieg ist, können uns dann nicht die Soldaten helfen? Die haben doch Hubschrauber, Panzer und Flugzeuge."

„Wenn die Soldaten auch von bösen Männern geführt werden, gehören alle Soldaten zu den Bösen. Auch die Guten werden dann zu Bösen."

„Und wenn die Guten einfach nicht mehr mit den Bösen mitspielen, Mama? Ist dann der Krieg vorbei?"

Gott, wie sehr erinnerten Konstis Worte sie an Brechts Zitat: „Stell Dir vor, es ist Krieg und keiner geht hin." Das war jedoch nur der erste Satz, der in der Regel aus dem Zusammenhang gerissen verbreitet wurde. Die weiteren Worte des großen Dichters lauteten nämlich: „Dann kommt der Krieg zu Euch! Wer zu Hause bleibt, wenn der Kampf beginnt, und lässt andere kämpfen für seine Sache, der muss sich vorsehen: Denn wer den Kampf nicht geteilt hat, der wird teilen die Niederlage. Nicht einmal Kampf vermeidet, wer den Kampf vermeiden will, denn er wird kämpfen für die Sache des Feindes, wer für seine eigene Sache nicht gekämpft hat." Ehe ihr Gespräch einem Dialog mit einem grünen Politiker zu ähnlich wurde, rettete sie ein Piepsen.

Mutter und Sohn hielten sich aneinander fest. Ein Rotlichtkreisel beleuchtete für fünf Sekunden den Raum. Dann drang eine Stimme aus einem Lautsprecher zu ihnen.

„Guten Morgen", sprach Roland Wagner. „Ich hoffe, Sie haben eine nicht allzu aufregende Nacht hinter sich, Frau Huber."

„Lassen Sie den Jungen gehen!", lautete ihre erste Antwort.

Auf eine der Wände wurde Wagners Bild projiziert. Er stand ihr in Lebensgröße mit Uniform vor einem ebenfalls weißen Hintergrund gegenüber.

„Interessiert dich gar nicht, wie es deinem Mann geht, du kleine, rothaarige Schlampe?"

„Was ist mit Tscharly?"

„Es geht ihm ausgezeichnet. Er ist heute früh von einem Mitglied unserer Luftstreitkräfte gesichtet worden. Unsere Leute haben ihm ein wenig Angst eingejagt, aber sonst kann man nichts Schlechtes über ihn und unsere kleine Italienerin sagen. Ariella macht ihren Job wirklich gut. Spielt ihre Rolle überzeugend."

„Was soll das heißen?"

Sie starrte dem rechtsradikalen Alt-Hippie ins Gesicht und versuchte in seinen Zügen das Gegenteil von dem zu lesen, was er ihr mit seinen Worten zu verstehen gegeben hatte. Sein selbstgefälliges Augenbrauenheben ließ jedoch keinen Zweifel zu.

„Sie ist …", stocherte sie für kurze Zeit im Nebel. „… doch keine …"

„Ja, vollkommen richtige Spur. Sie ist eine Urenkeltochter des Duce persönlich", nahm er ihr die Antwort aus dem Mund. „Ariella ist in der Casa Pond in Rom aufgewachsen. Italienische Nationalpopulisten, die den teilweise in den Kinderschuhen steckenden Faschismus des Duce perfektionieren. Sie stammt aus einer guten Familie, wie du dir vorstellen kannst. Von einer edlen, reinen Abstammung, auch wenn das römische Blut in seiner Reinheit und Exzellenz mit dem arischen auf keinen Fall zu vergleichen ist. Warum sonst sollte jemand einen Namen tragen, der fast so sauber klingt, wie ein Waschmittel. Ariel, der Engel der Reinheit – Ariella, von antiker römischer und edel-faschistischer Abstammung. Der Duce wäre stolz, hätte er Ariella noch kennenlernen dürfen."

„Ist sie …?"

„Ja, sie lässt den guten Tscharly keine Sekunde aus den Augen. Übrigens danke, dass du die gute Ariella als dein Au-pair auserwählt hast. Ich muss zugeben, ich habe gebangt, du würdest dich vielleicht für eine andere Bewerberin entscheiden, doch da haben wir vorgebaut, denn dieser wäre dann plötzlich etwas zugestoßen und Ariella wäre nachgerückt. Aber wir haben ihre Präferenzen und Vorlieben so perfekt an deine Wünsche angepasst, dass die kleine Faschistin dir einfach gefallen musste. Es geht doch nichts über die Familia", flüsterte er in Anspielung auf einen Mafiapaten und zeigte ihr ein breites Grinsen.

Konstantin schaute mit flackernder Iris zwischen ihr und Wagner hin und her. Zweifellos hatte er auf der Gefühlsebene verstanden, was Wagner ihnen offenbart hatte.

„Du lügst", sprach er. „Die Ariella ist eine von den Guten. Sie würde uns niemals belügen, stimmt's, Mama?"

Kira schluckte. „Eine von den Guten", wiederholte sie und spürte ihre Zunge am Gaumen kleben. „Wie lange wollen Sie uns hier festhalten?"

Wagners Schnurrbartspitzen bebten.

„Bis ich Milla wiederhabe."

„Und wenn Milla tot ist?"

„Dann schmort ihr beiden hier unten bis zum Sankt Nimmerleinstag."

„Mama, wann ist der Sankt Nimmerleinstag?"

„Bald", sprach Wagner mit einer beruhigenden Stimme wie der Weihnachtsmann persönlich. „Wenn dein Papa brav tut, was ich von ihm verlange, wird dieser Tag schon sehr bald sein."

„Ich brauch was zu essen für mein Kind."

„Wirst du bekommen. Schließlich sind wir keine Unmenschen."

„Und eine Matratze für Konsti."

Wagner nickte einem Mann zu, der daraufhin den rechten Arm hob. „Heil Hitler, meine Süßen."

Konstantin schaute verwundert. Kira hielt ihm die Augen zu.

„Und denkt daran, wenn der Tscharly ganz brav ist, dann darf der kleine Konsti schon bald mit den anderen Hitlerjungen lustige Kriegsspiele spielen und wird ein echter deutscher Held, auch wenn er eine jüdische Halbschwester hat. Aber dafür kann er ja nichts."

22. Samstag, zwei Tage vor dem „Tag X"

Ariella hatte den genialen Einfall gehabt, die beiden Vespa-Roller einfach zu stehlen. Die Schaufensterscheibe des Zweiradgeschäfts war zerbrochen. Scherben und Pflastersteine lagen davor auf dem Boden vor dem Geschäft im Münchner Osten. So mussten sich die Ukrainer gefühlt haben, als die Russen in das Land einmarschiert waren. Tscharly hatte als Kriegsberichterstatter derartige Situationen mehrfach miterlebt. Sie eines Tages in Deutschland mitansehen zu müssen, hatte er für ein Ding der Unmöglichkeit gehalten. Und wenn Ariella ihn nicht immer wieder angelächelt und ihm Mut zugesprochen hätte, hätte er sich an diesem Tag eine Pistole besorgt, um sich in den Kopf zu schießen. Dann hätte Wagner seine Frau und seinen Sohn einfach gehen lassen müssen, weil es sinnlos war, einen Toten zu erpressen. Oder? Nein, der alte Wagner dachte da anders …

Mit den Vespa-Rollern nutzten sie die Landstraße. 50 Kilometer pro Stunde Höchstgeschwindigkeit hörte sich auf den ersten Blick wenig an, aber die Fahrgeräte erwiesen sich als wendiger als die meisten anderen Fahrzeuge und schneller als mit dem Fahrrad waren sie damit auf alle Fälle.

Gegen 18 Uhr befanden sie sich in der Nähe von Bad Staffelstein, einem fränkischen Ort, in dem die Menschen durch die Stadt liefen und jedes Gebäude ein Gasthaus, ein Pub oder eine Kneipe zu sein schien.

Tscharly behielt die Roller im Auge. Ariella kam nach einer halben Stunde Wartezeit mit zwei getoasteten Schinkenbroten und Mineralwasser heraus.

Sie saßen außerhalb der Stadt am Fuße eines Berges in einem Fichtenwald, Seite an Seite auf einem Baumstumpf, die Fahrzeuge immer im Auge.

„Buon Appetito", wünschte ihm Ariella und schlug die Beine übereinander.

„Guten Appetit", entgegnete Tscharly.

Ariella aß sichtlich mit Lust. Er setzte ein Lächeln auf und tat, als freue er sich ebenfalls über das erste Essen, seit sie bei dem gleichgeschlechtlich orientierten Pärchen auf dem Bauernhof gewesen waren. Tscharly zwang sich zu essen. Er musste Kalorien zu sich nehmen, um diesen Kampf zu überstehen. Auch wenn der Tod lauerte.

„Weißt du schon, was du deiner Familie erzählen willst, wenn du wieder daheim in Mailand bist?"

Sie durchschaute seinen Versuch, ein möglichst belangloses Gespräch zu führen, das der Ablenkung dienen sollte. Ihre Antwort verriet es ihm.

„Wie soll ich wissen, ob ich heil und lebendig nach Hause zurückkehre? Also warum soll ich mir Gedanken über eine Situation machen, die vielleicht nicht eintreffen wird?"

Er nickte.

„Du hast eine deutlich höhere Überlebenschance, wenn du von jetzt an ohne mich weiterfährst."

Sie schüttelte den Kopf. „Das glaubst du doch selbst nicht, Tscharly, dass eine junge Frau in dieser Phase allein sicher auf den Straßen ist. Sieh dich um. Euer Deutschland geht nun endgültig vor die Hunde. In Italien sagen wir: Chi va con lo zoppo, impara a zoppicare."

„Was heißt das?"

„Das heißt so viel wie: Wer mit dem Lahmen geht, der lernt zu hinken." Sie grinste ihn schelmisch mit ihren weißen Zähnen an, die einen Kontrast zum dunklen Teint und den schwarzen Locken bildeten.

Tscharly ließ sich von ihrem Lachen anstecken. „Soll das etwa heißen, ich bin ein Lahmer?"

Ariella legte ihr Brot weg und täuschte vor, ins nächste Gebüsch zu fliehen wie ein Kind, das sich nach einem Scherz versteckte. Tscharly sprang ebenfalls auf, legte das Brot auf den Baumstumpf und fing sie mit beiden Armen. Sie wehrte sich, indem sie ihn unter den Achseln kitzelte. Zu zweit verloren sie über einer Wurzel das Gleichgewicht und landeten im Moos. Er lag in ihren Armen. Der Blick in ihre Augen zog ihn in seinen Bann. Für die Dauer eines Atemzugs vergaß er, was zwischen ihnen stand und genoss ihre Nähe. Ihre Lippen näherten sich den seinen. In dem Moment, als sie seinen Mund berührten, zuckte er zurück und löste sich prompt aus der Umarmung. Er richtete sich auf. Gestikulierte nervös mit den Händen.

„Entschuldigung“, sagte er, „das hätte nicht passieren dürfen. Ich, äh …“

„Scusate, Tscharly“, sagte sie, „du musst dich nicht entschuldigen. Ich war diejenige, die dich …“

„Schon gut. Es ist ja nichts passiert. Das ist einfach der Stress. Das ist der Grund, warum du bei mir Geborgenheit gesucht hast. Unter normalen Umständen würdest du mich nicht einmal aus dem Augenwinkel ansehen. Du bist wunderschön. Und es gibt wahrscheinlich keinen Jungen in deinem Alter, der dich nicht auf seinen Knien anbeten würde.“

Sie seufzte. „Ach, was weißt du schon von den Jungen in meinem Alter, Tscharly? Das sind alles Kinder. Die haben keine Ahnung von einer Frau.“

„Du wirst sehen, wenn das hier vorbei ist, findest du einen, der mit dir gehen kann. Du brauchst keinen Lahmen“, kam er auf das Sprichwort zurück. „Junge Frauen in deinem Alter brauchen Männer, die mit ihnen schnell laufen können.“

„Da hast du auch wieder recht“, sagte sie versöhnlich.

Gott sei Dank blieb ihm das Verhalten eines narzisstisch gekränkten Teenagers erspart; Ariella rang sich zu einer verständnisvoll-erwachsenen Miene durch. „Ich reagiere einfach nicht mehr normal. Ich …“ Sie geriet ins Stocken. „Tscharly, darf ich mit meiner Mama telefonieren? Ausnahmsweise?“

Die Gefahr, ihre Verfolger wieder auf ihre Fährte zu locken, war ungleich größer als der Nutzen eines Telefonats. Andererseits – vielleicht diente ein Gespräch mit ihrer Mutter in Mailand Ariellas Stabilisierung.

„Aber das ist zu gefährlich.“

Sie trug noch immer um ein Kleidungsstück, das sie in München am Bahnhof einer japanischen Touristin gestohlen hatten.

„Die SIM-Karte hier gehört mir ja eigentlich gar nicht und kann mir auch nicht zugeordnet werden."

„Ach", er stöhnte, „meinetwegen. Aber auf keinen Fall länger als zwei Minuten. Sonst ist die Gefahr einer Ortung zu groß. Und danach musst du es ganz herunterfahren und die Chip-Karte wieder herausnehmen – und auch den Akku, verdammt!"

„Si, danke, Tscharly, du bist der Beste."

Sie gab ihm ein Küsschen links, ein Küsschen rechts und holte das Gerät aus ihrer Jackentasche. Was die Maß auf dem Oktoberfest wohl gerade kostete, fragte er sich und wurde sich jäh der Abwegigkeit eines solchen Gedankens bewusst: Das Gelage auf der Theresienwiese war wohl zum ersten Mal in Münchens Geschichte abgebrochen worden. Tscharly wünschte, er hätte wenigstens ein kleines Taschenradio einstecken, um sich über die aktuelle Situation in Deutschland zu erkundigen.

Ein schrill an ein Glöckchen erinnernder Aufschrei löste sich aus Ariellas Kehle.

„Was ist passiert?"

Tscharly drehte sich ihr zu.

„Hier, Tscharly, die Mailbox. Das ist doch dieser …", stotterte sie. Ihr Gesicht war bleich wie die eines Gespenstes. Ihre Arme zitterten. Sie schaltete das Smartphone auf laut. Tscharly hörte die Stimme jenes Mannes, der seine Frau und seinen Sohn in seiner Gewalt hatte: „Hallo, Tscharly, ich hoffe du bist noch am Leben, während du diese Nachricht abhörst. Ich wollte dir einen kleinen Deal vorschlagen. Aber dazu müsstest du meinem missratenen Ziehsohn erst einmal einen Besuch abstatten. Und ihn höflich fragen, wo seine Ziehmutter ist, also die halbjüdische Schlampe, die aus der entarteten Beziehung mit deiner Exfrau Sara stammt … Aber du weißt ja ganz genau, wen ich meine, nicht wahr Tscharly? Und wie unser Deal aussieht."

Wagner nannte die Koordinaten eines Hauses in der thüringischen Prärie, während sich Ariellas Augen vor Interesse weiteten. Damit endete die Ansage.

Tscharly blickte in die Luft. Die Baumkronen verschwammen. Die Schatten schienen während der letzten Minuten überproportional gewachsen zu sein. Das Ende eines Tages im September.

„Du willst hoffentlich nicht dahin?“, fragte Ariella.

„Ich habe keine Wahl.“

„Aber, wenn dir was zustößt.“

Mmh, sollte er ihr die Wahrheit über seinen Gesundheitszustand verraten?

Ein Teil in ihm wollte sich ihr offenbaren. Einem Menschen vertrauen. Etwas in ihm wehrte sich die ganze Zeit dagegen, dieser im Grunde genommen Fremden die Wahrheit zu mitzuteilen, bevor er Kira und Konstantin eingeweiht hatte.

„Ich muss das tun. Bevor es zu spät ist. Und wenn es nur für meinen inneren Frieden ist.“

23. Sonntag, ein Tag vor dem „Tag X"

Die Julius-Leber-Kaserne im Berliner Ortsteil Wedding erstrahlte mit den ersten Sonnenstrahlen. Ihre Lage südöstlich des ehemaligen Flughafens Berlin-Tegel machte sie leicht erreichbar. Hier waren das territoriale Führungskommando der Bundeswehr, das Landeskommando Berlin, ein Feldjägerregiment und weitere Truppen untergebracht. Da die Kaserne trotz der verschiedenen dort stationierten Abteilungen in ersten Sondierungsgesprächen vor dem tatsächlichen Putsch in ihrer Gesamtheit die Bereitschaft signalisiert hatte, diesen zu unterstützen, war beschlossen worden, nach den ersten Stunden des Putsches hierhin den militärischen Kommandostab zu verlegen. Hocke, Wagner und Renner als Verteidigungsminister in spe verließen den Panzerspähwagen, der von einer beachtlichen Militär- und Polizeieskorte dorthin begleitet worden war.

„Es wird höchste Zeit, dass die Kaserne wieder ihren glanzvollen Namen zurückerhält und nicht nach einer beleidigten Leberwurst benannt ist, deren einziger Sinn darin bestand, eine Spaßbremse zu sein, den Führer töten und mit den Zionisten gemeinsame Sache gegen Stalin machen zu wollen", sagte Hocke, der jetzt in der Fantasieuniform des Oberbefehlshabers der Streitkräfte des neuen Deutschen Reichs gekleidet war.

„Ausgezeichnet", stimmte Wagner zu, auf dessen Fersen sich Müllfred als einzige in Zivil gekleidete Person des Trosses befand. „Aber wir sollten abstimmen, ob wir sie wieder tatsächlich Hermann-Göring-Kaserne oder doch vielleicht anders nennen wollen."

Durch Renners Körper ging ein Ruck und er sah nun beileibe nicht mehr wie der Musikmanager eines rechten Rockstars, sondern wie ein General aus, der es bis zum Chefposten über das Militär gebracht hatte.

„Ich weiß nicht, ob wir dem alten Vielfraß und Drogensüchtigen diese Ehre zuteilwerden lassen sollten, wobei er zweifellos gerade zu Beginn große Verdienste um das 3. Reich errungen hat", meinte er, während die drei Männer von schwerbewaffneten Soldaten und Bundespolizisten flankiert zu dem Gebäude der Kaserne gingen, in der das historisch neue Bündnis zwischen Militär und dem neuen 4. Reich geschlossen werden sollten.

„Ohne Göring hätte es der Führer niemals so weit ge…“, hörte Müllfred seinen Chef sagen, der aber sofort danach durch Hockes tadelnden Blick zum Schweigen gebracht wurde. Ruhe jetzt davon, außerdem wird das durch den Führer entschieden, befahlen diese Augen.

„Wo ist eigentlich der Propagandaminister?“, fragte Hocke irritiert, als er den Blick über seine Getreuen schweifen ließ und Siegfried auch nicht unter denen sah, die erst jetzt aus den folgenden, gepanzerten Fahrzeugen ausstiegen.

„Der Herr Propagandaminister hat eine persönliche Nachricht erhalten“, behauptete Wagner und sah zu, dass er zu Hocke aufschloss, was Müllfred dazu brachte, schneller zu laufen.

Zu seinem Erstaunen stellte Müllfred fest, Wagner achtete penibel darauf, dass der Führer zumindest immer eine Fußspitze vor ihm vorauslief. Also entschied er sich, auch Wagner immer ein klein wenig Vorsprung zu lassen, um der Form genüge zu leisten.

„Er muss sich darum kümmern, um sich danach umso hingebungsvoller allen Bereichen der Machtübernahme vollumfänglich und mit voller Hingabe zu widmen“, hörte Müllfred seinen Chef sagen.

Der Römerkopf runzelte die Stirn und Wagner schnitt eine abwertende Grimasse, die sich auf das unentschuldbare Verhalten Siegfrieds bezog.

„Auch wenn ich der Meinung bin, dass momentan alle persönlichen Belange vor dem Hintergrund der vor sich gehenden Revolution zurückstehen sollten, ist seine Anwesenheit hier nicht zwingend erforderlich. Danach möchte ich aber unverzüglich mit ihm reden. Hat er sichergestellt, dass sein Stellvertreter dabei ist, damit er zumindest auf einer sachlich soliden Basis die vor sich gehenden Ereignisse für die Medien aufzubereiten weiß.“

Hocke erhielt keine Antwort. Wagner grinste diabolisch.

Vor der schweren Eichenholztür des Konferenzraums standen acht schwer bewaffnete Elite-Mitglieder des Feldjägerbataillons. Zu seiner großen Überraschung wollten diese ihn nicht in das Besprechungszimmer hineinlassen und es bedurfte Wagners Machtwort, um die Situation zu lösen.

Unzählige Tische waren zusammengestellt worden. So entstand der Eindruck einer riesigen Konferenztafel, wie sie eigentlich nur im Fernsehen bei internationalen Konferenzen zu sehen waren. Während Hocke und seine Entourage auf der rechten Seite saßen, befanden sich ihnen direkt gegenüber Mitglieder der Generalität der Streitkräfte zu Land, zur See und zur Luft. Müllfred staunte darüber, wie viele Orden und anderes Lametta das Spitzenpersonal der bisherigen Bundeswehr auf ihren Uniformen trug. Ein Wichtigtuer des Bundeswehrpersonals hatte ihm unmissverständlich klar gemacht, er müsse aus „Sicherheitsgründen" mindestens drei Meter Abstand vom Tisch halten und nur im „Bedarfsfall" sei es ihm gestattet, sich seinem Boss zu nähern, um zum Beispiel für ihn Akten zu zeichnen.

Zu Müllfreds Befriedigung sah er, dass es auch anderen Kantonisten wie ihm erging. Assistenten, Ordonanzoffiziere und andere Helfer der Bundeswehr mussten auf der anderen Seite ebenso wie er direkt bei den hohen Fenstern stehen, die bei Bedarf durch dunkelblaue Samtvorhänge verschlossen werden konnten. Müllfred glaubte auf beiden Seiten des Tisches eine gewisse Grundnervosität auszumachen.

Als alle wesentlichen Akteure anwesend waren, erhob sich Hocke und klopfte mit einem alten Silberlöffel gegen das vor ihm stehende alte Kristallglas. Augenblicklich verstummten alle Gespräche. Die Blicke der Anwesenden waren auf den designierten Führer gerichtet.

„Als erster wird Odin Renner zu Ihnen sprechen, der für die Übergangszeit zur Koordinierung und Organisation unserer militärischen Bereiche das Verteidigungsressort leiten wird."

Da er ein wenig seitlich versetzt von seinem Chef saß, erkannte Müllfred von der Seite, dass Wagner rot wurde und verärgert aussah. Offensichtlich hatte er damit gerechnet, in der Hackordnung vor Renner zu stehen. Letzterer erhob sich zackig und winkelte den Arm zum angedeuteten Führergruß kurz an.

„Angesichts dessen, dass meine Anwesenheit an anderer Stelle dringend nötig ist, werde ich mich kurzfassen", versprach Renner und seine Stimme klang schneidig und zackig. „Meine Herren, ich darf Ihnen berichten, dass all unsere Verbündeten bisher ihre Versprechen erfüllt haben. Wir erhalten nicht nur die militärische Unterstützung, die uns zugesichert wurde, sondern erste Berichte ergeben ein Lagebild, dass in den Ländern, die unserem Ansinnen besonders verbunden sind, auch erste handfeste Bestrebungen zur Beseitigung des liberal-kapitalistischen Hochfinanzsystems im Gange sind. Die Außengrenzen des neuen Deutschen Reichs sind fürs Erste gesichert. Ein wenig schwierig gestaltet sich momentan noch die Einnahme der US-Militärstützpunkte, aber es ist unseren Truppen bereits gelungen, die strategisch wichtigste US-Base in Ramstein beinahe vollständig unter Kontrolle zu bringen. Unseren Informationen zufolge spielt zurzeit auch niemand in der US-Regierung mit dem Gedanken, taktische Atomwaffen gegen uns einzusetzen, da dies zu viele unschuldige Opfer in der Zivilbevölkerung und für einen Aufschrei in der internationalen Gemeinschaft sorgen würde. Zur Täuschung des Feinds und um eine sich zu unseren Ungunsten entwickelnde Eskalation zu verhindern, stehen wir mit Washington, London und Paris ständig in Kontakt. Auf diesen Kanälen verbreiten wir gezielt Desinformationen über den Ursprung, den Verlauf und das Ziel des Putsches. Das Abarbeiten dieser Informationen wird unsere Feinde für einige Zeit beschäftigen und sie werden beinahe blind im Nebel herumstochern. Das wird uns die Möglichkeit geben, zunächst Deutschland und danach die Welt zu erobern."

Äußerst zackig schlug Renner die Hacken zusammen und grüßte auf die Art, mit der er seinen Kurzvortrag begonnen hatte. Der Applaus war tosend.

„Meine Herren, Ihr Applaus in allen Ehren, aber angesichts der Umstände müssen wir uns kurzhalten."

Der Führerdevise wurde umgehend Folge geleistet.

„Jetzt darf ich das Wort an den designierten Innenminister Roland Wagner übergeben, der Ihnen kurz einen innenpolitischen Lageüberblick über den Verlauf der Revolution geben wird."

Müllfred hatte den Eindruck, sein Chef schwanke oder aber der hinter ihm stehende Stuhl drohe umzufallen, als er sich erhob, doch wie durch ein Wunder passierte – nichts.

„Meine Herren, da wir heute ein Programm gigantischen Ausmaßes vor uns haben, möchte ich es kurz halten. Dennoch möchte ich vorwegschicken, wie froh ich bin, dass Deutschland sich nach Jahrzehnten der Knechtschaft endlich aus seiner Gefangenschaft befreit. Das bedeutet auch die Autarkie der deutschen Streitkräfte. Sie werden zu altem Glanz und Ruhm zurückfinden und nicht mehr nur ein Anhängsel der Amerikaner sein."

Auf beiden Seiten des Tisches erfolgte intensives Klopfen auf den Holztisch.

„Zur Lage: Es ist uns inzwischen gelungen, die Hälfte aller in Deutschland zur Verfügung stehenden Polizeikräfte zum friedlichen Überlaufen zu unserer Bewegung zu veranlassen. Stündlich schließen sich weitere Einheiten an. In der Summe läuft alles nach Plan. Niemand ist in der Lage, sich uns in den Weg zu stellen. Allerdings stehen wir ausgerechnet in Berlin vor einem Problem. Hier sind bei weitem nicht alle Stadtviertel unter unserer Kontrolle. Der ehemaligen faschistischen Regierung ist es dort gelungen, Widerstand gegen uns zu organisieren. Wir kontrollieren nicht einmal alle Zu- und Ausgänge der Hauptstadt des Deutschen Reichs. Alle wesentlichen Politiker, hohes Personal der Sicherheitsbehörden, führende Militärs, das Bundeskabinett und zahlreiche den USA und Israel sklavisch ergebene Abgeordnete halten sich unbehelligt dort auf und versuchen panisch Widerstand gegen uns zu organisieren. Es ist klar, die Befehle und Instruktionen, um Widerstand gegen uns aufzubauen, erfolgen direkt aus Washington und Jerusalem. Den Resten der BRD-GmbH, denen es gelungen ist, sich insbesondere im Regierungsviertel einzuigeln, müssen wir in kürzester Zeit, mit aller Brutalität und ohne jede falsche Rücksichtnahme begegnen und sie eliminieren. Die Reste-BRD-GmbH hat im Regierungsviertel und an anderen strategisch wichtigen Knotenpunkten in Berlin massiv Truppen verschiedenster Couleur versammelt. Leider befinden sich darunter Panzer, Panzerspähwagen, schwere Lastwagen, Hubschrauber, Düsenjäger, Artillerie, Luftabwehrgeschosse und weiteres, in seiner Gefährlichkeit auf keinen Fall zu unterschätzendes militärisches Gerät versammelt. Natürlich versuchen wir weiter mit guten Worten und guten Argumenten die Widerständler zum Aufgeben und Überlaufen zu bewegen. Aber um ehrlich zu sein, befürchte ich, es wird uns nichts anderes übrigbleiben, als das Regierungsviertel zunächst in Schutt und Asche zu legen, um es danach in einem erbitterten Häuserkampf zu erobern. Vermutlich wird kein Stein auf dem anderen bleiben. Dies wird uns dann aber erleichtern, das politische Herz Berlins ganz nach den genialen Vorstellungen des Führers und seines Architekten Speer zu modernisieren."

Wagner rang um Atem. Diese Rede hatte ihn viel Kraft gekostet. Hoffentlich verlor er nicht das Gleichgewicht und kippte zur Seite.

„Wenn es uns nicht innerhalb von zwölf Stunden gelingt, das Regierungsviertel unter Kontrolle zu bringen, müssen wir es frei von jeder falschen Rücksicht erbarmungslos erobern, sonst laufen wir Gefahr, dass dieses Widerstandsnest sich festigt und zum Stolperstein wird. Fest steht so oder so: In spätestens 24 Stunden werden wir wieder die Herren des Reichstags sein."

Der akademische Applaus war kräftig und zu seinem großen Erstaunen sah Müllfred, wie sein Herr einen formvollendeten

Diener machte, der demjenigen Adolf Hitlers am Tag von Potsdam verblüffend ähnelte.

„Meine Herren", begann Hocke, der sich sofort erhoben hatte, als der Applaus verstummte und Wagner sich wieder gesetzt hatte, „ich möchte an dieser Stelle noch einige wenige Bemerkungen über den Aufbau unserer basisdemokratischen Regierungsform anbringen, die wir schnellstmöglich zu realisieren versuchen. Für die Revolutionsphase gilt das, was wir in unseren Vorsondierungsgesprächen vereinbart hatten. Der Revolutionsrat wird das Schiff des Deutschen Reichs während dieser Zeit der unruhigen See, mit aller Umsicht durch stürmische Gewässer führen. Danach geben wir Schritt für Schritt dem deutschen Volk alle Macht zurück. Wir werden mit der Bildung basisdemokratischer Things beginnen. Sobald diese Strukturen etabliert sind, stellt sich natürlich die Frage eines Führers für die Ewigkeit und ..."

Ab dieser Stelle schaltete Müllfred die Ohren auf Durchzug, da er der festen Überzeugung war, diesen ganzen Text in ähnlicher Form annähernd tausendmal in der einen oder anderen Form gehört zu haben, was ihn kein einziges Mal wirklich interessiert hatte.

24. Sonntag, ein Tag vor dem „Tag X“

Die Grenze zum ehemaligen Ostdeutschland rollten sie am Seitenstreifen der Autobahn entlang. Inzwischen war der Verkehr mit Autos erneut zum Erlahmen gekommen. Dafür rollten weitere Panzer, Transporter und mit unterschiedlichen Truppen besetzte Laster in Richtung Bundeshauptstadt. Tscharly und Ariella hatten ihre Gesichter und die Kleidung mit Asche und Erde eingerieben, um sich selbst einen militärischen Anstrich zu geben. In den Wäldern des Vogtlandes hatten sie Zweige gesammelt, die sie am Rahmen der Vespas festbanden. Vielleicht würden sie als eine Art ‚verrückte Reichsbürger‘ wahrgenommen und nicht kontrolliert werden; das war zumindest Tscharlys Plan.

Sie verließen die Autobahn fünf Kilometer vor Leipzig. Auch hier war die Landstraße fast frei. Die Kraftstoffanzeige der Vespas stand bereits auf Reserve und es war nur noch eine Frage von höchstens 20 bis 30 Kilometern, ehe die Geräte ihnen den Dienst versagen würden. Tscharly graute beim Gedanken daran, an einer der Tankstellen anstehen zu müssen. Wenn Kraftstoff nur noch an Militärfahrzeuge ausgegeben wurde, dann blieb ihnen nichts anderes übrig, als zu Fuß zu gehen.

Sie schoben die Fahrzeuge über einen Feldweg. Am Waldrand gingen sie in Deckung und spähten zu dem einsam gelegenen Haus, dessen Koordinaten Wagner ihnen auf der Mailbox hinterlassen hatte. Tscharly hatte einige Zeit nach dem Abhören der Mailbox verstreichen lassen, bevor er die Chip-Karte erneut einsetzte, um sich über Google Maps den Weg einzuprägen.

„Was bedeutete das mit halbjüdisch und jüdische Schlampe, von denen der Mann auf der Mailbox gesprochen hat?“, getraute sich Ariella endlich die Frage zu stellen, die Tscharly am liebsten gar nicht hören wollte.

„Die Tochter von meiner Ex-Frau Sara und mir ist seit Jahren verschwunden. Vielleicht tot, vielleicht am Leben. Mein

Erzfeind scheint größtes Interesse daran zu besitzen, sie zu finden. Ich weiß nicht, wo meine Tochter lebt, aber wenn ich es herausfinde, lässt Wagner hoffentlich Kira und Konsti frei", sagte Tscharly. „Ich halte es für unwahrscheinlich, dass sie die Explosion damals überlebt hat. Aber hier ist offenbar das Zuhause ihres Ziehsohns. Siegfried. Ich frage mich, warum Wagner nicht ein paar seiner eigenen Leute schickt, um es mit der stärksten Kampfmaschine der Rechten aufzunehmen. Wenn er hier meine Tochter Milla vermutet, wieso schaut er nicht selbst nach? Oder hat er vielleicht Angst, es sich mit Siegfried zu verscherzen?"

„Vielleicht ist das zu auffällig", riet Ariella. „Volksgenossen müssen Solidarität zeigen. Die können sich höchstens im Geheimen bekriegen."

Wow. Das klang nicht nur belesen, sondern sprach auch für taktisches Feingefühl für eine Siebzehnjährige.

„Für eine, die erst drei Tage in Deutschland ist, kennst du dich mit Nazis wirklich gut aus", sagte er.

„Wir haben in der Schule über Benito Mussolini und Adolf Hitler viel gelernt."

„Die Italiener haben ihren Führer wenigstens rechtzeitig zum Teufel gejagt und ganz am Ende kurzen Prozess mit ihm gemacht."

Ihre Miene zeigte keine Regung. „Ja, das haben sie", stimmte sie ihm zu. „Partisanen haben ihn erschossen, als er sich mit seiner Geliebten nach Frankreich absetzen wollte. Sie kannten kein Pardon und erschossen beide. Dann wurde das Paar am Dach einer Tankstelle kopfüber aufgehängt. Sein Leichnam wurde geschlagen, bespuckt und geschändet. Ebenso der seiner Mätresse."

Tscharly wünschte, er hätte ein Fernrohr zur Verfügung gehabt. Das Gebäude bestand aus Granitsteinen. Ein Gefängniszaun umgab das Grundstück. Es hätte ihn nicht gewundert, wenn die weitere Umgebung durch Bewegungsmelder und Wärmebildkameras 24/7 unter Beobachtung stand.

Vor einer Garage stand kein Fahrzeug. Die Tür war zu, die Jalousien unten. Innerhalb einer Stunde bewegten sie sich um das Objekt, bevor Tscharly zu dem Schluss kam: „Kein Licht, kein Nazi, niemand zu Hause."

„Du willst doch nicht etwa da einsteigen, Madonna mia, Tscharly."

Er entgegnete: „Ich wüsste nicht, was uns das bringen sollte. Und wieder mal hat Wagner mich an der Nase herumgeführt. Keine Spur von Siegfried!"

Ein Schlag in den Nacken belehrte ihn eines Besseren. Tscharly verlor das Bewusstsein. Sekunden später hörte er ein angstvolles Wimmern neben sich, das Ariellas Kehle entstammte. Sein Blick klärte sich und er sah die beiden Gestalten in Rockerkluft mit Motorradhelmen auf dem Kopf und mit Schlagstöcken in ihren Händen. Welcher der beiden hatte ihm mit einem Hieb gegen den Hinterkopf einen kleinen Schlaf mitten am frühen Nachmittag beschert? Andererseits – was spielte es für eine Rolle?

Die Überlegenheit der Jungs, die das Emblem der Angels auf ihren Kutten trugen, war ihm Erklärung genug.

Einer der beiden klappte sein Visier hoch.

„Lange nicht gesehen, Tscharly." Aufgrund seiner verdutzen Miene, lachte der Typ und erklärte: „Ich bin Attila. Wir kennen uns von früher. Damals hast du meine Rockerkneipe in Köln observiert. Wegen der Geschichte sind einige meiner Leute in den Knast gewandert. Das ist lange her, aber Attila hat ein langes Gedächtnis, sagen die Leute über mich, wie du dir denken kannst. Und glaube mir, bisher gibt es keine Rechnung, die ich nicht irgendwann beglichen habe."

Narben neben den Augen verschärften den finsteren Gesichtsausdruck des Türken.

Tscharly unterdrückte ein Röcheln und antwortete: „Attila, der schöne Attila, wenn ich mich richtig erinnere."

Ein Tritt gegen die Schulter beförderte Tscharly zur Seite. Er presste die Lippen aufeinander.

„Dir wird gleich das Lachen vergehen, und du wirst lernen, was Inklusion bedeutet. Wir Türken waren Freunde des Führers Adolf Hitler. Es gab zwischen beiden Ländern einen Freundschaftsvertrag. Und jetzt – wo die große Stunde gekommen ist – werden wir nationalistischen Deutsch-Türken dem neuen Führer Deutschlands zur Seite stehen. Unser Kampfgeist ist unbesiegt!"

Attilas Gefährte öffnete ebenfalls sein Visier und sprach im Wiener Dialekt: „Aufstehen, der Herr! Und bloß keine Müdigkeit vorschützen."

Der Wiener war ebenfalls der Typ Kraft- und Kampfsportler. Bei jeder Bewegung seiner Arme drohten Bizeps und Trizeps das Leder seiner Kutte zu sprengen.

Tscharly richtete sich auf. Ariella kauerte starr neben ihm am Boden.

„Bringt wohl nicht viel, wenn ich euch bitte, sie gehen zu lassen?", fragte er.

„Halt deine Gosche!", erwiderte der Wiener.

Attila sprach: „Woher hast du nur so eine gute Menschenkenntnis, Tscharly Huber?"

Sie führten sie zu dem Gebäude. Erst jetzt erkannte Tscharly die beiden Motocross-Maschinen, die in einem Verschlag zwischen einem ehemaligen Stallgebäude und der Garage standen. Die Vorderseite war mit Ästen getarnt gewesen, wodurch sie die Maschinen nicht gesehen hatten.

„Und jetzt?", fragte Tscharly.

Der Wiener machte einen Scherz: „Man sagt, der Tod ist ein Wiener."

Attila befahl: „Niederknien!"

Tscharly gehorchte. Verdammt, Wagner hatte ihnen eine Falle gestellt. Er hatte gar nicht vorgehabt, ihm die Chance zu geben, seine Frau und seinen Sohn zu befreien.

Milla ist tot.

Tot.

Toter als tot.

Das war von Anfang an ein Trick gewesen.

Die Erkenntnis traf ihn, während Kieselsteine sich spitz in seine Knie bohrten.

Der Wiener trat auf ihn zu und band ihm eine schwarze Binde um den Kopf. Tscharly wusste, was jetzt kam.

„Einen besseren und schnelleren Tod gibt's nicht", sprach er trotzig.

„Lieber ein Ende mit Schrecken als ein Schrecken ohne Ende", stimmte Attila ihm zu.

Der Wiener entsicherte hörbar seine Pistole und setzte sie an Tscharlys Schläfe.

„Hast du noch einen letzten Satz?", fragte der Wiener.

Tscharly schüttelte den Kopf.

Attila zählte rückwärts: „Drei, zwei, eins und Schuss."

Tscharly vernahm das Knacken eines leeren Magazins. Und hielt sich mit letzter Kraft auf den Knien. Den Gefallen, sich einzunässen, tat er ihnen nicht. Allein die pathologisch vergrößerte Prostata verhinderte wohl das Schlimmste, indem sie auf die Harnröhre drückte.

„Einen schönen Gruß von unserem alten Freund Wagner", sagte Attila. „Du kannst dir denken, dass er uns hierher …"

Das letzte Wort blieb ihm im Hals stecken und wäre ohnehin untergegangen im Motorengeräusch einer weiteren Motocross-Maschine.

Tscharly riss sich die Augenbinde vom Kopf und las augenblicklich das Entsetzen in den Visagen seiner beiden Peiniger. Offenbar hatten sie nicht mit weiterem Besuch gerechnet.

Attila fluchte auf Türkisch. Der Wiener murmelte irgendwas von „Geh schleich di, Oaschloch!" und schob das Magazin in seine Pistole zurück.

Attila rannte zu seinem Motorrad und kehrte in Blitzgeschwindigkeit mit einer Maschinenpistole zurück.

Der Fahrer auf der Motocross-Maschine war ein wahrer Hüne. Tscharly erkannte ihn aufgrund des offenen Helms. Siegfried. Ihn über Jahre nicht zu sehen und dann gleich zweimal innerhalb von drei Tagen … das war wie in einer Teufelslotterie zu gewinnen.

Der Super-GAU begann mit Maschinenpistolensalven, die Attila abfeuerte. Tscharly hörte Ariellas Schreie neben sich. Er packte sie an einer Hand und warf sich mit ihr hinter einen Schutthaufen.

Siegfried steuerte geradewegs mit seiner Maschine auf den Türken zu. Attila und der Wiener erkannten die Gefahr offenbar zu spät. Ihre Schüsse gingen daneben. Attila sprang zur Seite, Siegfried steuerte nach links. Die Maschine drohte auszuscheren, das hintere Rad drehte durch. Die Maschine überrollte den Wiener Ganoven wie eine Schokoladentorte, die in einen Fleischwolf geraten war. Die Bauchdecke des Mannes platzte auf. Er blutete pulsierend wie ein Springbrunnen. Wand sich wie ein waidwundes Tier nach einem Streifschuss. Harn und flüssiger Stuhlgang platzten aus Gedärmen und Harnblase. Tscharly erspähte sein Gesicht, aus dem jede Farbe gewichen war, das jedoch von Blut, Schleim und Rückenmarksflüssigkeit gefärbt voller Angst in seine Richtung gewandt war und darum kämpfte, am Leben zu bleiben. Das Grimassieren dauerte Ewigkeiten, in denen Attila schoss, um den Tod seines Kumpanen zu rächen. Er traf Siegfried an der Schulter.

Siegfried vollführte einen offenbar geplanten Sturz, indem er das Motorrad fallenließ und es in Richtung des Türken mit dem Hinterrad ausbrach. Attila warf sich hinter dem Schutthaufen neben Tscharly zu Boden. Und feuerte. Blindlings.

Tscharly ergriff Ariellas Arm. Er sprang auf und rannte mit ihr zum offenen Tor. Zu spät, erkannte er in seiner Verzweiflung. Sie warfen sich hinter dem Motorrad zu Boden und erkannten den Hausherrn hinter einem Mauervorsprung, der mit einer Fernbedienung das abgelegene Haus in eine fluchtsichere Festung verwandelt hatte. Siegfried tauchte hinter einer Stalltür in Deckung. Attila feuerte eine weitere Salve auf Tscharly und Ariella ab. Die junge Frau schrie sich die Angst aus dem Leib. Tscharly erkannte die Schusswunde an ihrem linken Arm. Ungläubig blickte sie hin und her zwischen Tscharly und ihrem Angreifer, der nun ohne jeden Verstand auf die Eisentür feuerte, hinter der sich einst der Kuhstall befunden haben mochte.

Tscharly zerrte Ariella hinter das Haus, zog sein Hemd aus und band die Wunde ab. Offenbar ein Durchschuss. Sie hatten hinter einem umgeknickten Baum Zuflucht gefunden. Ariella blutete, aber das Geschoss war offenbar weit genug entfernt von der Halsschlagader in ihren zierlichen Körper eingedrungen.

„Jetzt nicht ohnmächtig werden!", befahl er ihr. Und schlug ihr panisch links und rechts ins Gesicht.

„Tscharly …", stöhnte sie. „Oh Tscharly …"

Er legte sich zuerst schützend vor sie, damit die nächste Kugel sie verschonen würde. Entschloss sich aber drei Sekunden später, besser doch aktiv ins Geschehen einzugreifen. Er deckte Ariella mit Laub und Reisig ab, hoffte, die Tarnung würde halten und schlich an der Hausmauer entlang auf den Vorplatz. Er packte die Leiche des Wiener Hells Angels und benutzte sie wie einen Schild vor seinem Körper. Schüsse aus der MP hagelten in seine Richtung und zerfetzten den Leichnam in sämtliche Einzelteile. Tscharly bewegte sich in Sekundenbruchteilen auf Attila zu, ließ die Leiche fallen und stürzte sich auf die Maschinenpistole. Ein Zweikampf zwischen ihnen brach aus. Faust gegen Faust. Tscharly bekam einige Treffer an der Leber und im Gesicht ab. Seine linke Augenbraue platzte auf. Seine rechte Hand schmerzte, da er dem Türken offenbar die vorderen oberen Zähne ausgeschlagen hatte. Er nutzte einen Trick, den er im Krav Maga-Studio kennengelernt hatte, packte den Angreifer von hinten und drehte dessen Kopf zur Seite. Attila ruderte mit den Armen und kippte seitwärts. Tscharly riss den Kopf noch weiter zur Seite. Attila kam auf dem Bauch zum Liegen. Tscharly setzte sein Knie auf die Lendenwirbelsäule seines Gegners, der dadurch seine Arme und Beine nicht mehr spüren, geschweige denn zielgerichtet bewegen konnte. Attila plärrte wie am Spieß und drehte sich allein mit der Kraft seines Rumpfes seitwärts. Tscharly verlor dadurch die Kontrolle über ihn. Attila bekam die Pistole des Toten zu fassen. Tscharly versuchte sie ihm zu entreißen. Er spürte die Eckzähne des Gegners in seinem Ohrläppchen. Der Schmerz steigerte sich ins Unermessliche. Im nächsten Moment breitete sich eine Wärme um sein Ohr herum aus. Attila spuckte ihm einen Fleischfetzen ins Gesicht und riss die Waffe an sich. Blitzschnell feuerte er nach einem Ziel hinter Tscharlys linker Schulter.

Tscharly rollte auf den Rücken wie ein Käfer und erkannte das Ziel, auf das Attila geschossen hatte: Siegfried!

Der Schuss hatte eine Wunde in der Brust des Hünen hinterlassen, der aufgrund seiner angeborenen Unempfindlichkeit keinerlei Schmerzregung in Haltung oder Mimik erkennen ließ.

Siegfried packte den Türken am Kragen seiner Kutte und schleuderte ihn aus fünf Metern Entfernung gegen die Hausmauer, als wäre es nichts. Attila schlug auf und sank zu Boden. Siegfried trat mit Bikerstiefeln gegen das Gesicht des Darniederliegenden und wandte sich Tscharly zu. Es gelang ihm, bevor Siegfried seiner ebenfalls habhaft werden konnte, die Maschinenpistole an sich zu reißen. Er zielte zwischen die Augen des Riesen. Ein Projektil riss Knochensplitter aus Siegfrieds Schädeldecke.

Siegfried fasste sich an den Kopf und grinste. „Ach, wie schießt Ihr schlecht!“, zitierte er den österreichischen Freiheitskämpfer Andreas Hofer. Ein Zitat, das dieser der Legende nach gegenüber dem Exekutionskommando, das ihn erschießen sollte, voller Spott und Verachtung geäußert hatte. Hofer war ein Nationalist des 18. Jahrhunderts gewesen.

Tscharly sprang auf die Beine zurück und tauchte unter einem Armschwinger seines Gegners durch. Siegfried trug einen Totschläger. Die Wucht des Hiebs streifte Tscharlys rechte Schulter. Allein diese Kostprobe reichte aus, um die Kraft des Riesen bis in jede Faser seines Körpers zu entfalten. Siegfried trat nach Tscharlys Hand, woraufhin ihm die Pistole entglitt. Siegfried stapfte mit schweren Schritten auf ihn zu. Attila sprang Siegfried von hinten an und hielt sich an ihm fest. Attila verbiss sich dieses Mal in Siegfrieds einer Ohrmuschel. Der Rockerkönig musste in seinem früheren Leben ein Hund gewesen sein, argwöhnte Tscharly. Attila spuckte die komplette

Ohrmuschel in den Staub. Siegfried revanchierte sich, indem er sich wie ein Ringer nach vorne bückte. Attila überschlug sich und landete mit dem Steißbein voran auf dem Boden, jedoch nicht, ohne zuvor Bekanntschaft mit dem Totschläger gemacht zu haben. Dort, wo Attila eine Nase besessen hatte, zeigte sich eine klaffende Wunde. Das Narbengesicht hatte sich in eine unförmige Masse verwandelt. Er spie Blut. Allein Reflexe steuerten seine Bewegungen. Tscharly bekam eine Eisenstange zu fassen und rammte sie in Siegfrieds Brustkasten. Er spürte, wie die Rippen seines Gegners knacksten, was diesem jedoch keinerlei Schmerzregung abverlangte. Siegfried packte das eine Ende der Stange und rammte damit Tscharly gegen die Hüfte. Tscharly rang um Atem; seine Beine bewegten sich unwillkürlich. Er kam sich wie ein betrunkener Tänzer, der eine Choreografie einstudierte, vor und krachte rückwärts gegen eine Holztür. Er stolperte unwillkürlich in einen Schuppen. Werkzeuge hingen überall an den Wänden. Er schleuderte einen Hammer, eine Beißzange und eine Handkreissäge nach Siegfried, der lachend unter den Gegenständen wegtauchte. Plötzlich hielt Tscharly ein Gerät in seiner rechten Hand, das sich wie eine kleine Waffe anfühlte. Es handelte sich um eine Nagelpistole, wie sie von Zimmermännern benutzt wurde. Tscharly betätigte mit der rechten Hand den Abzug. Klammern schossen Siegfried entgegen. Nach wenigen Sekunden war das Magazin leer und es hätte Ewigkeiten gedauert, in einer der Schubladen nach neuer Munition zu suchen. Siegfried zog sich eine Klammer aus dem rechten Auge und betrachtete sie wie ein Sandkorn, das er nach dem Erwachen entdeckt hatte. Tscharly stürzte über eine Vorrichtung mit einem Schraubstock und blieb zwischen Werkbank und Kreissäge liegen. Siegfried drückte einen roten Knopf, woraufhin sich das Sägeblatt fauchend in Bewegung setzte. Siegfrieds Faust schloss sich um Tscharlys Hals. Tscharly kam auf dem Schlitten der Kreissäge zu liegen und spürte an seiner Stirn den Schmerz, den das in seinen Knochen eindringende Kreissägenblatt verursachte. Er wand sich und rang mit aller Gewalt um Befreiung. Siegfried stemmte sich mit der Wucht seines durchtrainierten Körpers auf Tscharlys Magen und schlug ihm mit dem Totschläger gegen das Brustbein. Tscharlys Atmung setzte aus; sein Verstand spielte verrückt; er sah vor seinem geistigen Auge sich selbst aus der Vogelperspektive. Wie eine Puppe, unter deren Schädeldecke das Gehirn herausquoll. Grau und blutig und von Liquor durchtränkt.

Die Schockstarre und seine Wahnvorstellungen endeten abrupt. Siegfried befand sich noch immer an derselben Stelle, jedoch machte er keine Anstalten, den Schlitten weiter nach vorne zu bewegen. Der Riese stand wie erstarrt. Tscharly stierte ihm in die Augen, deren Pupillen sich weiteten, als hätte er gerade eben einen tödlichen Schmerzcocktail eingenommen.

„Missgeburt!“, schrie Attila.

Der Türke hielt die Eisenstange in der Hand, mit der er Siegfried auf den Hinterkopf geschlagen hatte. Ein zweiter Hieb ließ den Hünen nach vorne kippen. Siegfried verdrehte die Augen, stürzte mit der Schulter gegen das Sägeblatt und wurde von der hohen Drehgeschwindigkeit zur Seite geschleudert, jedoch löste sich zuvor ein Stück aus seinen Schultermuskeln aus dem Körper und flog als blutiger Klumpen durch den Schuppen. Wie ein Steak, rare. Nach englischer Art.

Attila schwang die Eisenstange nach Tscharly, der nur eine unmenschliche Fratze vor sich sah, die mehr und mehr an Blut verlor, während sie ihm die letzte Energie abverlangte. Tscharly griff nach einem Vorschlaghammer und lieferte sich ein Duell mit dem Rockerkönig. Der ‚schöne‘ Attila mit den vielen Narben würde seinem Titel nie wieder gerecht werden.

Tscharly schrie: „Warum schaltest du nicht zuerst Siegfried aus, Monsterfratze? Jetzt ist die Gelegenheit …“

„Halt deine Fresse!“

Tscharly parierte und spürte jeden Kontakt mit der Stange in seiner rechten Schulter.

Wahrscheinlich fürchtete diese Kreatur sich davor, Siegfried, die Ikone der Rechten, zu töten.

Ein Schuss löste sich aus einer Pistole.

Tscharly erstarrte. Das Geräusch war dermaßen nah, dass er glaubte, das Projektil hätte ihn irgendwo am Körper getroffen. Dieses streifte jedoch nur seine Schläfe und schlug hinter ihm in die Wand ein. Ariella stand wie ein Zombie vor ihnen. Leichenblass. Attila kippte nach vorne. Das Geschoss war von hinten in seinen Schädel eingedrungen und aus der Stirn wieder ausgetreten.

Attila landete auf der Tenne und erschlaffte, bevor er aufschlug.

Nur das Rauschen seines Herzschlags und das Geräusch der Kreissäge in den Ohren, stierte er die Mailänderin an. Wächsern und leuchtend wirkte sie in der Werkstattbeleuchtung, die sich automatisch eingeschaltet hatte.

„Wo hast du nur …?“, stammelte er. „Oh mein Gott, wo hast du nur so gut schießen gelernt?“

Sie ließ die Waffe fallen.

„Ich kann nicht schießen, Tscharly. Ich habe noch nie eine Pistole in der Hand gehabt.“ Dann murmelte sie ein paar Worte in ihrer Muttersprache. Vielleicht betete sie tatsächlich.

„Dann hat uns wirklich ein Wunder gerettet“, sprach er. Und es blieb ihm nichts anderes übrig, als zu glauben, was er soeben formuliert hatte. Für gewöhnlich setzte ein derart präzise geführter Schuss jahrelange Übung voraus und jede Menge Talent. Wie hatte dieses siebzehnjährige Kind es nur geschafft, die Hand dermaßen ruhig zu halten, um diesen Volltreffer zu landen?

„Los! Komm!“

Siegfried begann sich bereits wieder zu regen.

Tscharly zog Ariella an der Hand und stürmte zu der Motocross-Maschine, die dem Wiener Rocker gehört hatte. Aufgrund seiner panischen Angst gelang es ihm, die Maschine alleine auf die Räder zurückzukriegen.

„Setz dich drauf!“, befahl er Ariella.

Siegfried kam wankend und mit großen Schritten auf sie zu.

„Los … Mach!“

„Aber ich …“, stammelte Ariella.

Er zerrte an ihr. Er hätte nicht sagen, können, wie es ihm gelang, sie auf den Rücksitz zu befördern. Ariella vollführte die Bewegungen wohl automatisch und hielt sich tapfer an ihm fest.

Tscharly drehte den Schlüssel und trat das Gaspedalpedal durch. Beim zweiten Versuch sprang der Motor an. Siegfried bekam die Maschine am hinteren Rahmen zu fassen und hob scheinbar mühelos das Rad an. Tscharly legte den dritten Gang ein und gab Vollgas. Erde schleuderte von den Reifen und traf Siegfried in den Augen. Tscharly stemmte sich mit den Beinen gegen den Boden und riss die Maschine rückwärts. Siegfried hatte mit einer derartigen Reaktion nicht gerechnet und wankte zur Seite. Dadurch schlug der Hinterreifen auf dem Boden auf. Die Maschine setzte sich wie eine Rakete in Bewegung. Siegfried hielt den Rahmen eisern umklammert, als wiege sie Luft. Der Motor drohte abzusterben. Tscharly schaltete in den zweiten Gang und steuerte direkt auf das Stahltor zur. Sekundenbruchteile später donnerte der vordere Teil des Motorrads gegen den Gefängniszaun. Tscharly drehte den Kopf seitlich und duckte sich. Das Motorrad riss ein gewaltiges Loch in die Maschen. Einer der Betonpfosten kippte und fiel auf den Hünen, dessen Finger sich endlich lösten. Siegfried rettete sich durch einen Sprung zur Seite. Der Pfosten fiel nach links – entgegengesetzt.

Tscharly gab Gas. Vollgas.

25. Sonntag, ein Tag vor dem „Tag X"

Ein paar gebrochene Rippen, eine Fleischwunde an der Schulter und etliche Hämatome am ganzen Körper verteilt – aber wenigstens keine Schmerzen. Auch das Auge hatte aufgehört zu tränen. Und die Stelle, an der sich seine Ohrmuschel befunden hatte, wurde ihm vor dem Spiegel kaum als Makel bewusst. Wenn Siegfried es recht bedachte, dann war das Vorhandensein einer Ohrmuschel stets der Grund einer Asymmetrie gewesen. Der Blick in den Spiegel erwies sich daher beinahe als beruhigend, wäre nur nicht der Einschuss in der linken Brust gewesen. Bisher funktionierte seine Atmung, aber wie lange noch? Wann würde das Zwerchfell kollabieren und damit zum Erstickungstod führen? Oder hatte das Projektil vielleicht doch die Aorta minimal gestreift und er würde binnen Stunden verbluten?

„Zähneputzen, Mama", murmelte er.

Er hatte sich die Zähne noch nicht geputzt, fiel ihm ein. Und er musste lachen. „Ein großer Junge kann sich seine Zähne schon selbst putzen", hörte er in Gedanken den Mann, der ihn nach Millas Verstümmelung erzogen hatte.

Siegfried trat auf den Hof hinaus.

„Was soll nur mit dir passieren, Mama, wenn ich nicht mehr bin?"

Wer würde in Zukunft jene Frau pflegen, die ihn als Säugling aus einem Krankenhaus in Kärnten gestohlen hatte? Die ihn die ersten drei Jahre seiner Kindheit mit Schlägen drangsaliert hatte, ohne dass er jemals irgendeine Form von Schmerzen spürte.

Odin Renner verdankte er letztlich jene Position als weißer Messias des Rechtsrocks, weil er Siegfrieds scheinbare Unverwundbarkeit als germanisches Ideal gefeiert hatte, anstatt darin eine Behinderung zu sehen.

Aber das war lange her …

Siegfried verzichtete auf Verbände.

Er trat nach draußen.

Keine Drohne in Sicht.

Wahrscheinlich hatte Wagner ihm längst seine elektronischen Späher hinterhergeschickt. Was für ein Glück, dass das Verlies viel zu tief in der Erde war, als dass Wärmebildkameras Aufnahmen hätten erstellen können. Auch Geräusche drangen nicht nach draußen. Milla lebte im absoluten Off. Offline. Daran änderte auch das Tablet nichts, solange sie da unten keinen Empfang hatte. Was für ein wunderbarer Zustand.

Siegfried trat in die Garage, und fünf Minuten später befand er sich im Verlies.

„Junge, du bist noch wach?", empfing ihn seine Mutter mit Blick auf eine Digitalanzeige, die ihrem Bett gegenüber an der kahlen Wand hing.

„Ja, Mama, ich kann nicht schlafen."

Er machte das Licht an.

„Aber mein Liebling, wie siehst du denn aus?", sprach sie voller Bestürzung.

„Mach dir keine Sorgen, Mama! Wird schon wieder." Er setzte sich auf einen Hocker neben ihrem Bett und konnte sich ein Lachen nicht verkneifen.

Nachdenklich betrachtete er die Nahrungspumpe und den Regler der automatischen Luftmatratze, die gerade dabei war, Druck abzugeben, um ein Wundliegen zu verhindern. Was technische Helferlein einem Pflegebedürftigen und seinen Angehörigen heutzutage für großartige Möglichkeiten boten, dachte er einmal mehr.

„Was ist passiert?", fragte sie hysterisch. „Was soll aus mir hier unten werden, wenn du tot bist?"

Derselbe Gedanke, begriff er. Wenigstens war sie noch nicht vollkommen verblödet.

Er erzählte ihr von Tscharly und den beiden Rockern.

„Ausgerechnet eine kleine Itakerin schlägt meinen Sohn k.o. Schämen solltest du dich dafür", mäkelte sie erwartungsgemäß an ihm herum. Er widerstand nur schwer dem Drang, ihr dafür an die Gurgel zu gehen.

„Deine Zeit ist gekommen, Mama", sagte er.

Sie sah bestürzt zu ihm. „Wie … wie meinst du …? Willst du mich denn …?“

Ihre vor Angst großen Augen bereiteten ihm eine sadistische Freude. Die Hassliebe war zwischen ihnen während ihrer Jahre im Keller stärker geworden. Er fragte sich, welcher Anteil überwog. Der Hass oder die Liebe?

Er schaltete die Nahrungspumpe aus, entfernte den Schlauch von der Bauchsonde und spülte fachgerecht mit einer Spritze einen kräftigen Schluck Mineralwasser hinterher. Die Kohlensäure sorgte stets dafür, dass im Leitungssystem nichts verklebte.

Er zog den Stecker der Luftmatratze aus der Wand.

„Wo bringst du mich hin?“

Er zog ihr eine frische Windelhose an und verpackte sie in ihrem Koffer. Nur der Kopf schaute am Ende noch heraus. Praktisch. „Die Mama zum Mitnehmen“, sinnierte er laut vor sich hin.

„Siegfried, ich warne dich. Wenn du mir was antust, dann … dann wirst du das …“

„Was?“, fuhr er sie an. „Willst du dich rächen, indem du mir alles vollscheißt, du Stück Fleisch mit Hirn?“

Er hievte sie vor sich her in die Garage.

„Was soll ich hier?“, schrie sie in Panik.

Zum ersten Mal seit über einem Jahrzehnt an der frischen Luft – daran musste sie sich wohl erst einmal gewöhnen, dachte er. Er hatte jedoch keine Zeit, Rücksicht zu nehmen. Er trug sie auf den Hof hinaus, wo die Motocross-Maschine stand. Dann ging er ins Haus zurück und holte einen großen roten Lackstift. Ihre Schreie nervten ihn. Er brachte sie mit einem Satz kräftiger Ohrfeigen zum Schweigen. Milla verfiel in Ohnmacht. Und das war der beste Zustand. Der einzige Zustand, in dem er diese Frau länger als fünf Minuten ertrug.

Er wandte sich der Motocross-Maschine zu und stellte sie auf die Räder zurück. Das gute Stück hatte einige Kratzer abbekommen, aber sie sprang ohne Probleme an. Es gelang ihm, den Koffer mit der bewusstlosen Frau hinten an der Maschine festzumachen.

„Wir haben eine lange Reise vor uns, Mama", sprach er und schaute in die Dunkelheit. „Und in Anbetracht meiner körperlichen Situation weiß ich nicht, wie lange wir noch Zeit haben."

Er würde die ganze Nacht bis Berlin durchfahren müssen.

Aber zuvor schrieb er mit dem Lackstift in großen roten Buchstaben auf den Koffer die Worte: VORSICHT, MAMA AN BORD!

Er fühlte sich erschöpft und in Vorfreude.

3. Teil

26. Montag, „Tag X“

Der Mann mit dem buschigen Schnurrbart hustete, während er die Billigzigarette auf dem Armaturenbrett ausmachte. Er hielt den Lastwagen genau an der Stelle an, an der die A100 in Berlin Charlottenburg die B2 beinahe im rechten Winkel schnitt.

„Wenn ihr diese Straße herunterlauft“, sagte er, während sein Arm die B2 in östliche Richtung hinauszeigte, „dann könnt ihr das Regierungsviertel nicht verfehlen. An der Deutschen Oper vorbei, dann der Ernst-Reuter-Platz, danach das Charlottenburger Tor, kurz durch den Tierpark und immer weiter. Einfach auf der Straße bleiben und ihr kommt direkt auf die Siegessäule zu. Auf der linken befindet sich der Reichstag.“

„Danke“, sagte Tscharly, öffnete die Lkw-Tür und spürte jede einzelne seiner Wunden.

Jetzt war allerdings nicht die Zeit, zimperlich zu sein. Vielmehr musste er sich zusammenreißen. Für sich, Ariella, Kira und Konsti

„Soweit ich durch meinen Funkkontakt herauskriegen konnte, ist dieses Gebiet noch nicht in der Hand der Aufständischen“, wiederholte er eine Nachricht, die Tscharly eigentlich erst veranlasst hatte, hier auszusteigen, da der Mann in den ‚roten Wedding‘ musste, um dort gebildete Arbeitermilizen, die gegen die Nazis Front machten, mit Lebensmitteln zu unterstützen. „Ich wünsche Ihnen alles Glück der Welt.“

„Ihnen auch“, meinte Ariella und Tscharly merkte ihr an, wie sie sich zusammenreißen musste, um nicht in eine Litanei des Klagens zu verfallen.

„Alles klar“, meinte der Mann, der sie in der Nähe von Eisenach aufgelesen hatte.

Schnell hatte sich herausgestellt, dass dieser Mann, dessen Familie ursprünglich aus Albanien stammte, Konservenfleisch für die regierungstreuen Arbeitermilizen im Wedding transportierte. Der Mann drehte den Motor auf und fuhr weiter Richtung Norden, während Tscharly sich umschaute. Die Bundesstraße 2 führte über zahlreiche Brücken hinweg direkt ins Herz von Berlin. Während der Fahrt hatte der Mann immer wieder über Funk mit anderen Lkw-Fahrern gesprochen. Offensichtlich gab es beinahe ständig wechselnde Nachrichten darüber, wer in welchen Stadtteilen die Oberhand behielt, aber Charlottenburg schien nicht zu den bereits ‚braunen' Stadtgebieten zu gehören. Dies war nur natürlich, da hier der Ausländeranteil besonders hoch war und die Türken, Araber und sonstige Nationen sich überhaupt nicht vorstellen konnten, mit den Rassefanatikern gemeinsame Sache zu machen.

„Komm, Ariella", meinte Tscharly und tatsächlich hakte sie sich bei ihm ein.

Gemeinsam gingen sie in östliche Richtung, der aufgehenden Sonne entgegen. Links und rechts der Bundesstraße hatten offenbar Plünderungen stattgefunden, aber alles in allem sah es weniger schlimm aus als im Münchner Osten. Horden von Männern hatten sich an den Straßenrändern zusammengerottet und sich ein buntes Sammelsurium an Waffen zurechtgelegt. Tscharly entdeckte Gewehre, Pistolen, Armbrüste, Äxte, Macheten, Wurfsterne, Totschläger und sogar massive Bratpfannen. Hin und wieder wurden sie von solch einem Trupp kritisch gemustert, aber sie wurden in Ruhe gelassen. Vielleicht lag es an Ariellas etwas dunklerer Haut, dass sie nicht für Nazis gehalten wurden und deshalb Probleme bekamen.

„Wie weit ist es zur Bundeskanzlerin?", fragte Ariella müde und dennoch gelang es ihr, ihm einen kecken Blick zuzuwerfen, der ihm wieder ein wenig Mut und Zuversicht einhauchte.

Er versuchte sich an frühere Tage zu erinnern, als er als junger Mann allein die Hauptstadt bereist hatte. Damals hatte es aber überall noch die Berliner Mauer und Sektorengrenzen gegeben. Heute gab es lediglich zwei Lager – die Putschisten und die alte Regierung.

„Das dürfte nicht länger als eine Stunde oder maximal anderthalb Stunden dauern“, riet er einfach.

Keine Antwort war auch eine Antwort und er erkannte, wie Ariellas Augen sehnsuchtsvoll in Richtung der verwaisten U-Bahn-Eingänge schielten.

„Da ist nichts zu machen“, sagte er mehr zu sich selbst als zu seiner Begleiterin.

Immer wieder sprachen sie sich gegenseitig Mut zu, denn aufgrund der Verletzungen wurde die an sich leicht zu Fuß zu bewältigende Strecke eine Tortur. Immer wieder ertönten in der Ferne Schüsse von großen und kleineren Kalibern. Das schien hier niemanden zu stören, was vielleicht auch daran lag, dass die hier wohnenden Menschen in dieser Hinsicht bereits vor dem Putsch einiges gewöhnt waren. Aber neu waren ganz sicher die patrouillierenden Hubschrauber am Himmel, hin und wieder ein Kampfjet, die sehr niedrig flogen und deshalb besonders beeindruckend waren. Polizeiautos fuhren in dichten Konvois.

„Sag mal, Tscharly, was hilft es denn deiner Frau und deinem Sohn, wenn wir es irgendwie zur Bundeskanzlerin schaffen sollten?“

Diese Frage zeugte von großer Reife, doch der Versuch einer Beantwortung verursachte ein ungutes Gefühl in der Region seines Halses.

„Die Kanzlerin kann mir helfen“, antwortete er voller Zweifel und spähte immer wieder nach neuen Gefahrenquellen. „Das ist alles, was mir bleibt. Hoffnung auf Hilfe.“

Halb amüsiert und halb geschmeichelt kriegte er mit, wie Ariella ihm einen bewundernden Blick schenkte.

„Wie pathetisch“, sagte sie.

„Ich werde versuchen, die Bundeskanzlerin nach allen Kräften zu unterstützen, um diese Demokratie, die jahrzehntelang mein zu Hause war, zu beschützen. Ich werde alles daransetzen, diese braunen Menschenverächter daran zu hindern, die

Herrschaft über Deutschland und später vielleicht Europa zu gewinnen."

„Tscharly, da hinten ...", unterbrach Ariella ihn an dieser salbungsvollen Stelle.

Er blickte geradeaus und erkannte, die vor ihnen liegende Grünfläche musste der Tiergarten sein. Hier war ein kompliziertes Barrikadensystem aus Sandsäcken und Stacheldraht errichtet worden. Panzer standen vor und hinter den Sperren. Maschinengewehrnester überblickten und beherrschten die gesamte Umgebung. Männer in Bundeswehruniformen hielten Ferngläser und Feldstecher in den Händen und suchten die Gegend in unterschiedlichen Richtungen ab.

„Sieht so aus, als ob das die unseren wären", stieß Tscharly einen Seufzer der Erleichterung aus, war sich aber wohl bewusst, dass alles doch ganz anders sein konnte, denn hier war vermutlich kaum noch etwas, wie es einmal gewesen war.

„Hoffentlich lassen die uns durch", meinte Ariella und setzte hinterher, „hast du denn überhaupt einen Beweis dafür, dass die Kanzlerin dich sprechen möchte?"

Tscharlys Schultern sackten verräterisch in sich zusammen.

„Du wirst schon sehen, das klappt auf jeden Fall, weil wir die Guten sind", sprach er sowohl seiner Begleiterin als auch sich Mut zu.

Als sie fünfundzwanzig Meter vor dem Checkpoint standen, unterbrach sie ein scharfer Zuruf.

„Der Mann und die Frau auf der Stelle stehen bleiben. Wir schießen sonst mit scharfer Munition. Hände hoch und weitere Instruktionen abwarten."

Tscharly und Ariella leisteten den Anforderungen sofort Folge.

„Ich habe mir ein anderes Willkommen vorgestellt", meckerte Ariella.

„Du musst das doch verstehen", wandte Tscharly ein. „Deutschland ist im Bürgerkrieg versunken und niemand möchte einen Fehler machen."

Zwei Soldaten eines Fallschirmjägerregiments traten aus dem Schutz der Sandsäcke mit gezückten Heckler & Koch-Maschinenpistolen hervor.

„Hände oben behalten und keine plötzlichen Bewegungen", sagte der Fallschirmjäger, unter dessen Barett blonde Locken hervorschauten.

Der brünette Kollege nickte nachdrücklich.

„Können Sie sich ausweisen? Wohin wollen Sie?"

Der Blonde sicherte die Situation aus einiger Entfernung, indem er die Heckler & Koch schräg nach unten hielt, den Schaft an der Schulter und den Finger am Abzug.

„Tscharly Huber. Das ist unser Au-pair Ariella. Ich kann mich ausweisen."

Tscharly hatte damit gerechnet, sofort die Ausweispapiere vorzeigen zu müssen, doch das war offensichtlich nicht die Priorität der Soldaten.

„Gut, dass Sie wenigstens die Ausweise dabeihaben", sagte der Braunhaarige in Hinblick auf Ariella. „Aber auch das wird Ihnen jetzt nichts nützen, wenn Sie hier weiterwollen. Das Gebiet um den Bundestag ist absolutes Sperrgebiet. Hier gibt es kein Durchkommen, ob mit oder ohne Ausweis. Deshalb möchten wir Sie bitten, kehrtzumachen, sich nicht mehr der Sperrzone zu nähern und nach Hause zu gehen. Passen Sie auf sich auf."

Für einen Augenblick hatte Tscharly das Gefühl, den Boden unter den Füßen zu verlieren. Seine verbleibende Trumpfkarte musste er jetzt ausspielen. Mit völlig ungewissem Ausgang. Vielleicht bogen sich die Soldaten vor Lachen und schickten ihn stehenden Fußes weg. Das Ohnmachtsgefühl, das sich aus der Einsicht heraus speiste, dass dies eine durchaus wahrscheinliche Möglichkeit war, drohte ihn zu erdrücken. Hinzu kam ein weiterer Schmerzschub, der alle bisher Dagewesenen übertraf.

„Die Bundeskanzlerin hat mich für heute als Mitglied in ihren Krisenstab berufen", sagte Tscharly und seine eigene

Stimme hörte sich so an, als stamme sie aus einem Paralleluniversum.

Zu seiner Überraschung verzogen die Soldaten keine Miene. Allerdings tauschten sie einen kurzen Blick aus.

„Was glauben Sie eigentlich, wie viele Personen heute hier schon ganz dringend in den Bundestag wollten, weil ausschließlich sie das Schicksal der Bundesrepublik Deutschland retten können?"

„Mindestens zehn", hörte er Ariellas Stimme und obwohl er sich unter normalen Umständen über den lustigen Einwand gefreut hätte, war er jetzt verärgert, denn hier war kein Raum für Spielchen.

„Fast", sagte der Blonde zu seiner großen Überraschung und musterte Ariella mit begehrlichen Blicken.

„Das ist doch klar", legte Ariella nach und Tscharly merkte, wie sie plötzlich alle unter den gegebenen Umständen möglichen Flirtregister zog. „Jeder möchte sich vor diesem abscheulichen Nazi-Gesindel in Sicherheit bringen. Aber mein Begleiter, Herr Huber, hat tatsächlich einen Anruf der Kanzlerin erhalten, indem sie ihn bat, am Montag bei ihr vorstellig zu werden."

„Waren Sie beim Telefonat anwesend?", fragte der Blonde, der sein Interesse an der zierlichen Italienerin ebenso wenig überspielen konnte.

Tscharly betete innerlich, dass sie bei der Wahrheit blieb – das war ihre einzige Chance.

„Nein, aber Herr Huber hat seiner Frau direkt nach dem Telefonat davon berichtet und ich war Zeugin dieses Gesprächs."

„Wo ist denn seine Frau?"

Der Boden bebte heftig unter Tscharlys Füßen.

Was sollte er jetzt tun?

Eine Geschichte erfinden, sie befände sich in Sicherheit, damit er hier schneller durchkam?

Oder es doch lieber mit der Wahrheit halten?

„Sie befindet sich in der Geiselhaft der Putschisten", antwortete er. „Roland Wagner, Siegfried, Renner und Hocke halten sie gefangen. Oder aber zumindest einer von ihnen. Bei Wagner bin ich mir sicher."

In der Zwischenzeit hatte sich ein weiterer Soldat mit deutlich mehr Abzeichen der Szenerie genähert und musterte alle mit kritischen Blicken.

„Woher wollen Sie wissen, dass es tatsächlich einen Putsch gibt und wie die Putschisten heißen?", fragte er und machte seinen Untergebenen dadurch unmissverständlich klar, jetzt war er am Drücker.

Was jetzt?

Sollte Tscharly einen mindestens sechsstündigen, atemberaubenden Vortrag über seine Beziehungsgenese zu den rechten Schweinen erwähnen?

Wohl eher nicht.

„Seien Sie versichert, ich bin so tief in die Materie involviert, dass die Bundeskanzlerin persönlich auf meiner heutigen Anwesenheit in Berlin bestanden hat."

Der Mundwinkel des Lametta-Trägers zuckte ein klein wenig verächtlich.

„Zeigen Sie Ihren Ausweis."

Mit zittrigen Händen holte Tscharly sein Portemonnaie hervor und übergab es dem Soldaten. Dieser nahm das Dokument und studierte es kritisch.

„Der Name sagt mir was", brach er das Schweigen. „Wenn ich jetzt hier für nichts herumtelefoniere, lasse ich Sie für unbestimmte Zeit arretieren. Sollte sich Ihr Anliegen als richtig erweisen, wird es meine vornehmste Aufgabe sein, einen Demokratiefreund so schnell wie möglich zur Bundeskanzlerin zu bringen."

Die folgenden Minuten kamen Tscharly so surreal vor wie das Dali-Uhrengemälde. Wenn es tatsächlich einen katholischen Gott gab, dann war die sich ins Unendliche erstreckende Zeit die Vorstufe des Limbus. Immerhin gestatteten die Fallschirmjäger beiden, die Arme herunterzunehmen. Ariella trat nervös von einem Fuß auf den anderen. So wacker sie sich bisher geschlagen hatte, nun schien sie eindeutig mit der Situation überfordert.

„Der Mann und die Dame können passieren“, ertönte plötzlich aus einem blechern klingenden Lautsprecher.

Als Tscharly einen Fuß vor den anderen setzte, hatte er das Gefühl, hinter den Sandsäcken begänne eine andere, eine neue Welt.

27. Montag, „Tag X"

„Was ist denn mit dir passiert?", fragte Wagner, als Siegfried in den Lagebesprechungsraum eintrat.

„Geht dich gar nichts an", erwiderte dieser barsch. „Du bist nicht der Einzige, der das Recht hat, auf beiden Seiten seines Körpers Extremitäten zu verlieren."

„Solange du deine wichtigste Extremität noch besitzt", witzelte Wagner, aber seine Gesamtmimik verriet einen anderen Gemütszustand.

„Wagner, verlass dich drauf, wenn das hier ausgestanden ist, wird zwischen uns die Endabrechnung erfolgen und die wird nicht sehr erfreulich für dich."

„Hast du etwa Besuch in deinem thüringischen Domizil erhalten?"

Siegfried schnaubte die Aussage hinweg.

„Oder hast du etwas Neues über deine Ziehmutter in Erfahrung gebracht?"

Mit Mühe konnte Siegfried sich zurückhalten, um Wagner nicht den Hals umzudrehen.

„Meine Herren, die Lage ist ernst und erfordert all unsere Aufmerksamkeit", unterbrach sie Hocke, der mit Renner und Generalinspekteur Bauter formlos an einem kleinen Tisch saß, bar jeder Karten. „Bitte stellt eure privaten Fehden hintenan. Wir müssen dringend Kriegsrat halten. Noch sind Teile der Stadt nicht in unserer Hand."

Nachdem die Streithähne artig nebeneinander Platz genommen hatte, erhob sich Hocke.

„Leider überstürzen sich die Ereignisse. So gut unser Unternehmen begonnen hat, so sehr scheint es inzwischen auf der Kippe zu stehen."

Nach dieser dramatischen Einführung setzte sich der Politiker und der designierte Verteidigungsminister erhob sich, straffte den Körper und setzte eine ernste Miene auf.

„Bei allen vorhandenen Schwierigkeiten möchte ich zunächst darauf hinweisen, dass auch unsere historische Vorgängerbewegung bei der Realisierung ihrer Vorhaben etliche Probleme zu meistern hatte“, begann Odin. „Doch nun droht uns unser Plan auf die Füße zu fallen. Aus London hat uns die Nachricht erreicht, dass Anti-Terroreinheiten Brown festgesetzt haben und die Flugzeuge mit den Fallschirmspringern nicht Berlin erreichen werden.“

„Scheiße“, entfuhr es Siegfried, „das bedeutet ja, wir haben keine psychologische Wirkung mehr, die von diesem Unternehmen ausgehen sollte.“

„Vollkommen richtig“, stimmte Renner zu. „Außerdem sind wir der Möglichkeit beraubt, mit den britischen Elite-Fallschirmjägern direkt in das inzwischen äußerst stark gesicherte Regierungsviertel einzudringen. Aber das sind beileibe noch nicht alle Hiobsbotschaften.“

Trotz aller persönlichen Rivalität tauschten Siegfried und Wagner einen sorgenvollen Blick aus.

„Bei de Ligt und de Grote scheint alles zu funktionieren und die avisierte Hilfe werden wir bald sehr positiv zu spüren bekommen. Am meisten Sorge macht uns der Verbleib von Tomić. Trotz aller Bemühungen ist es uns nicht gelungen, Kontakt mit ihm herzustellen. Es gibt übereinstimmende Berichte, dass serbische Panzer in Richtung Berlin rollen. Also steht Tomić zu seinem Wort. Offensichtlich ist dieser Transport aber irgendwo aufgehalten worden.“

Bauter räusperte sich.

„Das ist die Achillesferse der modernen Kriegsführung, aber darauf habe ich ja bereits vor Beginn der Operation Tag X hingewiesen“, sagte er in einem beinahe unerträglich besserwisserischen Tonfall.

Selbst dem sonst immer stillen Diener Wagners, der hinter seinem Chef eine lockere Habachtstellung eingenommen hatte, entfuhr ein leises „Verdammt!“

„Hinzu kommt“, riss Odin wieder das Wort an sich, „dass Gerüchte über Tomić kursieren, wonach der Mossad oder die CIA ihn eliminiert und durch einen uns feindlich gesinnten Stellvertreter ersetzt haben. Unsere Aufklärungsdienste halten die Meldung zwar für falsch, aber dass solche Gerüchte bereits im Umlauf sind, ist immer ein Zeichen, etwas funktioniert nicht."

Bleierne Stille senkte sich in den Raum. Siegfried weilte in Gedanken bei Milla. Er hatte sie an einem geheimen Ort gebunkert. Für die große Stunde des Triumphs …

Odin riss ihn aus seiner Gedankenwelt.

„Außerdem: Einige Truppenteile der Bundeswehr scheinen sich nicht ganz sicher zu sein, welcher Seite sie sich zuneigen sollen. So erreichen uns ständig neue Nachrichten, Polizei und Militär würden zu uns überwechseln, aber ebenso andersherum. Die faschistische Regierung hat ihre Gegenpropaganda in Gang gesetzt. Der Blackout hat seine Wirkung voll entfaltet. Teilweise ist massive Panik in der Bevölkerung ausgebrochen. Es kam zu Plünderungen und Ausschreitungen. Ersten Einschätzungen unseres Sicherheitsdienstes zufolge, tendieren große Bevölkerungsteile wie erwartet dazu, sich auf unsere Seite zu schlagen. Das ist vor dem Hintergrund der jahrelangen Knechtschaft unter der US-raelischen Knechtschaft und dem Versuch der Ausrottung unseres Volks kein Wunder. Allerdings haben wir in unseren Überlegungen wohl die Zahl der hier lebenden Ausländer nicht genügend berücksichtigt. Das System hat uns hier hereingelegt. Seit Jahren betreiben sie den Bevölkerungsaustausch und haben dadurch bereits eine große Umvolkung erreicht. Kurzum, die meisten Ausländer, zumindest die, die außerhalb Europas entstammen, sind als Gegner anzusehen."

Hocke hob beinahe bedächtig den rechten Arm – jetzt bin ich wieder dran.

„Unsere Revolution steht auf Messers Schneide. Je länger die Ereignisse andauern, umso mehr schwinden unsere Chancen, sie erfolgreich zu Ende zu bringen. Nun ist guter Rat nicht nur teuer, sondern überlebenswichtig."

„Hinzu kommt, dass wir das Areal des Think Tanks nicht mehr länger als sichere Homebase benutzen können", setzte Wagner noch eins drauf. „Anscheinend ist der Feind über unseren Aufenthaltsort im Bilde und wir sollten am besten nach dieser Sitzung hier die Zelte abbrechen und uns in den bestens geschützten Raum der Hermann-Göring-Kaserne begeben."

Jetzt war die Anspannung mit Händen zu greifen. Alle Mienen waren todernst.

„Ich möchte an dieser Stelle dem Revolutionsrat einen Vorschlag unterbreiten", ergriff der Mann das Wort, dessen ureigenste Kompetenz das Militär und die Kriegsführung werden sollte. „Es ist bekannt, dass alle militärstrategischen und militärtaktischen Planungen bereits nach dem ersten Schuss wie ein Kartenhaus zusammenbrechen. So auch in diesem Fall. Unsere einzige Rettung liegt nun darin, mit einem mit aller Entschlossenheit und Härte durchgeführten Schlag, die Situation zu unseren Gunsten zu entscheiden."

„Und wie soll dieser Befreiungsschlag konkret aussehen?", wandte Wagner ein und Müllfred nickte im Hintergrund eifrig.

„Das ist genau der Punkt, auf den ich jetzt zu sprechen kommen wollte", nahm Renner die Vorlage dankbar auf. „Wir müssen die Entscheidungsschlacht erzwingen. In diesem Fall heißt das, wir müssen das Regierungsviertel in Berlin stürmen."

Die Anwesenden senkten die Blicke, doch nach und nach nickten sie und ein Hoffnungsschimmer zeichnete sich auf ihren Gesichtern ab.

„Wir massieren alle uns im Befehlsbereich Nord zur Verfügung stehenden Truppen, holen uns wohlgesonnene Zivilisten als menschliche Schutzschilde hinzu und fegen das Regierungsviertel mit einem Schlag hinweg. Das Ganze wird medienwirksam inszeniert und die Botschaft, dass die Hauptstadt in unsere Hand gefallen ist, wird ein gigantisches Umdenken in der Bevölkerung und den uns noch feindlich gesinnten Polizisten und Soldaten sowie zahlreichen Politikern bewirken. Wenn dann noch einigermaßen rechtzeitig die uns versprochene Hilfe erreicht, sehe ich keinen Grund, wieso wir nicht siegen sollten."

Siegfried erhob sich, reckte den rechten Arm zum vollendeten Deutschen Gruß in die Höhe und brüllte: „Sieg Heil!"

Es dauerte nicht einmal zwei Sekunden, bis alle anderen Anwesenden es ihm gleichtaten. Nachdem sie sich wieder gesetzt hatten, bebten Wagners Schnurrbartspitzen vor lauter Erregung. „Wir müssen jetzt klar machen, wer der Herr im Haus ist", sagte er. „Das bedeutet auch, ohne jegliches Erbarmen zuzuschlagen. Machen wir uns nichts vor, meine Herren. Wenn der Putsch misslingt und uns eine Flucht nicht glückt, werden sie uns verurteilen und danach den Schlüssel zur Gefängniszelle wegwerfen. Was ich damit sagen möchte: Ein paar Tote mehr oder weniger spielen im Fall unseres Scheiterns keine Rolle. Aber die psychologische Wirkung zugunsten des Tag X, die von sogenannten Säuberungen ausgehen, kann gar nicht hoch genug geschätzt werden."

„Ausgezeichnet", schaltete Hocke sich ein. „Wir müssen abschreckende Hinrichtungen von den Feinden der Revolution inszenieren. Da reicht Erschießen nicht aus. Ich denke, die größte Furcht geht davon aus, dass wir alle Verräter an einem Laternenpfahl aufhängen und ihnen Schilder wie ‚Ich habe Deutschland verraten', ‚Meine Frau und Kinder überlasse ich Negern' und so weiter umhängen. Dabei sollten die Medienteams das ganze Ritual des Aufhängens filmen. Die Angst der Delinquenten muss besonders gut herauskommen. Und die Schilder sollen eine Demütigung sein, sodass wirklich niemand auf diese Art und Weise zu Tode zu kommen wünscht."

Auf Wagners Gesicht waren Anzeichen zu erkennen, wie er offensichtlich mit sich rang. Er öffnete bereits den Mund, um zum Sprechen anzuheben, schüttelte dann kurz den Kopf und schwieg.

„Ich werde sofort nach Beendigung unserer Zusammenkunft die Instruktionen an den Sicherheitsdienst ausgeben", sagte Renner und rieb sich die Hände.

Jetzt konnte Wagner nicht länger an sich halten und seine Armstümpfe zuckten erratisch.

„Mit Verlaub: Der hierfür verantwortliche Sicherheitsdienst untersteht mir als zukünftigem Innenminister, Herr Renner", sagte er betont förmlich. „Also werde ich es sein, der diesen Befehl herausgibt."

Odins Gesicht färbte sich extrem rot und die Blicke, die er Wagner sendete, schienen beinahe tödlich.

„Meine Herren, wir haben in diesem Stadium der Revolution keine Zeit für Ressortstreitigkeiten", rief Hocke die Anwesenden zur Räson. „Hier kann es nur eines geben. Alle Ressorts geben den Befehl heraus. Je mehr Feinde wir aufknüpfen, umso weniger Feinde können sich uns in den Weg stellen. Und außerdem wird sich die Kunde von Massenexekutionen in Windeseile verbreiten und zahlreiche noch unentschlossene Polizei- und Soldatentruppen dazu führen, sich uns anzuschließen. Deshalb ganz klar: Alle hier Anwesenden haben die Befugnis, den ihnen unterstehenden Bereichen den Exekutionsbefehl für alle Bewaffneten, Uniformierten und offensichtlich uns feindlich gesinnten Zivilisten zu erteilen. Wir nennen diesen Befehl ‚Erneuerungsbefehl', damit die Bevölkerung spürt, dass wir hierdurch die Krebsmetastasen, die sich im deutschen Volk verbreitet haben, beseitigen."

Endlich schien Harmonie zu herrschen, denn die Anwesenden spendeten akademischen Applaus. Hockes Gesichtsausdruck verbreitete Zuversicht.

„Bleibt jetzt noch als letzter und wichtigster Tagesordnungspunkt die Frage, wie wir unseren Generalangriff auf das Regierungsviertel planen und durchführen. Gibt es zu diesem Punkt erste Vorschläge oder Ideen?"

Siegfried saß wie auf heißen Kohlen. Oder, als würde er zwischen allen Stühlen sitzen. Er wusste, was er jetzt vorzubringen hatte, war mehr als ein heißes Eisen und konnte auch nach hinten losgehen. Jetzt setzte er all seine Anstrengungen der letzten Jahre aufs Spiel. Aber hatte der Führer Adolf Hitler nicht persönlich gesagt, er habe sein ganzes Leben lang Vabanque gespielt? Doch! Und hatte der Führer damit nicht in den entscheidenden Phasen seines Lebens Erfolg gehabt?

„Als zukünftiger Propagandaminister möchte ich noch eine medienwirksame und für die Bevölkerung psychisch extrem wichtige Neuerung vorschlagen."

Eher zufällig ging sein Blick in Wagners Richtung, der ihn eiskalt fixierte und geradezu an seinen Lippen zu hängen schien. Aber das spielte jetzt alles keine Rolle mehr, denn es ging ums Ganze.

„Les jeux sont fait", fuhr er deshalb unerschrocken fort. „Wir benötigen in dieser Phase der Revolution eine Ikone, die wir als Symbol des Widerstands, als Märtyrer und als Held verkaufen können. Ideal wäre es, wenn diese Person markante optische Körperbehinderungen aufweist, die aus dem Kampf gegen das System herrühren."

Müllfred nickte eifrig.

„Entschuldigung, wenn ich an diesem Punkt einhake", grätschte Hocke dazwischen. „Natürlich erfüllt unser lieber Wagner all diese Kriterien, aber er polarisiert zu sehr, um ihn als Märtyrerikone einzusetzen."

„Ich habe überhaupt nicht an Wagner gedacht", fuhr Siegfried fort und schenkte dem Genannten ein zynisches Lächeln. „Dies wäre sicher äußerst kontraproduktiv. Aber unser Wagner ist ja nicht der Einzige, der damals in Österreich Federn beim Kampf für die Revolution lassen musste, sondern …"

28. Montag, „Tag X“

Milla war mit der Situation eindeutig überfordert. Die über fünf Stunden dauernde Reise nach Berlin hatte sie beinahe um den Verstand gebracht. Dagegen waren die Jahre im Verlies ihres Ziehsohns Siegfried fast ein Klacks gewesen. Es waren die unzähligen neuen Eindrücke, die frische Luft, die Wahrnehmung ihr inzwischen fremder Geräusche: anderer Menschen als Siegfried, der Verkehr und die auf den Straßen herrschenden Zustände, die sie schlicht überforderten. Mehrfach hatte sie auf der Fahrt Siegfried mit aller Kraft angeschrien anzuhalten und sie nach Thüringen zurückzubringen, doch Siegfried hatte ihr Flehen ignoriert. Kurz vor ihrem Ziel hatte Siegfried das Motorrad tatsächlich angehalten.

„Mama, ich muss dich jetzt in Sicherheit bringen“, hatte er ihr gesagt und dabei liebevoll mit seiner starken rechten Hand über ihre Wangenpartien gestreichelt. „Du musst jetzt noch stärker sein, als du es bisher warst.“

Bei dieser Ankündigung waren ihr beinahe die Augen heraus geploppt.

„Siegfried, tu mir das bitte nicht an“, hatte sie gefleht. „Ich will bei dir bleiben. Wenn du mir das jetzt antust …“

„… wirst du mich dann wieder verprügeln?“, hatte Siegfried bösartig ergänzt und dabei ein Gesicht aufgesetzt, das in jeglicher Hinsicht schwer zu deuten war. „Die paar Stunden wirst du wohl ohne mich aushalten.“

Milla waren Tränen über das rundliche Gesicht gekullert. Mit einem „Na, na, wer wird denn gleich?“ wischte Siegfried sie ihr ab und schenkte ihr ein versöhnliches Lächeln.

„Es … es … tut … mir …“

„Ist doch alles schon längst vergeben und vergessen“, behauptete Siegfried. „Alles, was zählt, ist doch das Hier und Jetzt.“

„Ich will nicht in den Koffer. Bitte nimm mich mit. Oder stell mich irgendwo ab. Aber bitte, bitte lass mich nicht irgendwo allein zurück! Bring mich nach Hause in meinen Keller zurück. Ich flehe dich an …"

„Das verstehe ich ja durchaus, dass du zurückwillst, aber so schlimm wird es schon nicht werden. Außerdem haben wir jetzt überhaupt keine andere Wahl."

„Wieso denn das?

„Weil Wagner hier ist."

„Wagner?"

„Exakt, Wagner. Und dein ehemaliger Verehrer möchte dich lieber sofort als in zwei Minuten tot sehen. Er sieht in dir eine Gefahr für unsere nationale Revolution."

„Weil ich jüdisches Blut in mir trage?"

„Auch. Vor allem könntest du ein schlechtes Bild auf mich werfen, wenn herauskommt, dass die Mutter meiner Ziehmutter Jüdin war."

„Aber du hast keinen einzigen Tropfen jüdisches Blut in dir, keinen! Deine Eltern waren italienische Zigeuner, die dich in einer Babyklappe in einem Krankenhaus in Kärnten abgegeben haben."

Er kannte diesen Teil seiner Herkunft, hatte aber keine Lust, mit ihr zu diskutieren. „Du weißt doch, das erste Opfer des Krieges ist die Wahrheit. Kurzum, Mutter, es bleibt mir zu deinem Schutz nichts anderes übrig, als dich wegzusperren."

Jetzt flossen die Tränen und Siegfried zweifelte beinahe an seiner Fähigkeit, das durchzuziehen.

„Wie lange willst du mich denn einsperren?"

„Wir haben eine sehr wichtige Sitzung. Aber das Ganze wird maximal drei Stunden dauern."

„Neiiin …"

„Ist nicht zu ändern. Aber vertraue mir, Mutter, ich werde alles dafür tun, dass du danach sicher bist. Ich werde Wagner wie einen Dreijährigen einseifen. Ich werde Tatsachen schaffen. Und dann wirst du die große Ikone unserer nationalen Revolution sein. Ich tue das aus Liebe und Dankbarkeit zu dir, Mama."

Die Verblüffung auf Millas Gesicht hätte nicht deutlicher ausfallen können.

„Siegfried, gerade erzählst du mir noch, Wagner möchte mein in jeglicher Hinsicht unwertes Leben auslöschen und im nächsten Atemzug behauptest du, du wärst in der Lage, mich zur Ikone zu machen."

„Zur deutschen Jeanne d'Arc."

„Ich verstehe gar nichts mehr ..."

„Musst du auch nicht, Mutter. Vertrau mir einfach. Es wird alles gut."

Mit diesen Worten hatte er den Kofferdeckel über ihrem Kopf zugeklappt und die Öffnung, durch den sie ihn hätte herausstrecken können, mit einer selbstgebastelten Vorrichtung abgedichtet. Jetzt war seine Mutter völlig mit sich, der Dunkelheit und ihren Gedanken allein. Sein schlechtes Gewissen verursachte ihm einige Minuten lang eine miese Laune. Und das alles nur wegen Wagner, der Ratte!

29. Montag, „Tag X“

Im Gegensatz zu Fernsehübertragungen wirkte Melinda Robins Arbeitszimmer im *Bundeskanzler:innenamt* eher eng. Sie hatte ihr Versprechen trotz der sich überschlagenden Ereignisse nicht gebrochen, sie zu empfangen. Ariella und er waren – abgesehen von ihren Leibwächtern – keinem Menschen auf dem Weg durch die weitläufigen Flure begegnet. Von den Akteuren des Krisenstabs keine Spur, genau wie Tscharly es sich gewünscht hatte. Er rechnete dies der Kanzlerin hoch an.

Es hatte Ewigkeiten gedauert, bis der Vorgesetzte telefonisch bis zum Umfeld der Bundeskanzlerin vorgedrungen war. Natürlich hatte die Bundeskanzlerin keine Zeit gehabt, aber einem ihrer emsigen Assistenten war es dennoch gelungen, für einige Sekunden bei der wichtigen Besprechung ihr Gehör zu finden.

Zwei Fallschirmjäger mit einem Jeep waren daraufhin abkommandiert worden, um Tscharly und Ariella zum Bundeskanzler:innenamt zu fahren. Auf dem Weg zum Gebäude war Tscharly schockiert gewesen: Wie in einem Bürgerkriegsgebiet sah das aus. An der ganzen Strecke standen Panzer, Wasserwerfer, Geschütze und Maschinengewehrnester. Auf den Bäumen hatten Scharfschützen gesessen, die die Gegend sicherten. Es hatte den Anschein, ein großer Teil des deutschen Militärs und der Elitepolizei wären allein hier im Regierungsviertel versammelt. Die Dichte der Bewachung hatte stetig zugenommen.

„Da sind Sie ja endlich“, empfing sie die Kanzlerin, die in einem schwarzen Kleid und einer weißen Perlenkette hereinrauschte. „Bleiben Sie bitte sitzen, die Förmlichkeiten werden wir auf später verschieben.“

„Frau Bundeskanzlerin, es ist mir eine große …“

Robin winkte ab.

„Sie wissen, wieso ich Ihren gelinde gesagt unverschämten Konditionen zugestimmt habe?“, stellte sie Tscharly gleich eingangs eine Frage, und ihr Blick durchbohrte ihn.

„Leider hat Ihr Versprechen, meine Konditionen zu erfüllen, nicht die Entführung meiner Frau und meines Sohns verhindern können“, entgegnete Tscharly und bemühte sich, ihrem Blick zu entgegnen, ohne dabei zu fordernd auszusehen.

„Außerdem war von der jungen Dame bisher nicht die Rede“, fuhr die Bundeskanzlerin fort.

Tscharly blieb beinahe der Mund offenstehen, aber Ariella versuchte ihn mit einer beschwichtigenden Handbewegung zu beruhigen.

„Das ist unser neues Au-pair …“

„Interessiert mich gerade nicht“, fuhr sie Tscharly barsch an und wandte sich darauf umso verbindlicher an Ariella: „Bitte verstehen Sie das nicht falsch. Ich bin wahnsinnig gespannt, Sie kennenzulernen, aber im Moment steht das Schicksal unserer Nation auf dem Spiel. Ich kann es nicht zulassen, dass hochsensible Informationen, die die Staatsräson betreffen, an dritte, nicht überprüfte Personen gehen.“

Innerlich bebte Tscharly vor Zorn, denn er hatte allen Leibwächtern der Kanzlerin mit aller Vehemenz deutlich gemacht, entweder er ginge gemeinsam mit Ariella zur Kanzlerin oder überhaupt nicht.

„Tscharly …“

Ariellas Blick wirkte flehentlich auf ihn. Natürlich wollte sie bei ihm bleiben, nachdem sie all das gemeinsam erlebt hatten. Und Tscharly konnte das Insistieren der Bundeskanzlerin kaum nachvollziehen.

„Wenn Sie so freundlich wären, das Zimmer zu verlassen. Die Männer im Vorraum werden sich ausgezeichnet um Sie kümmern, vertrauen Sie mir. Und Ihren, äh, Au-pair-Papa werden Sie zügig zurückerhalten.“

Ariellas ‚Aber‘ klang resigniert und furchtsam vor dem Kommenden. Tscharly hatte eingesehen, dass es keinen Sinn machte, weiter zu protestieren.

„Verzeihen Sie meine mitunter direkten und brachialen Methoden, Herr Huber“, sagte die Bundeskanzlerin, ohne dabei auch nur ansatzweise den Anschein zu erwecken, sich tatsächlich entschuldigen zu wollen, „bei Ihnen weiß ich, wie ich dran bin. Bei ihrem Au-pair nicht wirklich. Wir müssen Sie jetzt einem Sicherheitscheck unterziehen. Das dauert nicht lange …"

„Sie wollen doch damit nicht sagen, dass Ariella …"

„Ich will damit gar nichts sagen, Herr Huber. Aber in Zeiten wie diesen können wir uns keine Fehler erlauben. Ende der Diskussion."

Tscharly sah ein, es war besser, jetzt nicht auf diesem Punkt herumzureiten, auch wenn es all seinen Prinzipien widersprach, klein beizugeben.

„Gut, was kann ich dann für Sie tun, Frau Bundeskanzlerin?", fragte er.

Die Kanzlerin formte mit der rechten Hand eine Pistole, legte auf ihn an und drückte ab.

„Ich denke, es gibt momentan wenig Menschen in Deutschland, die Roland Wagner besser kennen als Sie. Und Wagner ist eindeutig als ein Rädelsführer des Putschs identifiziert worden. Außerdem haben meine Dienste festgestellt, dass er für das Massaker in den Räumen der Neuesten Münchner Nachrichten und den Anschlag auf Schloss Neuschwanstein verantwortlich ist."

„Außerdem hat er meine Frau und meinen Sohn entführt", wiederholte Tscharly. „Sie befinden sich beide in Lebensgefahr. Ich weiß nicht, wo er sie … Haben Ihre Dienste eine Ahnung davon, wo meine Frau und mein Sohn gefangen gehalten werden könnten?"

„Nein", lautete die enttäuschende und kalt klingende Antwort der Kanzlerin. „Aber wir haben brandheiße Informationen darüber, wo Wagner sich aufhält."

„Wo?"

Jetzt sprang Tscharly auf, machte zwei Schritte auf die Kanzlerin zu und fasste sie sanft an der Schulter. Erst danach wurde ihm klar, wie dies hier aufgefasst werden könnte. Er setzte sich wieder.

„Eigentlich wenig überraschend gehen wir davon aus, dass Wagner sich mit anderen Anführern dieser angeblichen rechten

Revolution im Gebäude des ihm unterstehenden Think Tanks befindet."

„Aber ist das denn nicht als erstes überprüft worden?", fragte Tscharly nicht ohne seine Kritik verstecken zu können. „Das ist doch …"

„Natürlich haben wir sofort das Gebäude überprüfen lassen. Aber dann kam der Blackout und Wagner und seine Getreuen verstanden es wohl mustergültig, das Gebäude so zu tarnen, dass es einen verlassenen Eindruck machte, obwohl sich dort die Hauptzentrale des Putschs befindet. Außerdem verdichten sich die Hinweise, die Putschisten erhalten massive Unterstützung des russischen Geheimdiensts FSB, was uns das Leben immens erschwert."

Obwohl er beinahe an nichts anderes denken konnte, schluckte Tscharly die Frage nach dem Verbleib seiner Frau und seines Sohnes herunter.

„Wir lassen gerade die Informationen hinsichtlich des Think Tanks bestätigen", nahm Melinda Robin den Faden wieder auf und blickte besorgt auf ihre exklusive Uhr – bestimmt hatte das nächste Krisenmeeting bereits offiziell begonnen. „Dann wird ein Zugriff erfolgen. Wir werden Wagner, Hocke und die anderen Rädelsführer festsetzen. Und ich wünsche, dass Sie dabei vor Ort sind, Herr Huber."

Tscharlys erster Gedanke galt seiner Familie. Das würde ihm ermöglichen, ganz vorne an der Front dabei zu sein. Das verschaffte ihm Möglichkeiten, nach seinen Lieben zu suchen oder suchen zu lassen. Oder aber er knöpfte sich Wagner persönlich nach dessen Verhaftung vor und quetschte unter allen Umständen den Aufenthaltsort von Kira und Konstantin aus ihm heraus. Er bemerkte, wie die Kanzlerin ihn interessiert musterte.

„Ich werde selbstverständlich mein ganzes Wissen über Wagner in die Jagd einfließen lassen."

„Genau das wollte ich von Ihnen hören", antwortete die Bundeskanzlerin und ein schelmischer Zug ihrer Mundwinkel verriet, dass sie auch in den schlimmsten Krisensituationen nie ganz ihren Humor verlor. „Falls der Sicherheitscheck Ihres Au-pairs keine Auffälligkeiten ergeben sollte, kann die junge Dame Sie begleiten …“

Tscharly begann die Kanzlerin zu mögen.

„Wenn es uns gelingt, Wagner und Co zu verhaften, wird die Revolution ein Sturm im Wasserglas“, behauptete die Kanzlerin optimistisch. „Allerdings steigt mit jeder Sekunde, die sie auf freiem Fuß sind, die Wahrscheinlichkeit, dass die Kräfte der Revolution stärker werden und wir zu verlieren drohen.“

Ohne anzuklopfen, öffnete sich die Tür und einer der im schwarzen Anzug gekleideten Leibwächter kam herein.

„Was gibt es?“, fragte Melinda.

„Frau Robin, es gibt neue Erkenntnisse, die Sie unbedingt hören sollten.“

Die Kanzlerin machte eine Geste, die bedeuten sollte, er solle erzählen.

„Unter vier Augen“, sagte der Mann.

Melinda seufzte.

„Entschuldigen Sie, Herr Huber, ich werde gleich wieder da sein. In Krisenzeiten wie diesen ist es nicht immer einfach zu unterscheiden, welche Informationen für welche Ohren bestimmt sind.“

Schwungvoll stand sie vom Schreibtischstuhl auf und verließ mit dem bewaffneten Mann den Raum. Tscharly schloss die Augen.

Was war das denn wieder?

Er schwitzte. Jede verstreichende Minute kam ihm wie eine kleine Ewigkeit vor – in der Hölle.

30. Montag, „Tag X“

Der Leibwächter eskortierte die Bundeskanzlerin Melinda Robin zum Sicherheitsbeauftragten des Bundeskanzleramts, der ein knapp 30-jähriger Mann mit einem Stiernacken, einer etwas zu groß geratenen Nase, blonden, kurz geschnittenen Haaren und recht groben Gesichtszügen war, denen aber ein hohes Maß an Intelligenz und Bauernschläue zu entnehmen war. Obwohl er selten innerhalb seiner Dienstzeiten das Bundeskanzleramt verließ, war sein Markenzeichen eine beinahe quadratische Ray Ban-Sonnenbrille.

Allgaier stammte aus Schwaben und hatte sich im Lauf der Jahre in der Hierarchie des Sicherheitsdienstes nach oben gedient. Böse Zungen behaupteten, er sei ein Zögling der Bundeskanzlerin, noch bösere Zungen unterstellten den beiden ein Verhältnis. Objektive Beobachter gaben zu, Allgaier sei ein zuverlässiger Fels in der Brandung, bleibe immer ruhig und behalte kühlen Kopf.

„Allgaier, was gibt es?“, fuhr die Bundeskanzlerin ihn wenig romantisch an.

Der Angesprochene verzog keine Miene.

„Wir haben soeben eine Antwort auf die Sicherheitsüberprüfung dieses italienischen Mädchens erhalten“, antwortete er.

Die Kanzlerin holte tief Luft.

„Und deswegen holen Sie mich aus einem relevanten Meeting?“

„Bei Gefahr im Verzug jederzeit.“

„Ich kann Ihnen versichern, ich traue Herrn Huber ziemlich viel zu, aber nicht, dass er mich in meinem Dienstzimmer niedermeuchelt.“

„Es geht nicht um Herrn Huber. Zumindest nicht im direkten Sinne.“

„Also dann muss es ja die kleine Italienerin sein. Putziges Ding eigentlich. Ich bin sehr gespannt, wieso sie ein hochakutes Sicherheitsrisiko sein sollte.“

„Die Überprüfung hat folgendes ergeben. Sie ist entfernt mit Benito Mussolini verwandt.“

Mit Mühe konnte Melinda Robin ihre Fassade aufrecht erhalten.

„In Deutschland existiert keine Sippenhaft mehr, schon gar nicht mit solch einem zeitlichen Abstand. Also, ich möchte alles hören.“

„Das ist in der Tat nicht alles. Ariella Bianchi ist eine noch relativ unbekannte Aktivistin des faschistischen Flügels in Italien. Es hat den Anschein, als habe man versucht zu verhindern, dass ihr Profil und ihre Aktivitäten nach außen bekannt werden. Aber unser Dienst hat zahlreiche Kontakte und die Teilnahme an Veranstaltungen Ariella Bianchis in rechtsextremistischen Dunstkreisen in Italien feststellen können. Die Italiener haben uns unseren Verdacht bestätigt. Die Auswertung ihrer Handydaten, die Rekonstruktion ihrer Kontakte und eine Spyware auf ihrem PC lassen nur einen Schluss zu: Sie wurde auf Tscharly Huber angesetzt. Sie hat ihn getäuscht und mehrere SIM-Karten benutzt, um ihn zu beruhigen. Er ist auf sie reingefallen. Das Ziel ist noch reichlich nebulös. Vielleicht bloß, um über seine Aktivitäten im Bilde zu sein. Oder aber, um ihn bei Bedarf zu beseitigen.“

Die Kanzlerin schien noch immer nicht vollumfänglich überzeugt zu sein.

„Kurz vor ihrer Ankunft in Deutschland hatte sie auch des Öfteren Funkkontakt mit unserem ehemaligen Präsidenten des Bundesverfassungsschutzes.“

„Wagner – Scheiße!“, entfuhr es nun der sonst so selbstbeherrschten Kanzlerin.

„Genau. Deshalb gehen wir davon aus, dass Bianchi für Sie und Wagner eine konkrete Gefahr darstellt.“

Beinahe automatisch nickte Melinda.

„Frau Bundeskanzlerin. Ich würde vorschlagen, Sie unterrichten Herrn Huber über den Sachverhalt und wir setzen die Italienerin fest. Sobald sich in Deutschland die Wogen geglättet haben, werden wir in aller Ruhe ihren Fall untersuchen und dann entscheiden."

Robin wackelte ein wenig mit dem Kopf hin und her, was sie ausschließlich dann tat, wenn sie sich unsicher war. Der Leibwächter, ein Konkurrent Allgaiers, beobachtete interessiert das Gespräch im gebührenden Abstand.

„Kommen Sie her, Allgaier!", befahl die Kanzlerin und ihr Gesprächspartner trat an sie so dicht heran, dass es beinahe schon ungebührlich wirkte. „Weiß die Italienerin über ihre Enttarnung Bescheid?"

Allgaier verneinte.

„Wo befindet sie sich?"

„Im Küchenraum. Die Mitarbeiter, die gerade nicht gefordert sind, kümmern sich rührend um sie."

„Das glaube ich gerne. Sie sagen kein Wort, zu niemandem", flüsterte die Kanzlerin. „Allen in den Vorgang involvierten Personen befehlen Sie, nichts darüber verlauten zu lassen. Verstanden?"

Statt einer Antwort nickte Allgaier.

„Lassen Sie die Italienerin ohne jegliches Aufheben wieder in mein Büro zurückkehren."

„Sind Sie sicher?"

„Absolut."

Allgaier machte postwendend auf dem Absatz kehrt und ging zurück zu seinem Kommandostand, der sich, wie nur wenige wussten, in den Katakomben des Bundeskanzleramts befand.

Die Gedanken im Kopf der Bundeskanzlerin schlugen Kapriolen, sie wusste nicht wirklich, was die richtige Vorgehensweise in diesem Fall war. Zumal das alles im Vergleich zu den Vorgängen auf nationaler Ebene nur Kleinigkeiten waren. Aber sie hatte das sichere Gefühl, beides hing unmittelbar miteinander zusammen und es war besser, auch hier das Heft des Handelns in der Hand zu behalten.

Aber implizierte ihre Vorgehensweise nicht ein allzu hohes Risiko für Huber?

Wäre es nicht besser, die Italienerin einem verschärften Verhör auszusetzen, da sie vielleicht wusste, wo sich Hubers Frau und Sohn befanden?

Konnte sie sicher sein, dass ihr in aller Kürze erdachter Plan aufging?

Sicherheit gab es nicht im Leben. Aber ihr Gefühl sagte ihr, es war besser, die Dinge laufen zu lassen.

Diese Spionin könnte ihnen vielleicht noch nützlich sein.

31. Montag, „Tag X“

Renner platzte, ohne anzuklopfen, in den Besprechungsraum und brüllte: „Alles evakuieren, und zwar in Höchstgeschwindigkeit!“

Die Gruppe, die um die Karten gebeugt stand und die nächsten Schritte der Revolution besprach, schreckte hoch.

„Wissen wir doch“, antwortete Siegfried einigermaßen gelassen. „Aber wir haben mindestens noch vier Stunden. Und bis dahin müssen wir die nächsten Schritte festgeklopft haben, da wir die Zeit unserer Standortverlagerung nicht für strategisch-taktische Planungen verwenden können. Deshalb: Nerven bewahren, Kamerad!“

Renner bebte am ganzen Körper.

„Als Zuständiger für das Verteidigungsressort ist es meine Aufgabe festzustellen, ob und wann eine Evakuierung nötig ist. Und die ist nötig. Also, schnell zusammenpacken, sicherstellen, dass keine unserer Planungen in Feindeshand gelangen kann, in die gepanzerten Lkw einsteigen und auf dem sichersten und schnellsten Weg in die Hermann-Göring-Kaserne.“

Müllfred, der wie meistens drei Schritte hinter seinem Chef stand, bemerkte, wie dieser sich zu echauffieren begann, was er an den bebenden Schnurrbartspitzen sehen konnte.

„Als Ressortzuständiger für die Innere Sicherheit möchte ich betonen, mein Sicherheitsdienst hat noch keine Informationen über einen direkt bevorstehenden Schlag unserer Feinde verlauten lassen.“

Der Blick, mit dem Renner Wagner durchbohrte, sprach Bände.

„Merken Sie vielleicht etwas, werter Kollege?“, fragte Renner eiskalt.

Jetzt bebte Wagners ganzer Rumpf.

„Möchtest du etwa die Integrität meines Sicherheitsdiensts in Frage stellen?“

Siegfried, Hocke und Generalinspekteur Bauter wechselten wie bei einem Tennismatch durchgehend den Blick auf die

Kontrahenten. Ausschließlich Adrian hatte bereits seinen Laptop zusammengepackt. Entweder war er es gewohnt, Befehle sofort zu befolgen, oder es gab im Moment für ihn in Sachen Blackout und Stromversorgung in sensiblen Bereichen nichts zu tun.

„Wagner, wir haben keine Zeit für solch einen Scheiß", entgegnete Odin. „Es geht hier nicht darum, wer den längeren von uns beiden hat. Sondern um höhere Dinge, wie das Gelingen unserer nationalen Revolution. Und mir wurden brandaktuelle Informationen zugespielt, dass die BRD-GmbH ein spezielles Zugriffsteam aus Fallschirm-, Gebirgsjägern und Elitepolizisten aufgestellt hat, das hier in spätestens drei Stunden aufschlagen wird."

„Wieso bleiben wir nicht hier und schlagen den Angriff einfach zurück?", wollte Siegfried wissen.

Diese Option sorgte für kurze Stille.

„Der Führer hat seinerzeit auch keinen Zentimeter Boden preisgegeben", legte Siegfried nach. „Ich plädiere dafür, hierzubleiben, wie Arier zu kämpfen, den Angriff zurückzuschlagen und sofort danach in die Offensive zu gehen."

„Es ist keine Frage, dass wir zügig in die Offensive gehen müssen, sonst wird die Revolution zum Erlahmen kommen", schaltete sich Bauter ein.

„Meinen Informanten zufolge handelt es sich um ein hochspezialisiertes Team im dreistelligen, vielleicht sogar vierstelligen Bereich. Wahrscheinlich werden auch Panzer und Hubschrauber eingesetzt", spann Odin Renner weiter an seiner Agenda.

Einige der Anwesenden legten ihr Kinn in die rechte Hand und wirkten nachdenklich.

„Ein strategischer Rückzug ist vielleicht doch nicht die schlechteste Option", lenkte Siegfried ein.

„Na ja, auf die Hermann-Göring-Kaserne werden sie keinen Angriff wagen, so gut wie wir dort aufgestellt sind", gab Bauter seine Überlegungen preis. „In der Tat ist es besser, von einem sicheren Hafen aus in die Offensive überzugehen, anstatt unter

Druck zu stehen, sich mit Mühen zu verteidigen und dann womöglich nicht mehr die Kraft aufbringen zu können, um zurückzuschlagen."

Hocke nickte mehrfach wie ein Duracell-Hase.

„Meine Herren", schaltete er sich abschießend ein. „Wir treten den Rückzug in die Kaserne im Wedding an und gehen von dort sofort in die Offensive. Ich möchte in keiner Weise bezweifeln, dass es uns hier möglich wäre, die Angriffe zurückzuschlagen, aber das würde auch bedeuten, dass einige in diesem Kreis hier selbst kämpfen müssten. Das damit verbundene Todes- und Verletzungsrisiko ist viel zu groß. Wir benötigen jeden einzelnen hier. Ihr alle habt wichtige Funktionsposten im Neuen Reich inne. Ausfälle werden wir nicht oder nur sehr schwer kompensieren können. Deshalb gebe ich hiermit den Befehl zur Evakuierung. Wir werden eine Nachhut von zirka zwanzig Personen hierlassen, deren Aufgabe es ist, die BRD-GmbH-Truppen in heftige Kämpfe zu verwickeln. Das wird sie im Glauben wiegen, wir seien vor Ort und sie wertvolle Zeit kosten. Außerdem gehen sie dann keinesfalls davon aus, dass wir in unserer vermeintlichen Verteidigungsposition überhaupt in der Lage sind, eine Offensive auf das Regierungsviertel aufzustellen und durchzuführen."

Beinahe gezwungenermaßen spendeten alle den Worten ihres designierten Führers Applaus – der Holztisch bebte vor lauter Klopfen. Als dieser verebbt war, wollten die Männer zusammenpacken, um sich aus dem Staub zu machen, doch Siegfried ergriff noch einmal das Wort.

„Meine Herren, es wäre töricht, hier nicht unser Blatt voll auszuspielen und den Gegner in eine gigantische Falle laufen zu lassen. Deshalb lautet mein Vorschlag: Wir nehmen lediglich fünf Chauffeure und Leibwächter mit. Alle anderen Männer werden hier zur Verteidigung eingesetzt. Das wird die Systemknechte tatsächlich im Glauben wiegen, wir seien immer noch vor Ort. Auf dieser Grundlage wird unser Überraschungsangriff gelingen."

Die im Raum herrschende Spannung war mit Händen greifbar.

„Es steht mir nicht an, mich hier einzumischen", schaltete Adrian sich jetzt ein. „Ich kann Ihnen aber allen versichern, der russische Präsident würde die letztgenannte Variante eindeutig bevorzugen."

Hockes Kiefer mahlten. „Wer behauptet das?"

Adrian grinste und blickte von einem Computerbildschirm zu den Fernsehern, die an der Wand neben der Landkarte von Deutschland platziert waren. Der russische Präsident persönlich erschien dort und grinste wie ein Honigkuchenpferd über die wohl mehr als gelungene Überraschung. Im Gegensatz zu seinem Vorgänger Putin, der einen gewaltsamen Tod gestorben war, besaß er volles Haar. Die mongolischen Gesichtszüge ließen keinen Zweifel über seine Abstammung. Die Weltöffentlichkeit nannte diesen Mann mit dem lauernden schwarzen Augen Dschingis Khan wegen seiner Ähnlichkeit zu dem historischen Herrscher.

Genau wie sein Amtsvorgänger sprach er perfekt Deutsch.

„Ich grüße meine deutschen Volksgenossen", lautete sein erster Satz.

Die deutschen Nazigrößen salutierten ihm mit freudigen Mienen.

Der Präsident honorierte den warmen Empfang mit seinem berühmten Lächeln, das an diesem Mann wie festgewachsen schien. Es hieß, er lächelte sogar, wenn er beim Foltern zuschaute.

„Wer wird denn gleich nervös werden, meine deutschen Freunde", fuhr er fort. „Unser Volk hat den Deutschen schon immer als seinen kleinen, schwachen Bruder betrachtet. Wir lieben alle Deutschen. Die deutschen Männer sind nur leider alle schwul oder pädophil geworden in den letzten Jahrzehnten. Da wird es Zeit, dass wir dem Deutschen zeigen, welche Kraft und Stärke von seinem Blut ausgeht. Damit die deutschen Männer wieder stolz sein können auf sich und auf ihr Volk, so wie wir Russen. Wir Russen haben euch versprochen, dass wir die Deutschen nicht länger in ihr Unglück laufen lassen. Und so ist es mir eine Ehre, euch mitteilen zu dürfen, dass russische Panzer heute Abend mitteleuropäischer Zeit eure deutsche Hauptstadt erreichen werden. Und als erstes knöpfen wir uns die Missgeburt vor, die ihr eure Kanzlerin nennt. Glauben Sie mir, meine lieben deutschen Volksgenossen, es wird uns Russen ein Vergnügen sein, mit Deutschland zu verfahren wie mein seliger Amtsvorgänger mit der Ukraine."

32. Montag, „Tag X“

„Alles klar, Tscharly?“

Er wich Ariellas Blick aus. „Sonnenklar.“

Und marschierte geradewegs in das Kaufhaus, das einmal der Stolz der ganzen Stadt gewesen war. Das KaDeWe war das erste Haus in der Stadt – ja in ganz Deutschland – gewesen, das die Träume seiner Kunden mit Hilfe einer eigenen Kreditabteilung erfüllte. Tscharly stapfte über Scherben neben zerstörten Schaufensterauslagen.

„Was hast du jetzt vor, Tscharly?“

In der Auslage hing ein schwarzer Hut, Marke Stetson, der sich trotz der Plünderungen offenbar als Ladenhüter erwiesen hatte.

Tscharly lächelte und setzte das gute Teil auf.

„Und? Wie sehe ich aus?“, fragte er die Mailänderin.

Die Zeit, in der Westernhelden jungen Frauen imponiert hatten, gehörte der Vergangenheit an, erkannte er an ihrem kritischen Auge. Jedoch wollte sie ihn nicht verletzten, sagte ihm ihre Antwort.

„Wie der berühmte Cowboy-Journalist Tscharly Huber aus München. Ein echtes Original.“

Dafür hätte er sie am liebsten umarmt.

„Und was machen wir jetzt, Sheriff?“

„Ich schlage vor, wir machen das, was die Kanzlerin mir als Auftrag mit auf den Weg gegeben hat.“

„Und das wäre?“

„Wir gehen in den Berliner Untergrund“, eröffnete er ihr.

„Und dort findest du deine Frau und deinen Sohn?“

Er nickte. „Und auch den guten alten Scheißkerl Wagner. Ich bin wieder mal der Speck in der Mausefalle. Das ist die mir zugedachte Rolle. Beim letzten Mal, als ich der Speck war, hat alles in einer Katastrophe geendet. Meine Tochter Milla ist bei der Explosion gestorben. Ich bin mal gespannt, wer heute noch stirbt. Vielleicht sollten wir uns an der Stelle lieber trennen, Ariella. Ich mag dich wirklich. Und du bist mir ans Herz gewachsen. Ich will nicht, dass diese neo-braunen 40er-Jahre-Nostalgiker dich kaltmachen – und das alles nur, weil du zufällig in meinem Schlepptau herläufst. Ich könnte mir das nicht verzeihen."

Er rückte nervös an seinem neuen Cowboyhut herum. Das Teil saß wie angegossen; die schwarz gefärbte Baumwolle fühlte sich wie eine zweite Kopfhaut an. Ariella nahm seine Hände und stellte sich auf Zehenspitzen zu ihm. Er konnte sich in ihren Augen sehen und erschrak vor dem eigenen Zynismus, der seine Miene beherrschte.

„Dein Schicksal ist auch mein Schicksal", sprach sie wie eine Prophetin. „Das Schicksal von Deutschland ist das Schicksal von uns allen. Und wenn es mein Schicksal ist, dir bei deinem letzten Kampf beizustehen, dann soll es so sein. Ich meine – diese Leute haben verbreitet, ich sei tot und du bist mein Mörder. Sie werden mich so oder so finden. Warum soll ich mich ihnen nicht auch im Kampf stellen?"

Sei rechter Mundwinkel verzog sich und verlieh seiner unteren Gesichtshälfte den Ausdruck von Verkniffenheit. „Bist du eigentlich Italienerin oder Französin, meine Liebe?"

Ariella zuckte nervös an seinem Körper zusammen. „Wie meinst du …?", stammelte sie.

„Ich meine nur – immerhin erinnerst du mich gerade mehr an eine Jeanne d'Arc, die eiserne französische Jungfrau, die einmal ein Nationalheiligtum gewesen ist. Die soll auch für ihren Heldenmut gerühmt worden sein bei ihren Landsleuten."

Sie seufzte vor Erleichterung. „Oh, Tscharly, ich bin durch und durch Italienerin."

„Gott sei Dank", sagte er. „Ich kann nämlich keine Leute brauchen, die auch noch von Heldentod schwadronieren. Deine Rede über das Schicksal von Deutschland, das dein eigenes ist, hat sich nämlich gerade so angehört."

Er ignorierte ihr schamhaftes Erröten und schrieb ihre Entschlossenheit, ihm beizustehen, ihrer Angst zu. Er wollte einfach nicht glauben, dass sich an diesem Tag das Schicksal einer Nation erfüllen sollte.

So wie viele Menschen klammerte Tscharly Huber sich an diesem Tag an das Prinzip Hoffnung. Tscharly musste an Robert Münchinger denken, der vor drei Tagen vor seinen Augen erschossen worden war. Robert war ein freundlicher Optimist gewesen, auf dessen Zuspruch er sich stets hatte verlassen können. Gott, wie sehr vermisse ich dich, Robert. Annamarie Brooks tauchte ebenfalls vor seinem geistigen Auge auf, seine Assistentin und engste Vertraute, die zwar den Brustkrebs besiegt hatte, aber im Kugelhagel in der Redaktion zu einem der ersten Opfer dieses Putsches geworden war.

Melanie Hoffmann, Volontärin, die über die Bettgeher-Szene für einen Podcast recherchiert hatte, war dem Tod entgangen, weil sie sich auf Recherche befunden hatte. In diesen Stunden versteckte die junge Frau sich mit ihrem Freund bei dessen Mutter im Bayerischen Oberland und wusste nichts über den Verbleib des ehemaligen Chefredakteurs.

Claudia Kalkert, Geschäftsführerin der Münchener Neuesten Nachrichten, wurde genau in diesem Moment vor die Kamera eines öffentlich-rechtlichen Fernsehsenders gebeten. Auf eine Frage der Nachrichtensprecherin erklärte sie: „Wir distanzieren uns von unserem früheren Chefredakteur Tscharly Huber. Damit steht auch einer Neuausrichtung der letzten unabhängigen deutschen Tageszeitung nichts im Wege, meine Herren."

Der Münchener Bürgermeister, der eine Woche zuvor das Oktoberfest eröffnet hatte, saß in seinem Büro und wurde von Soldaten in brauner Uniform aufgefordert, den neuen Machthabern unverzüglich Folge zu leisten. Er weigerte sich. Daraufhin ließ der Befehlshaber ihm Handschellen anlegen.

„Sie sind jetzt unser erster politischer Gefangener, Herr Bürgermeister", sprach der Braune.

„O'zapft is!", entgegnete der Gefangene.

Die Soldaten mit den Hakenkreuzbinden trugen ihn aus dem Alten Rathaus.

Eine vermeintlich asiatische Touristin, der vor drei Tagen an einem Münchener Bahnhof ihr Koffer mit sämtlicher Kleidung gestohlen worden war, saß in Wien vor einem Fernsehapparat und murmelte: „Der Anschluss kommt schneller, als man denkt.“ Die Frau hatte jüdische Wurzeln. Wenigstens besaß sie noch einen weiteren Koffer; den würde sie bestimmt bald brauchen.

In einer Allgäuer Bauernstube saß Erik und suchte Zuflucht in einem Buch über Biologische Landwirtschaft. Sein Ehemann Viktor, der sich von hinten an ihn herangeschlichen hatte, schoss ihm mit einer Pistole in den Hinterkopf. Erik war auf der Stelle tot. Das Blut klebte am Herrgottswinkel, auf dem Tisch, dem Boden und den Wänden. Viktor küsste den Freund ein letztes Mal, bevor er sich die Pistole in den Mund steckte und abdrückte.

Napoleon, Roland Wagners französische Bulldogge, verweste zu diesem Zeitpunkt schon seit drei Tagen auf einer Berliner Müllhalde. Aus einem unerklärlichen Reflex heraus war sie auf Wagner losgegangen und hatte diesen ins Bein gezwickt. Müllfred hatte den Hund auf Wagners Befehl hin mit einer Kugel von seinem Ungehorsam erlöst und auf der Müllhalde, auf der er aufgewachsen war, entsorgt.

Allgaier, der Sicherheitschef der Bundeskanzlerin, zog auf einer Toilette eine Spur Kokain in die Nase. Er hatte seit über 48 Stunden kein Auge zugetan. Das Koks hielt ihn wach und schärfte seine Sinne.

Dann gab er in sein nirgends registriertes Zweithandy eine Geheimnummer ein.

„Ja?“, meldete sich sein Gegenüber.

„Wagner, ich wollte Ihnen sagen, dass unser U-Boot aufgeflogen ist.“

„Die kleine Itakerin?“

„Ja, ich konnte nicht mehr für sie tun.“

„Verflixt? Dann weiß Huber also jetzt Bescheid?“

„Nein, die Kanzlerin hat Huber in dem Glauben gelassen, Ariella Bianchi ist so sauber wie ihr Name. Sauber und rein wie Ariel und weiß wie Schnee. Die reine Weiße, da fragt man sich wirklich, was solche Eltern sich dabei gedacht haben.“ Allgaier seufzte wegen dem in seinem Kopf vor sich gehenden Amüsement.

„Ein arischer Name“, sprach Wagner.

33. Montag, „Tag X"

Und Tscharly Huber weinte. Leise. Ohne Tränen. Allein Ariella hielt ihn wie ein Kind und gab ihm jenen Halt, den die ganze Welt gerade dabei war zu verlieren. Seine Welt, wie er sie gekannt hatte, war aus den Fugen geraten.

Er versuchte einen Scherz. „Und da haben sich diese Verrückten für ihren berühmten Tag X ausgerechnet einen Montag ausgesucht. Ich habe Montage immer gehasst."

Es war Ariellas Idee, das Smartphone in Gang zu bringen. Mittlerweile war sie eine Meisterin darin, die Chipkarte in weniger als einer Minute zu installieren.

Tscharly hatte nichts dagegen. Wie sonst sollte Wagner mit ihm in Kontakt treten?

Tatsächlich erklang der Klingelton innerhalb von einer Minute.

Ariella entglitt mit vor Schrecken geweiteten Augen beinahe das Gerät.

„Das ist … das ist wieder … diese Nummer …" Sie bekreuzigte sich.

Tscharly riss das Smarthone an sich und sprach: „Wagner?"

„Heil Hitler, Tscharly. Ich frage dich nur einmal, wo ist deine Tochter?"

Tscharly antwortete: „In Thüringen. Irgendwo in einer Art Fritzel-Keller, wie die Österreicher sagen würden. Hol dir Milla doch selbst, wenn du noch immer glaubst, dass sie am Leben geblieben ist. Ich habe mein Bestes gegen deinen Ex-Ziehsohn getan."

„Das ist genau das, was ich nicht hören wollte, Tscharly."

„Du weißt, was ich hören will. Ich will von dir hören, wo du meine Familie gefangen hältst. Wo sind Kira und Konsti? Und außerdem verlange ich, dass ihr Ariella in Ruhe lasst, sobald sie ihre eigenen Wege geht."

„Du hast mein Ehrenwort, Tscharly", kam Wagners Antwort – zu schnell für Tscharlys Geschmack.

„Worauf?"

„Dass wir deine Familie gerade entsorgen."

Tscharly schrie: „Was heißt das?"

Wagner lachte. „Der Untergang, Tscharly – dem Untergang hat Hitler mit seinen Getreuen im Bunker entgegen geharrt. Keine Angst vor den Feinden, die Berlin bereits von allen Seiten umstellt hatten. Damals ist das 3. Reich untergegangen. Dieses Mal sind Leute und deine Familie dran, die gerade kollektiv untergehen. In tausend Jahren wird nichts mehr an dich erinnern, während wir es sind, von denen in den Geschichtsbüchern zu lesen sein wird."

Das Telefonat endete und Tscharly stand kurz davor, das Smartphone gegen eine Litfaßsäule in der Tauentzienstraße zu werfen.

„Ich habe jedes Wort mitangehört", sagte Ariella.

Er maß ihre Gesichtszüge, die ihm seltsam klar erschienen. Einmal mehr bewunderte er sie für ihre Haltung, die sie anscheinend niemals verlor.

„Was schlägst du vor?", fragte er. Die Frage war mehr rhetorisch gemeint.

Zu seinem Erstaunen hatte sie eine Antwort parat. „Dieser Wagner hat dir einen Hinweis gegeben, Tscharly. Der Untergang. Und der Bunker. Ich habe einmal in einer Dokumentation über Berlin gehört, dass die Bunker der Nationalsozialisten teilweise erst nach 1989 gefunden worden sind, weil sie sich entlang der Berliner Mauer befinden. Zwischen Wilhelmstraße und Checkpoint Tscharly soll es jede Menge geheime unterirdische Gänge geben."

„Ich habe dich unterschätzt", brach sich seine für ihn typische Ehrlichkeit auf entwaffnende Art in ihm Bahn. Im nächsten Moment erkannte er die Beleidigung, die der Satz enthielt und errötete. „Ich meine … so habe ich das nicht gemeint … Ich weiß, dass du intel…"

„Schon gut, Tscharly", fiel sie ihm ins Wort. „Wer weiß, vielleicht ist das wirklich nur ein Strohhalm. Aber wie sagen wir in Italien? Zwischen Reden und Tun liegt das Meer. Komm, Tscharly, lass es uns versuchen. Lass uns ein letztes Mal über das Meer schwimmen. Über die hohen Wellen. Lass es uns tun. Auch wenn es bedeutet, dass wir am Ende ertrinken."

Er küsste sie für ihre Loyalität. Sein Blick schweifte die zerstörten Schaufenster entlang und er wünschte, er hätte wenigstens eine Pistole. Vor mehr als einem halben Leben war er in dieser Gegend gewesen, um sich ein Bild von der Love-Parade zu machen.

Zwischen all den Militärfahrzeugen und Menschen, die sich auf Raubzügen befanden, wähnte er sich auf einer Hate-Parade. Das war der richtige Name für diese Veranstaltung.

Sie liefen zwischen anderen Menschen hindurch und stahlen am Kurfürstendamm zwei E-Fahrräder, die neben einer öffentlichen Ladestation lagen. An den Ladestationen steckten Militärfahrzeuge der Bundeswehr. Noch standen die Soldaten friedlich herum und warteten auf Befehle. Es war ein historischer Tag, an dessen Ende die Soldaten wissen würden, wessen Befehle sie in Zukunft zu gehorchen hatten. Und wir alle sind zum Spielball der Mächtigen geworden, sinnierte Tscharly, der eifrig ins Pedal trat. Entlang am Schöneberger Ufer und der Leipziger Straße.

Das Finanzministerium wurde – ebenso wie das Bundeskanzleramt – militärisch abgeschirmt. Panzer und Heckenschützen bewachten die Wilhelmstraße und kontrollierten jeden Passanten, der sich dem Gebäude näherte. Tscharly bremste und sah sich zum zweiten Mal an diesem Tag einer Militärpatrouille gegenüber, die nach ihren Papieren verlangte.

Sie zeigten den Männern die Dokumente, die ihnen die Bundeskanzlerin durch ihren Sicherheitschef Allgaier hatte ausstellen lassen.

Die Uniformierten gaben sich daraufhin versöhnlich.

„Herr Huber", sagte der Höherdekorierte, „was sollen wir für Sie tun?"

„Wir möchten ins Bundesfinanzministerium", antwortete Tscharly.

„Es ist Krieg und Sie wollen ausgerechnet ins Finanzministerium“, analysierte der Militär amüsiert die Situation. „Wollen Sie da drinnen Ihre Steuern nachzahlen?“

Tscharly antwortete: „Ich muss mit dem Sicherheitschef der Bundeskanzlerin sprechen.“

Die Militärs salutierten. „Wie Sie meinen, Herr Huber. Wir werden Ihnen einen Kontakt herstellen.“

Es dauerte zwei Minuten, dann läutete Ariellas Smartphone erneut.

Es meldete sich der gewünschte Beamte mit einer genervt klingenden Stimme: „Hier Allgaier. Huber, ich habe Wichtiges zu tun. Ich weiß auch nicht, warum die Bundeskanzlerin Hoffnungen in einen Journalisten hegt. Und meine Möglichkeiten, Ihnen zu helfen, sind begrenzt. Also erwarten Sie sich nicht zu viel.“

Tscharly bedankte sich bei den Soldaten für ihren Job, woraufhin diese weiter das klobige Gebäude patrouillierten.

„Ich will ins Finanzministerium“, antwortete Tscharly.

Allgaier prustete: „Ins Finanzministerium?“

Dieser Mann hatte ihn in Melinda Robins Anwesenheit mit dem größten Respekt behandelt. Kaum war die Kanzlerin außer seiner Hörweite, zeigte er Tscharly, was er in Wirklichkeit von ihm hielt.

„Ich will Sie nicht langweilen, Herr Allgaier, aber ich habe einen Hinweis bekommen, wo meine Familie gefangen gehalten wird. Und genau dort wird sich mit großer Wahrscheinlichkeit auch Wagner aufhalten.“

„Die Hoffnung stirbt wohl bekanntlich zuletzt, wie ich höre, Huber.“

„Das Finanzministerium ist in den Tausender Jahren neu gebaut worden, wenn Sie sich vielleicht erinnern. Damals als die Regierung von Bonn nach Berlin umgezogen ist. Und in den Zeitungen gab es damals Berichte und Bilder, wonach die Bagger auf ein ganzes Netz aus Geheimgängen und Bunkern der Nazis gestoßen seien. Wohin dieses Netz verläuft und welche Geheimnisse es birgt, haben seine Erbauer mit ins Grab genommen. Soweit ich aus gut unterrichteter Quelle weiß, gibt es einen gesicherten Zugang von einem Untergeschoss des Gebäudes in die Unterwelt der Nazis. Und genau dort hält Wagner meine Familie gefangen. Und wenn Sie als oberster Sicherheitschef der Kanzlerin Ihre Hausaufgaben gemacht hätten, wüssten Sie über dieses unterirdische Berlin Bescheid, Herr Allgaier."

Warum nur hörte er sich wie Fox Mulder in der Kultserie *Akte X* an?, dachte er. Fehlte nur noch der Zusatz: „Dort werden Sie auch die geheimen X-Akten und das Skelett des Außerirdischen finden, Sir." Tscharly legte sich weitere Argumente zurecht.

Welchen Floh hatte er sich da von seiner Siebzehnjährigen ins Ohr setzen lassen.

Und tatsächlich gab es zu seiner Verwunderung noch einen weiteren erwachsenen Mann, der plötzlich weich zu werden schien.

„Sie sollen meinetwegen Zugang zum unterirdischen Berlin erhalten, Herr Huber. Sie und Ihre Begleiterin. Schließlich müssen wir alles versuchen. Und die Kanzlerin hält große Stücke auf Sie. Und darauf, dass Sie ihr einen Kontakt zu Wagner und den anderen Verrückten herstellen."

Er beschloss, sich lieber keine Gedanken über Allgaiers Gesinnungswandel zu machen. Lieber die Gelegenheit beim Schopfe packen und das Maximale erreichen. Was hatte er noch zu verlieren? Ich habe bereits alles verloren. Ich kann eigentlich von jetzt an nur noch gewinnen.

„Danke, Herr Allgaier", sagte er.

Zehn Minuten später befanden sie sich im zweiten Untergeschoss des Bundesfinanzministeriums. Bundeswehrsoldaten und Polizisten eskortieren sie die Gänge entlang an stählernen Sicherheitstüren und Lüftungsrohren vorbei in den Heizungskeller. Eine monströse Wärmepumpanlage verbreitete Hitze zwischen Bewegungsmeldern und weiteren Panzertüren.

Ein Beamter studierte nebenher eine Karte mit einem Gebäudeplan.

„Hier endet die Gegenwart“, lauteten seine Worte vor einer weiteren Treppe, die zu einer der Stahltüren führte. „Hier endet die deutsche Nachkriegszeit. Dahinter liegt die deutsche Kriegsvergangenheit. Ich gehe mit Ihnen jede Wette ein, dass diese Stollen einsturzgefährdet sind und die Chance, hier unbeschadet rauszukommen, hält sich in Grenzen. Nicht nur wegen den Vierzigerjahre-Nostalgikern ist der Zutritt strengstens verboten. Wenn Sie und Ihre Begleiterin diese Tür durchschreiten, Herr Huber, dann erlischt für Sie jeglicher Versicherungsschutz.“

Tscharly grinste. Er zog sich den Hut tiefer ins Gesicht und nahm die LED-Taschenlampe wie ein Kind ein Geschenk von seinen Eltern entgegen. Die Reservelampe steckte er in seine Jacke. Ariella bekam ihr eigenes Gerät.

„Lassen Sie Ihr Smartphone eingeschaltet“, fuhr der Beamte fort. „Damit sollten wir Sie die ganze Zeit, solange Sie sich noch in Gebäudenähe befinden, orten können.“

Das Risiko hörte sich in Tscharlys Ohren kalkulierbar an.

Tscharly lehnte einen Stahlhelm ab, Ariella setzte sich den Kopfschutz auf.

Die Tür wurde entsperrt. Die gähnende Tiefe roch nach Friedhof.

Tscharly schritt voran. Zwei Bundeswehrsoldaten mit Funkgeräten folgten ihnen. Ein Paradies für Spinnen und Pelztiere, die vor ihren Beinen davonhuschten, offenbarte sich Tscharlys Augen. Die Wände bestanden aus blankem Stahl, der in Beton eingelassen worden war. Ab und zu ragten Rohre hervor, Kabel hingen lose aus der Wand. Dazwischen verliefen Wasserleitungen. Gelegentlich trat Tscharly in Pfützen. Schon bald hatte er vergessen, an welcher Kreuzung er links oder rechts abgebogen war.

Mehr und mehr begriff er, zu welchem Wahnsinnsunterfangen Ariella ihn ohne Mühe überredet hatte. Höhlenforscher würden Jahre benötigen, um das unterirdische Berlin allein um den Checkpoint Tscharlie herum zu erkunden. Vielleicht lag es am Namen, der ihn zu seiner Wahnsinnsentscheidung bewogen hatte, lachte er innerlich. Wenn dieses Labyrinth hier durch den Hall ihrer Schritte einstürzte, dann lag Tscharly unter Tscharlie begraben. Wie pathetisch-praktisch. Die Verzweiflung ließ einen Dinge tun, die …

„Wir sind hier seit zwei Stunden unterwegs“, klagte einer der Soldaten nach einer Ewigkeit und wies Tscharly damit unbeabsichtigt auf sein verlorengegangenes Zeitgefühl hin.

Hier unten, wo sie ab und zu an einem Benzingenerator vorbeischlichen, waren die Uhren im buchstäblichen und symbolischen Sinne stehengeblieben.

Ein heller, langgezogener Piepton bohrte sich messerscharf in Tscharlys Gehörgänge.

Ariella hielt sich die Ohren zu. „Was ist das?“

Tscharly biss die Zähne zusammen und presste hervor: „Noch eine Nuance höher und die bringen hier unten Glas zum Zerspringen. Hört sich an wie junge Hunde.“ Er hatte tatsächlich einmal in Günter Grass’ Roman ‚Die Blechtrommel‘ gelesen, dass die Deutschen Welpen in die Wände ihrer Bunker miteingemauert hatten. Ob das der Fantasie des Autors entsprungen oder ein Fakt war …

Die Lautstärke steigerte sich abrupt. Tscharly warf sich vor Schmerzen in den Ohren auf den Boden. Ebenso Ariella und die Begleiter. Sekunden später ebbte das Geräusch wieder ab auf eine sanfte Zimmerlautstärke. Tscharly fasste sich an die Ohrmuscheln, weil er dort Blut vermutete. Seine Befürchtung bestätigte sich nicht. Er atmete tief aus und sprang auf.

„Wir sollten umkehren“, schlug einer der Bundeswehrsoldaten vor.

„Was hast du vor?“, hörte er Ariellas Stimme wie durch Watte. Der Piepton hatte ein schmerzhaftes Rauschen in seinen Gehörgängen hinterlassen.

Tscharly schritt mit großen Schritten vorwärts.

Geradewegs der Lärmquelle entgegen.

Woher auch immer seine Kraft stammte, den Piepton auszublenden … Vielleicht handelte er aus einem väterlichen Instinkt, der ihn die Gefahr schlagartig vergessen ließ.

Ariella lief hinter ihm her. Einer der Soldaten sprach in sein Funkgerät, der andere versuchte ihnen zu folgen, jedoch hielten die betäubenden Ohrenschmerzen den Mann davon ab, sich wie ein Schatten an sie zu heften. Er warf sich schreiend zu Boden.

Tscharly stieß eine Tür auf und stand inmitten eines durch grelles Neonlicht erleuchteten Raumes, in dem sich keine Menschenseele befand. Überall weiße Kacheln und im schräg zur Seite verlaufenden Boden jede Menge Abflussrohre. Eine Schlauchrolle hing links neben der Tür an einem Wasseranschluss. Rechts stand ein Dampfstrahlgerät. An einer Seite des Raumes verliefen Stahlrohre mit Fleischerhaken. Tscharly lief wie ferngesteuert auf und ab. Er spürte, dass Kira und Konsti in diesem Raum gewesen waren. Aus Geschichtsbüchern kannte er derartige Räume, in denen Henker ihr blutiges Handwerk verrichteten.

Und dann entdeckte er die Ohrmuschel, die wie zufällig auf dem Boden lag. Eine kindliche Ohrmuschel, die fast 1 zu 1 aussah wie seine eigene. Tscharly schrie, ehe seine Stimme versagte. Er krabbelte auf Knien und Händen.

Neben dem rechten Ohr seines Sohnes stand das Funkgerät, aus dem heraus der Piepton den Raum und ihre Körper in höllischen Frequenzen flutete.

34. Montag, „Tag X"

Gegen 17:00 Uhr geschah, was der russische Präsident ihnen versprochen hatte.

Berlin war aus allen Himmelsrichtungen umstellt von T-14-Panzern. A20, A10 und B2 boten den Autos kein Durchkommen mehr. Verwaiste Pkw von zu Fuß weitergeflüchteten Berlinern verstopften den kompletten Autobahnring rund um die deutsche Hauptstadt.

Demonstranten des Schwarzen Blocks marschierten vor den Deutschen Bundestag und schwenkten Flaggen mit Lenin und Stalin darauf. Rechte Demonstranten hießen die russischen Soldaten mit der alten Reichskriegsflagge am Alexanderplatz willkommen.

Beide Gruppierungen trugen auch das Z auf ihren Fahnen vor sich her. Das Z, das die russischen Panzer kennzeichnete.

„Tja", sprach Hocke, „das deutsche Volk braucht seinen großen starken russischen Bruder, denn es ist an seiner schwulen Pädophilie letztendlich selbst zu Grunde gegangen. Nach den Jahren der Verweichlichung kehrt nun endlich die harte Schule der Unbarmherzigkeit und Disziplin wieder zurück. Warum nur hat Putin so lange zugewartet, dass jetzt sein Nachfolger uns erlösen muss? Das deutsche Volk hatte von Anfang an keine andere Alternative."

„Sag mal, Wagner", fiel Odin Renner ein, „wann kommt Siegfried endlich zurück?"

„Was weiß ich!", knurrte Wagner und hob die Achseln.

Hocke sprach: „Bisher herrscht absolute Ruhe im Luftraum über unserer guten alten Hermann-Göring-Kaserne, Kameraden." Er schaute demonstrativ in den blauen Septemberhimmel auf. „Da siehst du mal wieder, Renner, dass du dich da doch ziemlich getäuscht hast. Von wegen bundesdeutsche Spezialeinheit aus der Luft! Strahlend blauer Himmel."

Odin Renner fragte: „Wie lange kennst du mich jetzt schon, Wagner?"

Müllfred missfiel der anhaltende Streit zwischen dem Verteidigungsminister und seinem Chef. Dieser Hüne von einem bärtigen, in die Jahre gekommenen Wikinger-Typen hätte sowohl ihn als auch Wagner mit einem Fingerschnippen erledigen können. Müllfred versicherte sich daher mit einem Griff an die Seite von der Existenz der Mauser. Zur Not würde er sein eigenes Leben geben für jenen Mann, der ihn von seinem Leben auf einer Müllhalde erlöst hatte. Der Vater und Mutter für ihn gewesen war.

„Dreißig Jahre mindestens", antwortete Wagner dem Hünen.

„Und da willst du behaupten, ich streue gezielt Falschinformationen?"

„Das habe ich gar nicht behauptet. Ich bin nur selbst überrascht, wie völlig ohne Widerstand diese verweichlichten Gender-Deutschen sich von uns und unseren Verbündeten erobern lassen. Ich erwarte einen Angriff. Und je mehr Zeit vergeht, desto unerträglicher fühlt sich dieser Zustand an. Ich glaube, ich gehe mal aufs Scheißhaus, Kamerad. Wasser ablassen." Er nickte Müllfred zu.

Müllfred folgte seinem Herrn durch die Tür über die Gänge der Kaserne.

Das Gewusel der Uniformierten erinnerte an eine Ameisenkolonie, durch die ein Riese getrampelt war.

Wagner führte ihn anstatt auf eine Toilette in eine Besenkammer. Müllfred hätte seine eigenen Arme darauf verwettet, dass sein Herr ein anderes Bedürfnis hegte, als er den Kameraden gegenüber vorgegeben hatte.

Müllfred griff zu seinem Smartphone.

„Bravo, mein lieber Rattenjunge", sprach Wagner mit gedämpfter Stimme.

Müllfred stellte eine Verbindung zu Ariella Bianchi her.

Nach dem dritten Läuten meldete sich endlich Tscharly Huber.

„Wagner, Psychopath, was hast du mit meinem Sohn gemacht? Und mit Kira? Wo sind sie?"

Müllfred hielt Wagner das Gerät ans Ohr.

„Piano, Piano, mein lieber Tscharly, ich weiß nicht, wovon du sprichst.“

Huber redete sich in Rage über seine Erlebnisse. Wahrscheinlich wäre er in diesem Moment zu einem Mord an Wagner fähig gewesen. Gott sei Dank, befanden sich sein Herr und der Cowboy-Journalist nicht in ein und demselben Raum.

Wagners Mundfalten zeichneten einen Ausdruck von Irritation, dann entgegnete er mit ehrlicher Fassungslosigkeit: „Tscharly, ich war das nicht. Ich gebe zu, ich habe die beiden gefangen gehalten. Und ich wollte, dass du sie noch einmal siehst, bevor du mir Milla holst. Aber ich schwöre Stein und Bein, ich habe die beiden nicht gefoltert. Schon gar nicht ein siebenjähriges Kind. Ich fürchte, das sieht nach …“, Wagner brauchte eine Schrecksekunde, um seine Erkenntnis zu verdauen – dann fügte er hinzu: „Das sieht mir nach Siegfrieds Handschrift aus. Er hat deinem Sohn das Ohr abgeschnitten. Das passt zu ihm. Wahrscheinlich hilft ihm das, sein eigenes Kindheitstrauma zu bewältigen, würde Freud sagen, indem er vom Opfer zum Täter geworden ist. Aber ich habe deine Frau und deinen Sohn dort nicht rausgeholt. Ich weiß nicht, wo der Halunke sie hingebracht hat. Aber ich bin mir sicher, dort wo die beiden sind, wird auch Milla nicht weit sein …“

Ein Beben samt plötzlich einsetzendem Bombenalarm raubte Wagner die Stimme. Müllfred spürte den Boden unter sich wie eine Rüttelplatte. Er ergriff mit der freien Hand ein Regal und die andere schwang im Halbkreis durch die Luft.

„Ich will telefonieren, du Idiot!“, schrie Wagner.

Müllfred stellte sich mit versetzten Beinen neben den neuen Innenminister und hielt ihm das Telefon wieder an den Kopf.

„Reichstag!“, brüllte Wagner in das Telefon. „Reichstag … Siegfried …“

Dann brach der Kontakt ab.

Wagner wankte ebenfalls und warf sich zu Boden. Müllfred half ihm aus der Besenkammer heraus. Das Heer der Soldaten befand sich augenblicklich in Kampfbereitschaft. Sie rafften sich auf und überquerten unter der ständigen Gefahr niedergerempelt zu werden den Gang. Schmerzhafte Stöße, die blaue Flecken nach sich ziehen würden, nahmen sie in diesen Sekunden nicht wahr. Die Beleuchtung flackerte. Kampfflugzeuge erzeugten einen Höllenlärm. Weitere Einschläge ließen die Wände der Kaserne erzittern.

„Wir müssen zurückschießen!", brüllte Wagner, als sie die Kommandozentrale wieder erreichten. „Wir müssen uns verdammt nochmal wehren."

Odin Renner grinste und antwortete seelenruhig. „Immer mit der Ruhe, Kamerad. Es ist Abend." Er schaute auf seine alte Armbanduhr mit den beiden goldenen Zeigern und dem Hakenkreuz auf dem Ziffernblatt. In theatralischem Ton sprach er: „Seit 5:45 Uhr wird zurückgeschossen ..."

Manche Dinge ändern sich nie.

Eine Staffel aus noch regierungstreuen Kampfpiloten der Bundeswehr zeigte sich auf dem Radar.

„Da hast du deine Spezialeinheiten!", sagte Hocke zu Wagner. „Alles Dummköpfe, die noch nicht wissen, was die Stunde geschlagen hat."

Aus einem Lautsprecher tönte der Hilferuf: „Feueralarm! Die Unterkünfte der Wachbataillons stehen in Flammen. Zwei Drittel der Gebäude sind bereits zerstört."

Renner brüllte: „Unterkünfte brauchen diese Luschen sowieso nicht. Wir sind hier nicht zum Schlafen in unserer guten alten Hermann-Göring ..."

Die nächste Explosion ereignete sich in ihrer unmittelbaren Nähe.

„Wo war das?", fragte Generalinspekteur Bauter und bekreuzigte sich.

Müllfred las Angst in den Augen des Mittvierzigers und empfand Verachtung. Wieder einmal bestätigte sich, was Adolf Hitler gesagt hatte. Nämlich – dass der Heldenmut eines Mannes nichts mit seiner Bildung zu tun hatte. Jeder Idiot kann mutig sein, hieß das in Wagners Übersetzung.

Renner gab über Funk den Befehl zum Abfeuern aus den Panzern.

Ein gewaltiger Donnerhall brachte die Wände abermals zum Beben.

Über der Kaserne ereigneten sich Bilder, die an das Flugzeugunglück von Ramstein erinnerten. Mitten ins Herz hatten Panzerfäuste und Geschosse eine der tieffliegenden Maschinen getroffen, die brennend ins Trudeln geriet und zwei weitere Kampfjets touchierte. Eine Tripple-Explosion brachte den Himmel zum Brennen, bevor schwarzer Rauch sich ausbreitete und sowohl Flugzeugpiloten als auch den Verteidigern der Kaserne die Sicht raubte.

Im Bunker schwirrten drei Flugobjekte auf dem Radar gleichzeitig ab und erzeugten unter den Befehlshabern Jubelstürme.

„Apropos“, grunzte Wagner, „wo bleiben eigentlich unsere russischen Volksgenossen, wenn wir sie mal brauchen?“

Müllfred wusste, dass es sich um eine rhetorische Frage handelte.

Odin Renner erwiderte: „Der russische Präsident steht zu seinem Wort. Deine Mitfahrgelegenheit kommt schon noch rechtzeitig, Wagner.“

„Und wo bleibt Siegfried?“

Renner stellte sich moralisch vor seinen Schützling. „Siegfried nimmt gerade den Platz ein, den die Geschichte ihm vorbestimmt hat. Was hast du denn gedacht?“

Wagner antwortete wie aus der Pistole geschossen: „Der Junge ist wirklich Gold wert.“

Dann schlug bereits das nächste Geschoss irgendwo in den Mauern der Kaserne ein.

„Damit werden wir fertig“, sprach Renner. „Damit werden wir fertig. Endlich einmal Krieg. Wie lang habe ich davon geträumt? Mein ganzes Leben habe ich von diesem wunderbaren Tag geträumt.“

Auch Wagner verdrückte eine Träne der Rührung. Die beiden Männer umarmten einander, wobei Müllfred Wagner seine Arme lieh. Wie immer. Auch Müllfred hätte beinahe geweint.

„Der beste Tag meines Lebens“, hauchte Wagner. „Was für ein Tag!“

35. Montag, „Tag X“

Die russischen Panzer kreisten 30 der insgesamt 4682 Berliner Kindergärten ein. Die Söldner bezogen Stellung in den Spielräumen und Kantinen, um mit Panzerfäusten das Aufgebot der deutschen Kampfjets abzuwehren. Stiefel traten über Legobausteine, zwischen Puppenküchen lagen Handgranaten und Maschinengewehre feuerten von Klettergerüsten aus in den Himmel. Bilder von verwüsteten Kindergärten machten im Netz die Runde. Die Zerstörung wurde den noch regierungstreuen Kampfjets der Bundeswehr in die Schuhe geschoben, somit wurde die Halbwahrheit zum allgemein herrschenden Terminus. „Schaut nur, ihr braven Deutschen, diese Bundesregierung hat nicht einmal Skrupel davor, auf eure Kinder zu schießen! Aber wundert euch das? Denkt nur daran, was sie mit ihren liberalen Abtreibungsgesetzen mit unschuldigen Babys gemacht haben. Melinda Robin und ihre Minister sind Kindermörderinnen. Das ist der Beweis!“

Unter den russischen Soldaten, die aus Transportmaschinen mit Fallschirmen absprangen, hatte bis vor drei Stunden noch völlige Unwissenheit geherrscht.

„Wohin fliegen wir?“

„Wen greifen wir an?“

„Вперед, ублюдки!“

„Vorwärts, ihr Bastarde!“ So lautete der Befehl, den die Generäle ausgaben. Die Männer tranken Wodka und schluckten Panzerschokolade, die einst bereits die Soldaten der deutschen Wehrmacht in Roboter verwandelt hatte. Die Männer schossen wahllos auf Passanten, Reporter und Rettungseinsatzfahrzeuge des Roten Kreuzes. Der betäubte Verstand und eine unberechenbare Hierarchie in den eigenen Reihen taten ihr Übriges, um aus Familienvätern willige Befehlsempfänger zu machen, die keine Skrupel dabei empfanden, Blutbäder in Turnhallen, Krankenhäusern und Schulen anzurichten.

Tscharly Huber und Ariella Bianchi warfen sich neben dem Richard-Wagner-Denkmal auf den Boden.

„Hätte ich mir denken können!“, fluchte Tscharly.

„Was?“, schrie Ariella

Tscharly schauderte im Angesicht der zur Seite gestemmten Platte zwischen neben den Opernfiguren Brünhild und Siegfried, die dem Komponisten zu Füßen lagen. Richard Wagner thronte sitzend auf dem weißen Sockel.

„Dass Wagner das Gefängnis für meinen Sohn und meine Frau unter diesem berühmten Antisemiten ansiedelt.“

Der nächste Schuss aus dem Maschinengewehr eines Heckenschützen kostete Wagner den Kopf.

Tscharly zählte in Gedanken bis drei, dann griff er Ariellas Hand und sie liefen zu den Büschen.

„Hast du noch …?“, stammelte Ariella

Tscharly schluckte. „Ja, Konstis Ohr. In meiner Tasche. Die Ärzte werden es wieder annähen.“

Täuschte er sich oder entdeckte er plötzlich ein Lächeln auf Ariellas Lippen.

„Wohin?“, fragte die Italienerin.

Ihr Gesichtsausdruck verwandelte sich in eine ausdruckslose Maske und er hielt seinen Eindruck für eine Täuschung.

Er nahm Ariella an der Hand. Sie liefen durch den Laubwald an kleinen Seen vorbei, auf deren Oberfläche sich Kampfhubschrauber und Explosionen spiegelten.

Ariella durchschaute seine Absicht.

„Aber was tun wir, wenn der Reichstag schon fest in Händen von deutschen und russischen Nationalisten ist?“, warf sie ein.

„Es ist unsere einzige Chance!“, erwiderte er. Wenn wir nicht vorher einer durch einen Heckenschützen abgegebenen Kugel zum Opfer fallen.

Tscharly gab sich selbst die Schuld an dem, was seinem Sohn angetan worden war. Ich hätte mich niemals politisch gegen diese Rechten engagieren dürfen. Dafür bezahlen jetzt die beiden Menschen, die ich von allen auf der Welt am meisten liebe. Warum nur hatten sie nicht ihn gefoltert? Warum nur haben sie nicht mein Ohr abgeschnitten? Und von mir aus können sie mir noch viel mehr abschneiden, wenn sie Konsti und Kira verschonen …

Sie folgten dem Kriegsgewitter. Dem Beben. Blitzen. Eine Geräuschkulisse, die ihnen unter die Haut kroch; selbst die Illusion von Sicherheit erlosch ebenso wie die Erinnerung an Frieden. Als wäre der Krieg immer die Realität gewesen. Als gäbe es weder ein Davor, noch ein Danach.

Auf dem Luisenspielpatz erspähte Tscharly zwischen Klettergerüsten, Sandkasten und Rutschen deutsche und russische Panzer. Luftabwehrgeschosse wurden abgefeuert gegen die regierungstreuen Flieger. Eine Szene wie aus einem Videospiel.

„Die Bundesrepublik Deutschland ist nicht bereit, sich freiwillig zu ergeben“, knirschte Tscharly.

Sie liefen weiter zwischen den Baumstämmen.

„Was?“, schrie Ariella.

„Die Hoffnung …“, wollte er antworten und spürte etwas Heißes an seinem Oberschenkel. Ein Rib-Eye-Steak, das auf einem Holzkohlegrill verbrannte … das war die Geruchsnote, die ihm in die Nase stieg. Er blickte an sich hinab und sah Blut an seiner Hose.

Er spürte nur Wärme an der Einschussstelle. Keinerlei Schmerz. Euphorie trieb ihm Tränen in die Augen.

„Du musst zu einem Arzt!“, schrie Ariella.

Er schüttelte den Kopf und kämpfte sich in gebückter Schonhaltung weiter.

„Hör auf zu lachen!“, befahl sie mit verärgerter Miene.

„Ich feiere gerade“, antwortete er. „Ich werde nicht wegen einem Prostatakrebs elend verrecken. Das ist alles, was zählt …“ Heiße Tränen liefen ihm über das Gesicht.

Wann hatte er zuletzt dermaßen gelacht?

„Hör auf! Du bist ja verrückt, Tscharly!“

Er streckte die Hände von sich und taumelte im Kreis wie zu einem Tanz.

„Was für ein Tag!“, schwärmte er. „Was für ein Tag …“

36. Montag, „Tag X“

Der letzte regierungstreue Kampfjet schlug im selben Moment neben dem Fernsehturm auf dem Alexanderplatz ein, als Kanzlerin Melinda Robins letzte Stunde geschlagen hatte.

Milizen mit Hakenkreuzbinden an den Oberarmen stürmten mit russischen Söldnern den Bunker unter dem Bundeskanzleramt.

Die Männer erledigten die Wachbeamten. Als einzigen ließen sie Allgaier am Leben.

„Das war gute Arbeit, Kamerad“, schrie ein SS-Oberst dem vermeintlichen Sicherheitsbeamten der Kanzlerin zu. „Gut, dass Sie uns über den Aufenthaltsort dieser Volksverräterin stets auf dem Laufenden gehalten haben, Allgaier.“

„Ich habe nur meine Befehle ausgeführt“, antwortete Allgaier.

Um ihn herum lag ein Dutzend Männer in Zivil, Polizei und Bundeswehruniformen auf dem Boden des Bunkers unter dem Bundeskanzleramt.

Die Kanzlerin empörte sich: „Das ist Landesverrat, meine Herren.“

Damit löste die Transfrau eine Lachsalve aus. Im flackernden Neonlicht erinnerten die Gesichter der Männer als zombiehafte Fratzen. Ein Heer von Untoten, das aus den Tiefen der Geschichte auferstanden war.

Allgaier erwiderte: „Mit Verlaub, *Herr* Robin, Sie haben doch nicht im Ernst geglaubt, Sie wären in diesem Stahl- und Betonbunker auch nur eine Minute sicher gewesen. An der Stelle, an der sich jetzt noch diese Geschmacklosigkeit einer deutschen Nachkriegsregierung befindet, wird schon sehr bald Albert Speers Vision von der neuen Reichshauptstadt Germania erstehen. Eine Hauptstadt, auf die die ganze Welt schauen wird, unter einer gigantischen Glaskuppel und mit Säulen, die den Tempeln des Römischen Reichs um nichts nachstehen werden.“

„Kurzum“, ergänzte der Nazi-Oberst, „der ganze Plunder muss weg. Und mit ihm der Haufen an Verrätern, die hier zum politischen Establishment gehören.“

Soldaten drehten Melinda Robins Arme auf den Rücken.

Die Kanzlerin und ihr Gefolge wurden in den großen Besprechungsraum im Obergeschoss geführt. Von dort bot sich ihnen über ein Panoramafenster ein entsetzlicher Anblick. Drei Flaggen wurden an den Fahnen bereits gehisst: die alte Reichsflagge, die Hakenkreuzfahne und die Flagge der russischen Föderation.

„Ein neuer Wind“, murmelte Melinda Robin. „Was für ein Tag.“

Das waren ihre letzten Worte, ehe Bomben in den Kellern des ehemaligen Kanzleramtes detonierten und den Ort dem Erdboden gleichmachten.

37. Montag, „Tag X“

Die Explosion verursachte einen Splitterregen. Tscharly und Ariella warfen sich neben einer der Säulen des Brandenburger Tores zu Boden. Sirenen ertönten. Feuerwehr. Rettungsfahrzeuge. Polizei. Militärpolizei. Ein einziges Konzert des Grauens. Für Minuten sah Tscharly nur Schwärze und spürte Staub und Sand brennend in seinen Lungen. Neben ihm wand sich Ariella. Wie Espenlaub zitternd. Die Bilder der Zwillingstürme, 9/11, legten sich in Tscharlys Wahrnehmung über das brennende Berlin. All die Eindrücke betäubten jegliche Empfindung an seinem lädierten Oberschenkel. Es handelte sich um den rechten. Hätte aber genauso gut der linke sein können. Beide Schenkel fühlten sich absolut gleich an. Das Geschoss saß irgendwo im Fleisch. Eine Ewigkeit später lichtete sich der Nebel aus Feuer und Rauch. Tscharly wischte sich durch das Gesicht. Ariella sah ebenfalls aus, als wäre sie durch einen Schlot gerutscht. Nur ihre Augen leuchteten wie Glas, die Bindehaut schien in roten Flammen zu stehen. Tscharly riss seine Hand los.

Sie erkannte jedoch seine Absicht. „Tscharly!“, rief sie. „Bleib hier!“

Er sprang auf und rannte zwei Meter in die eine, dann in die andere Richtung.

„Ich weiß, sie sind da. Sie leben noch. Sie leben … Ich kann sie spüren.“

Er blieb stehen.

„Bitte, Tscharly, nimm mich mit!“, flehte sie.

Sie standen einander gegenüber wie ein unschlüssiges Paar bei der Scheidung.

„Von jetzt an muss es allein gehen“, sprach er. „Ich danke dir, Ariella.“

„Tscharly, bleib gefälligst! Du kannst nichts mehr für deinen Sohn und deine Frau tun. Es ist zu spät. Kapier das doch endlich. Du und deine Freunde, ihr habt diesen Kampf verloren.“

Sein rechter Mundwinkel zuckte. Er sprach mit tränenerstickter Stimme: „Ich danke dir für alles, was du für mich getan hast. Sieh zu, dass du die Botschaft von Italien findest. Du musst nach Hause. Deine Familie macht sich bestimmt große Sorgen um dich. Tut mir leid, dass das mit dem italienischen Wochenende auf dem Oktoberfest nichts geworden ist. Vielleicht sehen wir uns ein andermal. Auf der Wiesn." Er berührte zärtlich ihr Gesicht, was sie widerstandslos geschehen ließ. Ihre Lippen öffneten sich, aber sie brachte keinen Laut hervor. Er sah ihre Schultern, die sich anspannten wie zum Widerspruch. Und dann erschlafften. Ihre Brust bewegte sich in kurzen knappen Stößen, im Gegensatz dazu atmete er tief in den Bauch und fühlte sich beinahe entspannt. Wahrscheinlich hatte der Schock mehr Gutes als Schlechtes an sich. Er kannte diesen Mechanismus aus seinen Zeiten als Kriegsreporter im Irak. Jetzt war Berlin endgültig zu Bagdad geworden. Die alte Gewaltkultur brach sich Bahn.

Tscharly wandte sich ab.

Drei Minuten Luftlinie – maximal fünf. Er kreuzte einen alten Mauerstreifen und wenn Rauch und Staub weniger dicht gewesen wären, wäre der Reichstag bereits in seiner Sichtweite gewesen.

Auf dem Platz der Republik brannten die Bäume und Sträucher. Der Reichstag stand in Flammen. Das war zuletzt am 27. Februar 1933 der Fall gewesen. Panzer verhinderten das Durchkommen der Löschfahrzeuge und Rettungswagen. Soldaten in braunen Uniformen hinderten Tscharly am Durchkommen.

„Sie können da jetzt nicht hin!", schrie ihm ein Bewaffneter zu. „Oder sind Sie lebensmüde?"

Tscharly schrie: „Meine Frau und mein Sohn sind da drin." Er wusste nicht, woher er plötzlich die Gewissheit nahm. Seine Kombinationsgabe, die ihn auch in Krisengebieten im Nahen Osten niemals im Stich gelassen hatte ... oder Verzweiflung? Er hätte nicht sagen können, wie dieser Gedanke, der zur fixen Überzeugung geriet, in ihm entstanden war.

„Ich muss da rein!"

Ein Schuss ertönte und streifte Tscharlys Stirnknochen. Ein Haut-Haarbüschel hing lose über seinem linken Auge. Er bückte sich nach dem Cowboyhut und entging dadurch einer Kugel, die für seinen Schädel bestimmt gewesen war. Er rannte auf einen der Panzer zu und flüchtete sich dahinter. Er setzte den Hut auf den Kopf. Ein Automatismus. Wenn schon sterben, dann als Cowboy sterben. Wie John Wayne.

Siegfried hob eine Hand, wodurch die Wehrmachtsoldaten ihre Gewehre sinken ließen.

Tscharly erkannte ihn und erstarrte. In den Augen des Hünen erkannte er, dass dieser auf ihn gewartet hatte. In den Augen des blonden Kriegers konnte er lesen, dass dieser sowohl über Kira, Konsti als auch über Milla Bescheid wusste.

Siegfried zückte ein Messer und richtete seine Stimme an ihn: „Und jetzt, Tscharly Huber, ist es Zeit geworden, dafür zu büßen. Du bist schuld an dem, was aus meiner Mutter geworden ist. Ohne dich wäre ihr all das Unglück niemals passiert."

Tscharly wich der Klinge aus. Blut lief ihm ins linke Auge, vermischt mit Schweiß und Staub. Er warf sich zu Boden und drehte sich auf den Rücken. Siegfried stürzte sich auf ihn. Tscharly streckte das rechte Bein aus. Jedoch verspürte Millas Ziehsohn keinerlei Schmerzen in den zerplatzenden Hoden und landete auf ihm. Aufgrund des Schocks schienen auch Tscharlys Schmerzrezeptoren taub. Schmerzreize verloren sich auf dem Weg zum Gehirn in einem neurologischen Nirwana, das sämtliche Eindrücke schluckte. Siegfried säbelte mit der Schneide in Tscharlys Nasenscheidenwand. Tscharly riss mit der freien Hand die Antenne des Funk-und-Hörgeräts aus Siegfrieds Gehörgang und bohrte ihm die spitze Seite ins rechte Auge. Der Hüne schien durch den aufplatzenden Augapfel, der sich über sein Gesicht ergoss, leicht irritiert zu sein und wandte sich kurz von ihm ab. Tscharly entriss ihm das Kampfmesser und bohrte es in die Bauchdecke seines Gegners. Einmal. Zweimal. Er drehte die Klinge um, schaffte einen zwanzig Zentimeter langen Schnitt. Siegfried ergriff Tscharlys

Handgelenk, das bedrohlich knackte, woraufhin ihm das Messer entglitt. Siegfried grinste und stopfte sich mit der freien Hand die Darmschlingen in die Bauchdecke zurück und schrie neben Tscharlys linkem Ohr durch den Kriegslärm: „Für Deutschland! Für das Vaterland!“

Tscharlys Trommelfell platzte. Er hustete Staub und Rauch. Sein Körper hatte gelernt, den Krebs und seine Vernichtungsschmerzen zu ignorieren. Wahrscheinlich kam auch dieser Umstand ihm jetzt zupass, da er dadurch aus dem Inneren seines Körpers keinerlei Schmerzen mehr empfand. Dieser Umstand machte ihn Siegfried ebenbürtig, erkannte er, und stieß seinen Kopf mit aller Kraft gegen Siegfrieds Gesicht. Er spürte dessen Jochbein zerspringen. Die Haut platzte an der Stelle auf, blutete jedoch kaum.

„Deine Frau und dein Sohn verbrennen gerade im Reichstag. Und du kommst an mir nicht vorbei, Volksverräter“, brüllte Siegfried.

Also doch …

Der alte Wagner hatte ihn hierhergelockt, weil er …

Weil er wusste, dass man Mäuse eben immer noch am besten mit Speck fängt.

Tscharly ergriff Siegfrieds Arm und drehte ihn auf den Rücken gegen das Gelenk; das war eine Übung aus Krav Maga. Er wunderte sich über den ausbleibenden Widerstand seines Gegners. Dann hörte er dessen Lachen. Siegfried spielte mit ihm. Siegfried drehte Arm und Schulter mühelos in die entgegengesetzte Richtung zurück und nutzte Tscharlys Irritation, um ihm einen Hieb gegen die linke Schläfe zu verpassen. Tscharly sank rückwärts wie ein gefällter Baum. Der Hut lag längst irgendwo im Kriegsschutt. Geröll bohrte und schnitt sich in Tscharlys Körper und verursachte etliche Wunden, aus denen er Blut verlor. Plötzlich riss Siegfried ihn unter den Schultern empor. Hievte ihn auf die Beine. Stützte ihn. Tscharly wusste nicht, wie ihm geschah. Warum tötete dieser verdammte Hurensohn ihn nicht einfach? Die Gelegenheit war doch zum Greifen nahe.

„Mach deine Augen auf! Und schau gefälligst nach vorne!“

Tscharly gehorchte und erkannte den Panzer, der direkt auf sie beide zurollte. Im ersten Moment hielt er Millas Anblick für eine Halluzination. Ihr Gesicht hatte sich kaum verändert in all den Jahren. Das Gesicht seiner Tochter … Aber ihr Körper … Ihr nackter Körper, die wie eine Skulptur die Frontseite eines Panzers zierte. In einer Vorrichtung aus Metall, aus der ihr Kopf herausragte, die Armstummel und die Beinstümpfe. Ihre Augen, die ihn voll Verachtung anstierten.

Sie schrie: „Es lebe das Vierte Reich! Aus Ruinen erstanden und aus Blut erschaffen.“

Eine Ikone. Tränen liefen über Millas Gesicht.

Der Panzer näherte sich auf weniger als einen Meter. Tscharly war zu keiner Bewegung fähig. In letzter Sekunde folgte die Drehung nach rechts. Tscharly spürte die Klinge, die sich von hinten in sein Herz bohrte, kurz und heiß. Der Panzer verschwand aus seinem Gesichtsfeld und setzte seinen Siegeszug fort. Dann landete Tscharly hart und kraftlos zu Siegfrieds Füßen. Tscharly hatte Mühe, seine Lider offenzuhalten. Das Letzte, was er sah, waren die in Stein gemeißelten Buchstaben über dem brennenden Reichstagsgebäude:

DEM DEUTSCHEN VOLKE